À PROPOS DE L'AUTRICE

Faith Martin, également connue sous son véritable nom, Jacquie Walton, est l'autrice de nombreux romans policiers à succès. Née à Oxford et amoureuse de la campagne anglaise, elle situe nombre de ses romans dans le cadre bucolique de la région oxonienne.

Le corbeau d'Oxford

DE LA MÊME AUTRICE

Série « Loveday & Ryder »

Le corbeau d'Oxford
Un pique-nique presque parfait
Meurtre en coulisse
Le secret de Briar's Hall

FAITH MARTIN

Le corbeau d'Oxford

Traduit de l'anglais (Royaume-Uni) par
ALEXANDRA HERSCOVICI-SCHILLER

Harper
Collins
POCHE

Titre original :
A FATAL OBSESSION

Ce livre est publié avec l'aimable autorisation de HarperCollins Publishers, Limited, UK.

HARPERCOLLINS FRANCE

83-85, boulevard Vincent-Auriol, 75646 PARIS CEDEX 13
Tél. : 01 42 16 63 63

www.harpercollins.fr

ISBN 979-1-0339-0994-1

Pour mon père et ma mère,
qui ont toujours cru en moi.

Prologue

Oxford, juillet 1955

Le cadavre sagement allongé sur le lit garda le silence tandis que le quinquagénaire examinait la pièce. C'était une chambre très agréable : vaste, luxueuse, bien agencée, toute en bleu et argent. L'une des deux grandes fenêtres à guillotine était entrouverte, laissant entrer une brise d'été chaude qui gonflait les voilages délicats et charriait une odeur de chèvrefeuille venue des jardins luxuriants, parfaitement entretenus.

L'homme explora lentement la pièce opulente, dévorant des yeux les draps en soie de première qualité, les bouteilles de parfum hors de prix posées sur une commode ornementée d'époque, tout en prenant garde à ne rien toucher. Issu d'une famille ouvrière, il était incapable d'estimer la valeur des tableaux sur les murs, mais il aurait parié une semaine de salaire qu'un seul d'entre eux aurait mis sa famille à l'abri du besoin pour toute une vie.

Jusque-là, il n'avait jamais eu de raison de pénétrer dans l'un des manoirs qui proliféraient dans les rues huppées entre Woodstock Road et Banbury Road, au nord de la ville, ainsi que sur les avenues verdoyantes environnantes. Il prit donc tout son temps, savourant la sensation de l'épais tapis d'Axminster bleu sous ses pieds, si moelleux qu'il se serait cru pieds nus sur une douce pelouse.

Son regard se posa avec mélancolie sur la boîte à bijoux

laissée négligemment ouverte sur une table de chevet en noyer. De l'or, des perles et quelques joyaux étincelaient sous le soleil d'été, et ses doigts le démangeaient.

— Joli, marmonna-t-il.

Mais il n'était pas assez bête pour glisser ne serait-ce qu'une ou deux petites bagues dans sa poche. Pas cette fois – et certainement pas avec ces gens-là. À cinquante ans passés, l'homme savait que la loi n'était pas la même pour les riches.

Il examina à nouveau le cadavre sur le lit, songeur. Un bien joli brin de fille. Jeune, qui plus est. Vingt ans, peut-être ?

Quel dommage, songea-t-il.

À cet instant, la brise fit papillonner un objet sur la table de chevet, attirant son regard. Il s'approcha du lit et de la jeune morte, en faisant attention où il mettait les pieds, et découvrit l'article en question. On l'avait délibérément mis en avant entre les pots de crème pour le visage et les poudriers, rouges à lèvres et piluliers.

Se pliant péniblement en deux malgré son début d'embonpoint, l'homme déchiffra quelques mots, les yeux plissés.

Petit à petit, son visage peu engageant se fendit d'un large sourire. Il poussa un sifflement presque inaudible, puis jeta un coup d'œil par-dessus son épaule pour vérifier que personne ne l'avait suivi. À l'abri des regards, il fourra l'objet dans la grande poche intérieure de sa veste.

Puis il tapota amoureusement l'emplacement au-dessus de son cœur. Il aurait parié que cette trouvaille providentielle était le plus beau coup de chance qu'il ait eu depuis bien des années – sinon de sa vie. Une chose était sûre : sa retraite imminente s'annonçait bien plus agréable que prévu.

Il se dirigea vers la porte d'un pas conquérant, sans une pensée pour la jeune fille morte, et se campa sur le palier.

Il était temps d'affronter le maître de maison.

1

Oxford, janvier 1960

— Hé, vous ! Arrêtez ! Police ! s'écria Trudy Loveday, agent de police stagiaire de son état, avant de s'élancer.

Bien évidemment, le garçon qui venait d'arracher le sac d'une femme sous l'horloge de la Carfax Tower n'en fit rien. Elle eut juste le temps d'entrapercevoir un jeune visage paniqué quand il jeta un coup d'œil par-dessus son épaule, avant de prendre ses jambes à son cou, tel un lévrier sur une piste.

Il manqua se faire renverser par un taxi en traversant High Street à l'intersection mais, heureusement pour Trudy, les voitures qui s'étaient immobilisées pour le laisser passer lui permirent de traverser à son tour, de façon bien plus prudente.

L'expression de pur bonheur de la jeune femme l'aurait surprise elle-même si elle avait pu se voir à cet instant précis.

Le sergent O'Grady l'avait chargée de trouver l'individu à l'origine d'une série de vols de sacs à main dans le centre-ville qui avait commencé avant Noël, mais c'était la première fois qu'elle voyait sa proie. Le voyou n'avait pas chômé, au grand dam des nombreuses femmes au foyer indignées qui s'étaient plaintes à la police, mais ni elle ni ses collègues n'avaient eu la chance de se trouver au bon endroit au bon moment.

Jusque-là.

Au bout d'un mois à arpenter les trottoirs glacés, à prendre les dépositions de femmes furieuses ou en larmes, et à guetter le suspect dissimulé derrière les portes de magasins, les pieds en feu, Trudy avait un compte à régler avec ce délinquant.

Et n'était donc pas d'humeur à le laisser filer.

Elle était consciente que beaucoup de passants la regardaient courir, les yeux ronds, bouche bée. Certains hommes semblaient même vouloir intervenir, et elle ne pouvait qu'espérer qu'ils s'en abstiendraient. Ils étaient sûrement pleins de bonnes intentions, mais elle n'avait aucune envie qu'un directeur de banque quinquagénaire à l'âme chevaleresque tente d'arrêter le voleur et se fasse bousculer ou frapper, voire pire.

Trudy préférait ne pas imaginer la paperasse que cela impliquerait. Sans parler de l'expression à la fois exaspérée et résignée du capitaine Jennings s'il apprenait qu'elle avait réussi à rater une arrestation aussi simple.

La course-poursuite durait depuis moins d'une minute quand elle se souvint de son sifflet, se demandant si elle devait l'utiliser.

À dix-neuf ans (bientôt vingt), Trudy Loveday n'avait pas oublié ses succès éclatants en course à pied à l'école et les nombreux trophées qu'elle avait remportés, en sprint comme en cross-country. Elle était toujours rapide comme l'éclair, malgré ses chaussures de ville noires, son uniforme de police et la sacoche en cuir contenant son matériel qui lui battait la hanche. Peu à peu, elle rattrapait le voleur, qui se frayait un chemin parmi les piétons à coups d'épaule, lui laissant le champ libre.

Ses bras et ses jambes se balançaient au rythme familier qui lui permettait d'avaler les kilomètres. Tout en essayant de ne pas ralentir, elle saisit le sifflet argenté pendu à son cou et souffla de toutes ses forces.

Le sifflement distinctif résonna aussitôt dans l'air glacé,

appelant à la rescousse tous les collègues qui l'entendraient. Ils ne seraient pas de trop si le voleur décidait de changer de stratégie pour tenter de la perdre dans les ruelles étroites de la ville médiévale, ou dans des magasins.

Mais pour l'instant, il se contentait de courir en ligne droite sur High Street, certain, à n'en pas douter, qu'il parviendrait à semer une faible femme. Ce ne serait pas le premier homme à la sous-estimer.

Avec un sourire confiant, Trudy accéléra la cadence. Il était si près qu'elle sentait presque l'instant où elle le plaquerait au sol, savourant d'avance son grognement de surprise, puis l'expression dépitée qui se peindrait sur son petit visage arrogant quand elle le menotterait et l'informerait de ses droits.

Mais au moment où elle s'apprêtait à l'attraper, il jeta un coup d'œil par-dessus son épaule, l'aperçut, jura… et se glissa entre deux voitures garées à sa droite.

Trudy s'assura d'un bref coup d'œil que la voie était libre : un bus rouge se dirigeait vers elle, mais il était au niveau du Magdalen Bridge, si bien qu'elle avait largement le temps de passer.

Comprenant que le voleur comptait traverser pour tenter de la semer, Trudy poussa un dernier coup de sifflet, autant pour avertir les badauds interdits que pour attirer ses collègues.

Puis elle bondit sur le côté.

Elle avait parfaitement calculé son coup, et avant que le jeune homme puisse atteindre le milieu de la chaussée, elle le plaqua de toutes ses forces contre le tarmac glacé. Du haut de son mètre soixante-dix-huit, elle avait de l'allonge.

Le voleur, un individu maigre et sec, tout en bras et en jambes, eut la malchance d'atterrir sur le nez, et se mit à saigner abondamment. Sous le choc, il laissa échapper un cri. Le plus drôle était qu'il n'avait pas lâché le sac chapardé à Carfax.

Trudy sentit son chapeau de policière glisser quand

elle lui tomba dessus mais, heureusement, la kyrielle d'épingles et d'élastiques qui retenaient ses longs cheveux bruns ondulés en un chignon sévère ne céda pas.

Un genou bien calé au milieu du dos du voleur, elle chercha à tâtons ses menottes. Elle était vaguement consciente qu'une voix d'homme criait quelque chose à proximité, et que les passants curieux, qui s'étaient attroupés autour d'elle, reculaient, quand le voleur se tordit soudain, se débattant violemment.

Avant même qu'elle puisse ouvrir la bouche pour le sermonner, il lui envoya un coup de coude bien senti dans l'œil.

— Aïe !

Instinctivement, elle porta la main à son visage, donnant au voleur l'occasion qu'il attendait : il se cabra à nouveau et la projeta sur le côté.

Trudy eut la présence d'esprit de le saisir par le pied quand il voulut se relever. Il se retourna, recula sa jambe libre et s'apprêtait à la frapper au visage quand elle prit conscience qu'une silhouette les surplombait.

— Ça suffit, mon gars ! Tu ne vas nulle part, s'exclama une voix triomphale.

Deux grandes mains d'homme apparurent sous son nez et relevèrent le voleur avant de le menotter.

— Vous êtes en état d'arrestation pour agression d'un agent de police dans l'exercice de ses fonctions, récita-t-il. Je vous préviens que tout ce que vous direz sera noté et pourra être retenu contre vous.

Trudy, dont les grands yeux bruns larmoyaient autant sous l'effet de la frustration que de la douleur, regarda Rodney Broadstairs, le don Juan du commissariat de St Aldates, lui voler son suspect. Elle se releva, toute raide. Elle commençait tout juste, maintenant que l'adrénaline se dissipait, à sentir les contusions de sa lutte avec le voleur. Heureusement, ses gants, son uniforme et le lourd manteau de serge noir l'avaient protégée des éraflures.

Une salve d'applaudissements polis s'éleva du public quand Broadstairs entraîna le suspect vers le trottoir. Un badaud tendit timidement son chapeau à Trudy, qui le remercia d'un sourire las.

Elle récupéra aussi le sac de la dame, qui servirait de preuve, avant de suivre son collègue en boitant.

Les regards admiratifs des passants et les murmures approbateurs (« quel courage, cette petite ») ne suffirent pas à dissiper sa mauvaise humeur. Après un an d'expériences amères, elle savait parfaitement ce qui l'attendait.

Broadstairs, qui avait récité ses droits au suspect et l'avait menotté, serait félicité pour l'arrestation. Ce serait le beau policier, et non l'humble stagiaire, que leurs supérieurs remarqueraient.

Elle, en revanche, se verrait sans doute priée de rentrer chez ses parents se reposer et soigner son œil au beurre noir, puis de taper son rapport le lendemain matin à la première heure. Oh ! et d'aller enregistrer la plainte de la femme dont on avait volé le sac. Et pendant tout ce temps, elle devrait endurer les murmures moqueurs de ses collègues, persuadés que les femmes étaient des bonnes à rien.

Tandis qu'ils rentraient à St Aldates, elle espérait, déconfite, que le capitaine Jennings n'utiliserait pas ses blessures légères comme prétexte pour la cantonner à nouveau à un travail de bureau.

Devant elle, Rodney Broadstairs se retourna pour lui faire un clin d'œil.

Tandis que Trudy Loveday luttait contre la tentation d'abreuver son collègue d'injures fort peu convenables, à huit kilomètres de là, dans le joli petit village de Hampton Poyle, Sir Marcus Deering prenait sa pause de 11 heures.

Malgré ses soixante-trois ans, il dirigeait toujours officiellement l'importante chaîne de grands magasins qui avait fait sa fortune ; mais il ne travaillait plus que deux jours par semaine, depuis le bureau de son imposant manoir situé dans l'Oxfordshire. Il faisait confiance à ses directeurs adjoints, assistés d'une kyrielle de cadres au sein du conseil d'administration, pour abattre le gros du travail sans provoquer de catastrophes, et ne se rendait plus que rarement dans les bureaux principaux, à Birmingham.

Il poussa un soupir de satisfaction quand sa secrétaire pénétra dans la pièce tapissée de bibliothèques avec, sur un plateau, son café et des biscuits faits maison, et à la main le courrier. Plutôt replet, les cheveux gris clairsemés, une moustache bien taillée et de grands yeux vert noisette, Sir Marcus aimait la bonne chère.

Cependant, son appétit s'envola dès qu'il reconnut l'écriture sur la grande enveloppe blanche. Son nom s'étalait en capitales d'imprimerie d'un vert nauséabond.

Sa secrétaire déposa le plateau sur son bureau, puis, remarquant qu'il pinçait les lèvres, s'empressa de battre en retraite.

Sir Marcus fixa la pile de courrier en fronçant les sourcils et but nonchalamment une gorgée de café, en se répétant que cette nouvelle lettre anonyme n'était qu'une tracasserie sans importance. Sans doute l'œuvre d'un déséquilibré qui n'avait rien de mieux à faire que de le harceler. Ne ferait-il pas mieux de la mettre directement à la corbeille ?

Il savait pourtant qu'il n'en ferait rien. Résister aurait été surhumain, même si décidément, la curiosité était un bien vilain défaut. Dangereux, même. Esquissant une grimace de dégoût, il s'empara de l'odieuse enveloppe et l'ouvrit proprement à l'aide de son coupe-papier en argent. Puis il sortit l'unique feuille de papier qu'elle contenait, sachant ce qu'elle dirait avant même de la regarder. Les lettres exprimaient toujours la même exigence absurde, ambiguë, incompréhensible. Exaspérante.

Il avait reçu la première un peu moins d'un mois auparavant. Quelques lignes, une menace voilée, anonyme, bien sûr. Un tissu d'inepties, s'était-il dit. L'un des nombreux désagréments auxquels un homme comme lui – qui avait bâti une fortune considérable à partir de rien – était exposé.

Il l'avait jetée sans hésitation.

Et puis, une semaine plus tard, il y en avait eu une autre.

Étrangement, la deuxième n'était pas plus menaçante, ni plus explicite, ni même plus vulgaire. Le message était exactement le même, ce qui était en soi surprenant. Sir Marcus avait toujours cru que les lettres anonymes devenaient de plus en plus sordides au fur et à mesure des envois.

Il n'aurait su dire si c'était cette anomalie ou son instinct qui lui avait mis la puce à l'oreille. Cette fois-ci, au lieu de s'en débarrasser, il l'avait gardée. Sans être vraiment inquiet, naturellement.

Mais il avait également conservé celle de la semaine suivante, bien que le message soit en tout point identique. Et il glisserait probablement celle-ci aussi dans le tiroir du haut de son bureau, celui qu'il fermait à clé. Après tout, il ne voulait pas que son épouse les trouve. Cet odieux petit manège l'effraierait.

Poussant un soupir, il déplia la feuille.

La formulation était quasiment identique :

Rachète-toi. Je te surveille. Sinon, tu le regretteras.

Mais cette lettre-ci se terminait par une phrase inédite :

C'est ta dernière chance.

Le cœur de Sir Marcus Deering fit un bond. Sa dernière chance ? Qu'est-ce que c'était que cette histoire ?

Agacé, il jeta la feuille sur son bureau et alla se poster devant les portes-fenêtres qui donnaient sur une grande pelouse bien entretenue. Un petit ruisseau traversait l'herbe, marquant la limite du jardin à la française, et son regard dériva vers les silhouettes squelettiques des saules pleureurs qui le bordaient.

Au-delà de la maison et des grands jardins, si colorés et parfumés en été (qui faisaient la fierté de sa femme, Martha), s'étendaient les hectares fertiles gérés par son intendant, témoignage supplémentaire de sa fortune et de son statut social.

D'ordinaire, contempler ses terres apaisait Sir Marcus, lui rappelant tout le chemin qu'il avait parcouru.

Il était idiot d'avoir aussi… non, *peur* n'était pas le mot juste ; Sir Marcus n'aurait jamais avoué une telle faiblesse. Mais il était déstabilisé. Oui, voilà, déstabilisé. Mal à l'aise, à tout le moins.

À première vue, ce n'était rien du tout. La menace était aussi absurde que mesurée, sans aucune insulte. Pour des lettres anonymes, celles-ci étaient plutôt pitoyables. Et pourtant, elles avaient quelque chose de…

Il se ressaisit et regagna son bureau d'un pas déterminé. Avec dégoût, il glissa la lettre avec les autres, dans un tiroir qu'il ferma à clé.

Il avait mieux à faire que de se soucier de pareilles inepties. Le détraqué qui les avait écrites devait bien rire en imaginant lui avoir fait la peur de sa vie.

Mais Sir Marcus Deering ne s'en laissait pas conter !

Se racheter… Ça ne pouvait tout de même pas être une référence à l'incendie, si ? Un frisson d'angoisse le parcourut. C'était il y a si longtemps, et il n'y était pour rien. À l'époque, il était jeune, à son premier poste de direction, et manquait indubitablement d'expérience, mais l'incendie n'avait même pas eu lieu pendant son temps de travail, et il n'en était certainement pas responsable.

Non. Il ne pouvait pas s'agir de cela.

Il mordit dans un biscuit avant d'ouvrir le reste de son courrier. Avait-il intérêt à introduire une nouvelle gamme de postes de radio dans ses boutiques ? Le gérant du grand magasin de Leamington Spa voulait en commander tout un stock en bakélite couleur crème.

Sir Marcus poussa un grognement. Crème ! Que reprochait-on à la bakélite en bonne vieille imitation acajou ? Et quelle importance qu'on soit en 1960, à l'aube d'une nouvelle décennie prometteuse, comme le répétait la lettre du gérant ? Les mères de famille dépenseraient-elles vraiment les deniers durement gagnés de leur mari pour de la bakélite crème ?

Alors qu'il appelait sa secrétaire et commençait à dicter un sermon à l'intention de son subordonné avant-gardiste, il continuait à retourner le problème dans tous les sens.

Que pouvait bien signifier cette injonction à « se racheter » ? Qu'était-il censé faire ? Et que se passerait-il s'il n'obtempérait pas ?

2

— C'est toi, ma chérie ? demanda Barbara Loveday en entendant la porte d'entrée s'ouvrir et se refermer. Je suis dans la cuisine !

Trudy, qui pendait ses affaires dans la minuscule entrée, ne put s'empêcher de sourire malgré sa fatigue. Bien sûr que sa mère était dans la cuisine – Barbara Loveday quittait rarement son repaire. Enfants, Trudy et son grand frère Martin avaient passé plus de temps dans cet antre exigu mais réconfortant que dans tout le reste de la petite maison mitoyenne du quartier délabré de Botley où ils avaient grandi.

Botley n'avait ni les hautes collines et les belles maisons neuves de Headington, ni le charme plus bohème et haut en couleur d'Osney Mead et de son canal, mais Trudy ne pouvait imaginer vivre ailleurs que dans cette banlieue d'Oxford. Et par cette journée froide et décevante, les os douloureux et l'œil de plus en plus gonflé, elle était ravie de se réfugier dans la cuisine, d'où émanait une odeur appétissante qui promettait un bon petit plat, sans parler de l'accueil chaleureux de sa mère.

— Tu rentres tôt… oh, Trudy, ma chérie !

Barbara dévisageait sa fille.

— Qu'est-ce qui s'est passé ? Viens par là.

Pendant un instant, alors que sa mère la serrait contre sa poitrine généreuse et l'examinait de son regard brun tacheté – qu'elle lui avait légué –, elle eut l'impression d'avoir six ans. Et c'était très bien ainsi. Après tout, il était bien agréable de savoir que quelqu'un vous aimait et s'occupait de vous, et là, dans cette petite cuisine, avec son sol en lino craquelé et ses rideaux jaunes pimpants, elle se sentait à nouveau en sécurité et entourée.

C'était particulièrement bienvenu, après la façon dont on l'avait traitée au commissariat.

— Tiens, ma chérie, assieds-toi. Je vais te faire une bonne tasse de thé et m'occuper de ton œil. J'ai une petite crème qui fera l'affaire. Dommage que je n'aie pas un beau morceau de bifteck à mettre dessus !

Trudy ne put retenir un sourire – qui lui fit mal au visage. Si la famille Loveday avait eu les moyens d'acheter un beau morceau de bifteck, elle savait très bien qu'ils n'auraient jamais eu la bêtise de le gaspiller en le lui collant sur l'œil. Il aurait été englouti sur-le-champ.

— C'est rien, maman, dit-elle.

Elle prit place à la minuscule table de cuisine, poussée contre un mur pour gagner de l'espace, et regarda leur chatte, Maggie, se frotter contre ses chevilles. Elle caressa pensivement sa fourrure blanc et noir, récompensée par des ronronnements outranciers qui, se dit-elle avec cynisme, avaient probablement davantage pour objectif de soutirer de la nourriture à sa maîtresse que de la réconforter.

— Alors, que s'est-il passé, cette fois ? l'interrogea Barbara d'un ton péremptoire en surveillant la température de l'eau, les poings sur ses larges hanches.

Trudy poussa un soupir. Elle n'avait aucune envie de relancer cette vieille dispute. Depuis qu'elle avait dit à ses parents ce qu'elle voulait faire dans la vie, ils ne cessaient de lui répéter que les femmes n'avaient pas leur place dans la police.

— Je t'ai dit, maman, c'est rien. J'ai glissé et je suis tombée sur le trottoir gelé, c'est tout.

Ce n'était pas complètement faux, se dit Trudy. Le trottoir était effectivement gelé. D'accord, elle n'avait pas tout à fait glissé, elle avait plongé pour attraper le voleur… mais sa mère n'avait pas besoin de le savoir.

— Ne me raconte pas de bobards, Gertrude Mary Loveday, rétorqua sa mère, lui arrachant une grimace.

Elle était la seule personne à l'appeler par son prénom plutôt que par son diminutif, Trudy – et uniquement quand elle avait fait une bêtise.

Baptisée en souvenir d'une sœur de son père, morte jeune pendant la guerre, Trudy avait toujours insisté pour qu'on l'appelle par son diminutif, dès qu'elle avait appris à parler. Les moqueries de ses camarades de classe quand ils avaient découvert son véritable prénom n'avaient fait que renforcer sa détermination à rester Trudy… et rien d'autre.

Elle jeta un regard noir à sa mère.

— Inutile de faire ta mauvaise tête, jeune fille, la houspilla Barbara Loveday. Tu pourchassais des criminels, c'est ça ? C'est comme ça que tu t'es fait cet œil au beurre noir. Tu me prends pour une imbécile ?

Trudy lutta contre la tentation de s'effondrer sur la table.

— Maman, c'est mon métier, gémit-elle. Les policiers sont censés pourchasser les criminels.

— En effet, concéda Barbara, l'air pincé. Mais ce que je ne comprends pas, c'est que tu fasses partie du lot. Une bêtise, à mon avis. Quand tu es partie à l'université apprendre la sténo, j'ai cru que tu deviendrais secrétaire.

Trudy connaissait trop bien cette rengaine.

— Tu aurais été la première de ma famille, et de celle de ton père ! poursuivit sa mère. Les Butler et les Loveday ont toujours été commis, ouvriers ou chauffeurs de bus, comme ton père. Tu aurais été la première à travailler dans un beau bureau. Même notre Martin a un métier manuel.

— Il est menuisier, maman, lui rappela Trudy, amusée. Il gagne bien sa vie et ça ne risque pas de changer. Il a une situation.

— Oui, c'est vrai, répondit Barbara, toute fière de son aîné. Mais c'est dommage qu'il ne vive plus à la maison.

Trudy sourit. Martin était parti plus d'un an auparavant, pour emménager chez un ami de la famille qui habitait non loin de son travail à Cowley. Beau garçon, il avait été bien content d'échapper à la surveillance de ses parents. Non que Trudy compte le leur avouer ! Elle imaginait très bien ce que manigançait son fripon de frère le samedi soir, mais leurs parents ne semblaient heureusement pas s'en douter.

— Et tu aurais pu être secrétaire.

Comme on pouvait s'y attendre, sa mère repartit à l'attaque tout en versant trois cuillères de feuilles de thé dans la bouilloire avant de les recouvrir d'eau.

— Regarde où ça t'a menée. On dirait que quelqu'un t'a traînée dans un fourré.

Trudy réprima un grognement. Elle avait tenté d'innombrables fois d'expliquer à sa mère qu'elle n'était pas faite pour trimer dans un bureau à enchaîner les tâches administratives sans intérêt, mais Barbara Loveday ne l'avait jamais accepté.

Ce qui était plutôt ironique, d'ailleurs, se dit Trudy en réprimant un fou rire. Depuis qu'elle avait terminé sa formation à Eynsham Hall et était en poste à St Aldates, elle avait passé plus de temps à taper des rapports, archiver des dossiers et préparer du thé pour ses supérieurs que n'importe quelle secrétaire.

C'était tellement aux antipodes de ce qu'elle avait imaginé qu'elle avait désespéré de se voir confier de véritables responsabilités.

Et maintenant qu'elle avait enfin obtenu de patrouiller et était même parvenue à arrêter quelques délinquants (deux voleurs à l'étalage et un pyromane à la manque), il avait fallu que ce voleur de sacs lui tombe dessus ! C'était tellement injuste !

Elle voyait encore l'expression coupable du sergent O'Grady au moment où il avait remarqué son œil au beurre noir, et l'air gêné du capitaine Jennings quand il avait lu son rapport.

Voir des femmes blessées heurtait leur sensibilité masculine. Elle comprenait et, dans une certaine mesure, malgré sa frustration, appréciait même leur galanterie, mais elle était aussi consciente que s'ils ne changeaient pas d'avis, elle pourrait tirer un trait sur ses plans de carrière.

Après ses deux ans de stage, pendant lesquels elle était censée patrouiller en uniforme, à la première occasion, elle passerait l'examen pour postuler au poste de détective junior.

Ça n'arriverait pas tout de suite, bien sûr. Et il lui faudrait probablement bien quatre ou cinq ans d'expérience avant de pouvoir y prétendre. Mais elle était décidée à s'accrocher. Elle ne laisserait aucun homme se mettre en travers de son chemin, ni ses officiers supérieurs, ni…

— Trudy !

Elle sursauta, surprise à rêvasser pendant le traditionnel sermon maternel.

— Désolée, maman, marmonna-t-elle.

Barbara soupira.

— Ce que je ne comprends pas, c'est pourquoi tu ne veux pas épouser un gentil jeune homme qui te fera de beaux enfants, hmm ?

Trudy s'apprêtait à rétorquer qu'elle avait largement le temps quand sa mère se décomposa.

— Oh ! Trudy, ma chérie, ça me fait tellement peur, l'idée que tu sois dehors toute seule dans les ruelles sombres, avec cet uniforme. Il y a plein de voyous qui n'aiment pas que la police se mêle de leurs affaires. Et si tu étais vraiment amochée, la prochaine fois ?

Trudy la serra dans ses bras.

— S'il te plaît, essaie de ne pas t'inquiéter, maman. Ils nous forment à ce genre de situation. En plus, j'ai ma matraque.

Évidemment, sa mère se faisait du souci – comment

aurait-il pu en être autrement ? Et son père aussi. Même s'il était plus tolérant et accommodant que sa femme, et moins enclin à la sermonner, Trudy savait très bien qu'il aurait préféré qu'elle trouve un autre travail. N'importe lequel – même poinçonneuse dans un de ses bus chéris.

Elle se souvenait de son fou rire quand, petite fille, après l'avoir écouté raconter des anecdotes sur son métier de conducteur de bus pour la ville d'Oxford, elle lui avait dit qu'elle aussi voulait conduire des bus quand elle serait grande.

Bien sûr, ce n'était pas possible, se dit Trudy avec un petit sourire. Une conductrice de bus, c'était du jamais vu.

Mais elle savait que pour ses parents, tout aurait été préférable à son engagement dans la police.

Et même si parfois, elle se sentait coupable de leur causer tant de souci et de tristesse, elle savait aussi qu'elle n'y pouvait pas grand-chose. Il faudrait simplement qu'elle attende que leurs angoisses et leurs craintes se dissipent – et cela finirait bien par arriver un jour, n'est-ce pas ? Qui sait – peut-être que d'ici quelques années, quand elle aurait été promue sergent, ses parents seraient si fiers d'elle qu'ils riraient de leurs inquiétudes passées.

3

Le Dr Clement Ryder tendit la main vers le pichet de bordeaux et lâcha une bordée de jurons en voyant ses doigts trembler.

Il faisait nuit, la journée avait été longue et fatigante, et après un dîner saucisses-purée rapide mais peu satisfaisant au pub du coin, il méritait un bon digestif devant sa cheminée. Un plaisir rare, puisqu'il n'avait pas l'habitude de boire seul. À présent, il regrettait de s'être donné cette peine : bon sang, il n'arrivait pas à tenir son verre !

Au moins, pensa-t-il sombrement, les tremblements n'avaient commencé qu'après son départ du bureau. Dieu soit loué, jusque-là, il n'avait jamais fait de crise pendant une audience. Il pouvait donc repousser encore un peu le moment humiliant où il devrait avouer son état à son équipe et à ses supérieurs.

Et c'était pour le mieux. Clement avait bien l'intention de le cacher le plus longtemps possible.

À cinquante-sept ans, le Dr Ryder était de plus en plus sensible au froid. Heureusement, les murs épais de sa demeure victorienne sur South Parks Road ne laissaient pas passer les courants d'air et, en se versant avec précaution un petit verre d'un de ses meilleurs bordeaux, il eut la satisfaction de constater qu'il n'en perdit pas une goutte.

Il sourit amèrement, conscient que toutes les victoires étaient bonnes à prendre.

Pour l'instant, la maladie de Parkinson qui l'avait pris en

chasse cinq ans plus tôt ne mettait pas en péril sa nouvelle vie. Même si, bien sûr, elle avait enterré l'ancienne.

Issu de la classe moyenne, né dans la banlieue de Cheltenham, Clement avait décroché une bourse pour étudier la médecine à Oxford. Il avait fait son internat dans un grand hôpital londonien, puis, après des années de travail acharné et de formations complémentaires, il avait obtenu la consécration suprême : un poste de chirurgien dans l'hôpital en question.

Ensuite, il s'était spécialisé dans les opérations cardiaques, et à quarante ans, très fier de lui, il avait cru que sa vie continuerait dans la même veine.

Bien sûr, les choses ne s'étaient pas passées comme prévu. Ses enfants avaient grandi vite et, assoiffés d'indépendance, avaient quitté la maison à la première occasion. Quant à son épouse, Angela, elle était morte avant son cinquantième anniversaire.

Et comme si cela n'avait pas suffi, deux ans plus tard, alors qu'il se lavait les mains avant une opération, il avait remarqué que sa main gauche tremblait un peu.

Naturellement, il s'était dit que ce n'était rien. L'opération s'était bien passée, mais deux semaines plus tard, il avait senti une légère faiblesse dans son bras alors qu'il soulevait une demi-pinte de bière au pot de départ à la retraite d'un collègue.

Encore une fois, il avait oublié l'épisode – mais peut-être un peu moins vite, pris d'une vague inquiétude.

Pendant l'année suivante, il avait surveillé l'évolution de près, notant le moindre incident, le moindre tremblement inexpliqué, la moindre faiblesse dans un membre. Et il avait fait des recherches.

Il avait découvert que les médecins connaissaient la *paralysis agitans* depuis des temps immémoriaux. Mais ce n'est qu'en 1817 que James Parkinson publia son *Essai sur la paralysie tremblante*, dans lequel il décrivait les symptômes familiers des patients : tremblements de repos, posture et démarche anormales, paralysie et perte de puissance musculaire. Il y détaillait également l'évolution de la maladie dans le temps.

Au début, Clement avait refusé d'admettre ce diagnostic. Après tout, ses symptômes avaient d'autres causes possibles. Mais il avait tout de suite compris qu'il ne pourrait plus opérer tant qu'il n'aurait pas de certitude.

Il avait donc pris quelques semaines de congé puis, sous un faux nom, s'était rendu dans une petite clinique dans le sud de la France qu'il connaissait, où il avait demandé toute une batterie d'examens. Quand il avait vu les résultats, son univers s'était écroulé.

Clement poussa un profond soupir en avalant une bonne gorgée de bordeaux. Il était vaguement conscient que depuis qu'il avait cessé d'exercer, il avait peu à peu pris goût à l'alcool – raisonnablement. Après des années à s'astreindre à ne pas boire une goutte, il était bien agréable de pouvoir s'autoriser un écart de temps en temps.

En un sens, si les gens se mettaient à trouver qu'il sentait l'alcool et à répandre des rumeurs, tant mieux, pensa-t-il, amusé. Ça expliquerait qu'il titube ou tremble à l'occasion.

N'était-il pas délicieusement ironique qu'un homme qui s'était toujours restreint soit pris pour un alcoolique ? Mais cela valait mieux que d'être mis au placard.

Dehors, la grêle avait cessé. Clement contemplait les flammes en laissant son esprit vagabonder.

Perdre tant de choses en aussi peu de temps aurait peut-être brisé un homme moins solide, mais Clement Ryder n'avait jamais été du genre à baisser les bras. Après avoir présenté sa démission immédiate, il avait cherché une occupation.

Il était retourné à Oxford, mais n'avait aucune envie d'enseigner. Non, il s'était tout simplement demandé un jour ce qu'il voulait – et ne voulait pas – faire de sa vie.

Même s'il n'avait pas du tout envie d'abandonner complètement le monde de la médecine, il était assez sage, et se connaissait assez bien, pour savoir que devenir généraliste ou consultant dans un hôpital quelconque le rendrait fou. Les chirurgiens sont des individus hautains à l'ego surdimensionné, et les chirurgiens cardiaques, tout comme les neurochirurgiens, ont l'habitude d'avoir littéralement droit de vie et de mort sur leurs patients.

Aussi honteux que cela puisse paraître, il savait qu'il ne supporterait pas de régresser. Il sentait aussi qu'il avait besoin d'un changement de cap radical, d'un défi : une nouvelle activité qui pourrait l'intéresser et lui éviter de sombrer dans l'apitoiement sur lui-même ou l'amertume. Bref, il avait besoin d'un objectif à la fois grandiose et gratifiant.

Après mûre réflexion et quelques recherches, il avait étudié le droit afin de devenir coroner[1].

Et depuis quelques années, son tribunal était son refuge, son univers. Son esprit aiguisé, ses connaissances médicales, sa formation juridique et son entêtement naturel mis au service de la vérité étaient devenus des atouts majeurs.

Il était fier – à bon droit – de la rapidité avec laquelle il s'était adapté à son nouveau rôle. Au bout d'à peine un an, il avait acquis la capacité à déterminer si les témoins mentaient ou esquivaient les questions. Il avait vite développé un sixième sens concernant les policiers, leurs idées et leurs attentes, puis il décidait par lui-même de les satisfaire ou non. Et bien que cette caractéristique ne l'ait pas rendu très populaire auprès des gardiens de la paix locaux, personne ne contestait que quand le Dr Clement Ryder siégeait, l'affaire était entre de bonnes mains.

1. En Angleterre, le coroner est un officier judiciaire indépendant chargé d'enquêter sur les circonstances des décès soudains, violents ou suspects. Il préside un tribunal spécifique et a le pouvoir d'ouvrir une enquête, d'ordonner une autopsie et de convoquer un jury, avant de passer la main à la police s'il soupçonne l'existence d'un crime. (Toutes les notes sont de la traductrice.)

Il ne doutait pas un instant que son nom était craint et respecté, ce qu'il considérait comme un dû : après tout, il était consciencieux et compétent.

Il supportait d'autant moins l'idée qu'ils aient pitié de lui ou au contraire qu'ils se réjouissent s'ils venaient à apprendre son état de santé, et était bien décidé à garder le secret coûte que coûte. On tenterait sûrement de le mettre à la retraite, et il était absolument hors de question qu'il reparte de zéro une troisième fois. Non, il lutterait jusqu'à la fin.

Il faudrait qu'ils l'arrachent à son tribunal de force. Et ce n'était pas un de ses greffiers ou ces mauviettes de la mairie qui en auraient le courage !

Clement ricana en finissant son bordeaux. Il avait une audience le lendemain, une bonne nuit de sommeil lui ferait du bien.

Il se releva, dépliant lentement son mètre quatre-vingt-cinq. Il entraperçut son reflet dans la vitre en passant : ses cheveux autrefois brun foncé étaient désormais tous blancs. Ses yeux gris plutôt larmoyants s'accordaient parfaitement à l'eau de pluie qui ruisselait sur la fenêtre.

Sa main avait cessé de trembler. Pour l'instant, du moins. Soulagé, il s'autorisa un petit grognement de contentement.

Il avait encore de belles années devant lui. L'année précédente, il avait dû pousser un jury décidé à conclure à une mort accidentelle à déclarer le décès inexpliqué, laissant la possibilité à la police d'enquêter, puis d'arrêter un suspect pour négligence criminelle ayant mené à la mort.

Clement Ryder n'avait aucun scrupule à juger les témoins qu'il savait coupables. Ni à s'assurer qu'ils avaient ce qu'ils méritaient. Tant qu'il serait là, personne n'échapperait au châtiment !

Bien entendu, avec cette attitude, il ne s'était pas toujours fait bien voir, mais Clement n'avait jamais eu besoin de l'approbation d'autrui. De toute manière, il avait peu de vrais amis.

L'horloge comtoise dans le petit couloir sonna les 11 heures tandis qu'il se traînait vers l'escalier. Le lendemain, il ouvrirait l'enquête sur la mort d'une écolière percutée par une voiture à St Giles.

En présence de la famille éplorée. La journée s'annonçait lugubre.

4

L'œil au beurre noir de Trudy n'était plus qu'une petite tache jaune quand, cinq jours après avoir attrapé le voleur de sacs (en se faisant damer le pion par ce bellâtre de Rodney Broadstairs), elle constata à son retour des archives qu'une agitation inhabituelle régnait dans le commissariat.

Se glissant derrière Rodney, qui tapait péniblement un rapport à deux doigts, elle chuchota :

— Que se passe-t-il ?

Elle désigna l'homme corpulent d'allure prospère et à la moustache bien taillée que le sergent O'Grady conduisait avec beaucoup d'égards dans le bureau de Jennings.

— Sais pas, répondit vaguement Rodney. Un gros bonnet qui a reçu des lettres d'insultes ou je ne sais quoi.

Trudy poussa un soupir.

Consciente que tenter de lui soutirer davantage d'informations serait inutile – son collègue était incapable de faire plus d'une chose à la fois –, elle se dirigea d'un air nonchalant vers la porte entrouverte du capitaine, un dossier à la main en guise de camouflage.

À son grand désarroi, après ses démêlés avec le voleur de sacs, le capitaine Jennings l'avait confinée aux archives et à la paperasse. Autant en profiter. Ouvrant un tiroir du meuble de classement le plus proche du bureau de Jennings, et faisant mine de chercher l'emplacement où déposer le dossier, elle tendit l'oreille.

Sir Marcus Deering, les joues rouges et la respiration sifflante, brandissait une feuille de papier.

— Regardez ! Lisez ça et dites-moi que j'exagère.

Jennings émit une sorte de murmure qui se voulait apaisant en se tortillant dans son fauteuil. À bientôt quarante ans, c'était un homme svelte aux cheveux blonds clairsemés et au nez juste assez gros pour lui donner des complexes.

Quand Sir Marcus Deering avait téléphoné pour annoncer sa visite et exiger de parler à un gradé, il avait compris qu'il allait devoir se montrer prudent. Bien entendu, ses supérieurs attendraient de lui qu'il déroule le tapis rouge. Les dons de l'homme d'affaires à de nombreuses bonnes œuvres locales (y compris le fonds pour les veuves et les orphelins de la police) étaient bien connus. Tout comme le fait qu'il siégeait à plusieurs conseils d'administration influents, bien au-delà de la commune.

De plus, Jennings aurait mis sa main à couper que comme lui, il était franc-maçon.

Ayant tout cela en tête, il s'éclaircit prudemment la gorge et lut la missive écrite au stylo vert.

Tu n'as pas fait ce qu'il fallait. Je t'avais prévenu
que c'était ta dernière chance. Maintenant,
ton fils va mourir. Il mourra à midi pile demain.
Peut-être qu'ensuite, tu te rachèteras.

Par-dessus son épaule droite, le sergent O'Grady poussa un léger soupir. À quarante et un ans, un peu empâté, ses cheveux filasse lui retombant sur le front, il avait abandonné depuis longtemps tout espoir d'avancement. Ce qui ne le troublait pas beaucoup. Il travaillait au commissariat depuis des années et les choses lui convenaient très bien telles qu'elles étaient.

Quand le capitaine lui avait annoncé qu'un notable local recevait des lettres anonymes, il ne s'était pas attendu à cela. Généralement, les corbeaux accusaient les destinataires de transgressions sexuelles. Plus rarement, ils incluaient des menaces de mort – mais rien d'aussi spécifique. En fait, pour Mike O'Grady, cette précision avait quelque chose d'étrange, pour ne pas dire sinistre. Quel genre de fou vous donnait l'heure à laquelle il comptait frapper ?

— Je comprends votre désarroi, monsieur, commença le capitaine, diplomate. Mais pour commencer, je tiens à vous assurer que la quasi-totalité des lettres anonymes sont l'œuvre de déséquilibrés, qui passent très rarement à l'acte. De plus, elles sont généralement écrites non par des hommes, mais par des femmes qui souffrent de mégalomanie ou de gros complexes d'infériorité. Dans l'ensemble, ce sont des créatures pitoyables.

Sir Marcus, qui tripotait nerveusement son chapeau – un beau feutre gris foncé –, parut s'impatienter.

— Vous croyez que je ne suis pas au courant, mon petit monsieur ? C'est pour ça qu'au début, quand j'ai commencé à recevoir ces lettres, je les ai ignorées. J'ai jeté la première à la poubelle. Mais quand elles ont continué à arriver, avec le même satané message à chaque fois, je les ai gardées – juste au cas où. Et là, c'est la première fois qu'ils menacent mon fils. Nom d'un chien, ils vont trop loin !

Jennings se redressa, l'air de rien.

— Vous dites que vous en avez reçu d'autres, monsieur ? Vous ne les auriez pas appor…

Il s'interrompit quand Sir Marcus tira quelques pages de sa poche.

— Si, les voilà. Toutes identiques, vous voyez, sauf les deux dernières.

— Hmm… oui. Je comprends votre malaise, Sir Marcus, concéda le capitaine. Avez-vous une idée de l'identité du corbeau ?

— Aucune. Et ne croyez pas que je n'y ai pas réfléchi. Depuis un mois, je n'ai pas fait grand-chose d'autre.

— Vous avez dû licencier quelqu'un récemment ?

insista Jennings. Vous avez forcément un ou deux employés mécontents, n'est-ce pas ?

— Forcément. Mais ça m'étonnerait que ça prenne de telles proportions, pas vous ?

— En effet, monsieur.

Même s'il n'en était pas si sûr : les gens font de drôles de choses quand ils voient rouge.

— Et vos employés de maison, monsieur ?

— Non, non. Ils sont tous à mon service depuis des années. Enfin, la cuisinière et le majordome, en tout cas. Les femmes de chambre défilent, j'ai l'impression… je laisse ma femme s'occuper de tout ça.

— Hmm. Et, euh…

Jennings tenta de trouver une formulation délicate.

— Avez-vous une idée de ce que veut dire l'auteur des lettres quand il vous invite à vous « racheter » ?

Sir Marcus hésita. Une fois de plus, il pensa à l'incendie. Et une fois de plus, il écarta cette idée.

— Eh bien, non. C'est d'autant plus frustrant. Pourquoi ce type ne peut-il pas dire clairement ce qu'il veut ? C'est ce que font les corbeaux, d'habitude, non ?

Et Jennings dut admettre que Sir Marcus n'avait pas tort. D'ordinaire, les lettres anonymes contenaient des exigences explicites, dans des termes parfois grossiers.

— C'est cette fichue menace contre Anthony qui m'a vraiment déstabilisé, avoua Sir Marcus en poussant un soupir. Mon garçon a pris ça à la légère, bien sûr, mais moi, j'hésite.

Il se pencha un peu en avant, jetant un regard appuyé au capitaine.

— N'est-ce pas le travail de la police, de protéger les gens quand on les menace de mort ?

Et voilà, se dit Jennings en réprimant un soupir. Depuis qu'il avait lu la lettre, il savait que ce moment viendrait. Et évidemment, il n'y avait pas moyen d'y échapper. Il faudrait qu'il fasse perdre un certain nombre d'heures à ses hommes pour s'en occuper.

— Oui, monsieur, bien entendu, répondit-il d'un ton conciliant. Et vous pouvez être sûr que demain à midi, le sergent O'Grady sera chez vous et ne quittera pas votre fils des yeux.

— J'espère bien, rétorqua Sir Marcus, un peu radouci. J'ai dit à Anthony que je voulais qu'il soit à la maison, et même s'il a un peu rouspété, il a accepté. Attention, il dit qu'il est capable de se défendre, et c'est sûrement vrai, mais enfin, quand on a affaire à un dingue, comme ce satané corbeau, on ne sait jamais, n'est-ce pas ? Je suis certain qu'Anthony saurait se tirer d'une bagarre, mais que se passerait-il si ce cinglé avait un couteau ? Ou pire, un revolver ?

— Cela me semble très improbable, Sir Marcus, s'empressa de le rassurer Jennings.

Mais en son for intérieur, il se posait la question. De nombreux soldats avaient rapporté leur arme de service de la guerre. C'était interdit, bien entendu, mais n'empêche. Il n'était pas complètement impossible que le corbeau ait les moyens d'exécuter sa menace et de tuer le fils de Sir Marcus.

— C'est bien possible. Mais tant que nous ne saurons pas qui écrit ces fichues lettres, comment en être sûr ? pesta Sir Marcus, très agité. Si ça se trouve, c'est une vieille folle qui s'amuse à faire peur aux gens, ou un petit gratte-papier minable dans un de mes bureaux qui se prend pour Napoléon ou qui m'en veut pour je ne sais quelle raison. Mais peut-être que non ! Enfin, je ne peux quand même pas guetter ce type toute ma vie !

— Non, monsieur, bien sûr que non, répondit Jennings, qui compatissait sincèrement. Nous allons tirer cette affaire au clair. Pourriez-vous nous transmettre une liste de tous ceux qui, pour une raison ou pour une autre, pourraient vous en vouloir, à vous ou à votre famille ?

Sir Marcus acquiesça d'un air sombre et se releva péniblement.

— Très bien, je n'y manquerai pas. Et vous serez chez moi demain, c'est entendu ? demanda-t-il en posant sur le bureau sa carte de visite personnelle. Voici l'adresse.

— Oui, monsieur, mon sergent sera là bien en avance et il se fera accompagner d'un autre policier, promit Jennings. J'imagine que votre fils vit chez vous ?

— En ce moment, oui. Il a un appartement à Londres, bien sûr, mais il rentre pour les fêtes. Il aime participer à la chasse du lendemain de Noël, expliqua-t-il, attendri par l'évocation de son héritier. Ensuite, il reste quelques semaines de plus pour galoper. Anthony a toujours été fou de chevaux, et quand il est chez nous, il monte tous les jours.

Jennings, qui s'en fichait comme de sa première chemise, acquiesça distraitement.

— Je vois, monsieur. Faites-nous confiance. Sergent, raccompagnez Sir Marcus.

À l'extérieur, Trudy s'écarta précipitamment du meuble de classement et se dirigea vers un bureau libre, mine de rien.

Le sergent O'Grady lui jeta un regard acéré tout en réprimant un sourire. Après avoir raccompagné leur visiteur, il retourna voir son supérieur.

— C'est une drôle d'affaire, capitaine, pour sûr, commenta-t-il, compatissant. Mais on ne peut rien faire pour lui. Tôt ou tard, notre corbeau en aura assez et trouvera une autre victime. Et la probabilité qu'il se passe un truc louche demain à midi pile… Ça aurait plus de chances d'arriver à la saint-glinglin, à mon avis.

— Mais on ne peut pas dire ça à Sir Marcus, répondit Jennings. Et entre nous, cette menace était un peu étrange. Une date et une heure précises, tout ça…

— Oui, admit O'Grady. Ce n'est pas banal, on est bien d'accord.

Il se demanda si son supérieur avait remarqué l'instant d'hésitation de Sir Marcus quand il lui avait demandé s'il avait une idée de ce que « se racheter » pouvait bien signifier. Le sergent était sûr que Sir Marcus avait fui leur regard. Si le millionnaire n'avait pas une ou deux affaires sordides à son actif, il voulait bien manger son chapeau. Après tout, les riches ont toujours un petit secret.

— Bon, quoi qu'il en soit, vous irez quand même jouer les nounous demain, ordonna Jennings. Et même s'il n'y a quasiment aucune chance qu'il se passe quelque chose, prenez un gaillard solide avec vous au cas où. Broadstairs, peut-être. Il sait se défendre.

— Bien, monsieur.

— Oh ! et sergent…

— Monsieur ?

— Demain, prenez Loveday avec vous, voulez-vous ? Ça fait une semaine qu'elle me jette des regards de chien battu. Ça commence à me taper sur les nerfs. Elle peut aider à interroger les femmes de chambre ou je ne sais quoi. Bien entendu, elles ne sauront rien, donc peu importe qu'elle s'y prenne comme une cruche.

— Bonne idée, monsieur, répondit O'Grady avec un grand sourire. En plus, ce sera un bon exercice pour elle, ça lui permettra de s'entraîner à interroger des témoins.

L'air las, Jennings haussa les épaules.

En fermant la porte derrière lui, Mike O'Grady se fit la réflexion que Trudy Loveday n'avait rien d'une cruche. C'était une fille maligne et, jolie et attachante comme elle l'était, elle ne ferait qu'une bouchée des employés de maison de Sir Marcus.

5

Le lendemain matin, Mavis McGillicuddy trempa une mouillette dans son œuf à la coque avant de jeter un œil à l'horloge de cuisine. Il lui restait une heure avant de réveiller sa petite-fille pour la préparer à l'école, ce n'était pas de trop : à dix ans, Marie approchait dangereusement du moment où son désir puéril de faire plaisir virerait à la mutinerie.

Non que Mavis se plaignît des difficultés à élever un enfant, même à soixante ans. La plupart des femmes de son âge en avaient terminé, mais Mavis était tout à fait consciente que sans son fils et sa petite-fille, qui vivaient chez elle, elle ne serait qu'une veuve esseulée de plus.

Et elle préférait de loin courir partout ou calmer un enfant qui faisait un caprice plutôt que de se tourner les pouces.

À la radio, le Premier Ministre Harold Macmillan s'exprimait sur un sujet effrayant – comme d'habitude, lui semblait-il – et elle était tentée de se lever pour chercher un programme plus joyeux. Mais les stations de radio ne passaient plus que la musique moderne dont les jeunes raffolaient. *Be-Bop-A-Lula* par-ci, *Poison Ivy League* par-là. Et elle avait de plus en plus de mal à trouver la musique qu'elle aimait : un enregistrement du Glenn Miller Band, par exemple, ou un bon morceau de Vera Lynn.

Elle leva les yeux en entendant s'ouvrir la porte de la cuisine.

— Salut, m'man. Tu n'aurais pas vu mes bottes – celles

avec le bout renforcé ? J'arrache des vieux pommiers, aujourd'hui, et je ne veux pas… ah, les voilà.

Mavis ne pouvait s'empêcher de sourire à chaque fois qu'elle voyait son fils unique, Jonathan. À trente ans à peine, c'était un beau garçon, qui faisait bien plus jeune que son âge. Il avait hérité de ses cheveux blonds épais et ondulés, ainsi que des magnifiques yeux brun-vert de son père. Il mesurait presque un mètre quatre-vingts, avec une silhouette mince et élancée sculptée par son travail de jardinier.

Elle sirota son thé tout en le regardant enfiler ses chaussures de sécurité, attendrie et satisfaite. Même si Mavis n'avait pas eu une vie facile, elle devait avouer qu'elle avait parfois eu de la chance, et elle en était reconnaissante. Par la fenêtre de leur humble maisonnette mitoyenne de Cowley, dans la banlieue d'Oxford, elle voyait leurs voisins s'affairer, la plupart des hommes partant travailler à l'usine automobile. Grâce à l'aide du père de Jonathan, Mavis était la seule de la rue à être propriétaire. Elle avait pu envoyer Jonathan au lycée, ce qui lui avait permis de réussir un peu mieux que ses pairs : après un apprentissage auprès du chef jardinier de St Edmund Hall, il avait fondé sa propre petite entreprise.

Oui, Mavis savait que par bien des côtés, elle avait eu de la chance.

— Marie dort encore ? lui demanda son fils en se versant une tasse de thé.

Il regarda par la fenêtre. Ces derniers jours, il avait fait plutôt doux, avec beaucoup de pluie, le temps parfait pour arracher des racines récalcitrantes.

— Oui. Mais elle n'a pas du tout envie de retourner à l'école après les vacances de Noël, confia Mavis avec un sourire. Ça ne va pas être facile de la faire arriver à l'heure. Mais ne t'en fais pas, mon fils, je ne lui passerai pas son caprice.

— Merci de t'occuper d'elle, maman. Je ne sais pas ce que j'aurais fait sans toi.

Jonathan le répétait souvent, surtout par habitude, même s'il avait conscience que c'était tout à fait exact.

Il avait dû se marier jeune, à tout juste vingt ans, quand la fille qu'il fréquentait était tombée enceinte, et pour être honnête, il n'en avait jamais été très heureux. Il en avait honte, mais il s'était senti piégé et un peu rancunier, et quand Marie était née sept mois plus tard, il avait eu l'impression de s'être fait avoir. Il avait attendu – et voulu – un garçon. Ce qui n'avait fait qu'accentuer sa culpabilité.

Mais trois ans après la naissance de leur fille, Jenny était morte dans un accident de train qui avait fait quatre autres victimes. Elle se rendait à Banbury pour postuler à un emploi à temps partiel, dans l'espoir qu'ils pourraient se permettre de quitter la maison de sa belle-mère pour fonder leur propre foyer.

Évidemment, ça n'était jamais arrivé. À l'âge de vingt-quatre ans, Jonathan McGillicuddy était devenu un jeune veuf séduisant avec une petite fille à élever, et il s'était vite aperçu que sa liberté inopinée n'était pas aussi agréable qu'il l'aurait imaginé. Jenny lui manquait terriblement. Et loin d'être un fardeau, sa fille était devenue la prunelle de ses yeux. Heureusement, sa mère, elle-même veuve de longue date, avait été ravie de prendre la relève.

Désormais, Marie l'appelait « maman » et semblait n'avoir aucun souvenir de Jenny.

Sa mère lui beurra des tartines avant de lui préparer des sandwichs pour son déjeuner. Plutôt replète, elle débordait toujours d'énergie, mais Jonathan se fit la réflexion qu'elle devait commencer à sentir son âge. Une fois de plus, il se sentit coupable. N'était-il pas injuste de continuer à attendre d'elle qu'elle s'occupe de sa fille et joue les ménagères pour lui ? Peut-être était-il temps qu'il songe à se remarier ?

Ah non, pas question !

Il n'avait eu que deux liaisons sérieuses dans sa vie, et l'une comme l'autre avaient viré à la catastrophe. D'abord Jenny, et ensuite… Mais non, il refusait de penser à l'autre. Il en était incapable. Il en avait fait des cauchemars pendant des années, et de temps en temps ils revenaient le hanter, et il se réveillait en sursaut, tremblant et couvert de sueur, le cœur battant.

Parfois, il se demandait s'il n'était pas maudit.

Son propre père était mort avant sa naissance. Il lui semblait que tout le monde l'abandonnait. Et s'il arrivait quelque chose à sa mère ? Ou à Marie ?

Il frissonna puis, se morigénant pour son sentimentalisme – ou plutôt, sa stupidité –, il s'empressa d'avaler ses tartines et enfila son imperméable. Tout se passerait bien. Tout allait pour le mieux depuis un bon moment. Il ne devait pas penser à la période de sa vie où il avait cru devenir fou. Où il avait frôlé le pire. Non, cette partie-là de son existence était révolue, et elle ne reviendrait jamais. C'était impossible. Le passé était mort et enterré.

Il déposa un baiser distrait sur le crâne de sa mère qui sirotait toujours son thé.

— À tout à l'heure, m'man. Je rentrerai vers 16 heures, ajouta-t-il gaiement. Ça ne sert à rien d'essayer de travailler dans un jardin quand il fait noir.

C'était l'un des rares avantages de l'hiver pour un jardinier : les journées de travail étaient plus courtes.

Il sortit sur le chemin humide en sifflotant et ferma la porte derrière lui. Il se dirigea vers les garages fermés au bout de la rue, où l'attendaient sa vieille camionnette et ses outils de travail, sans voir la silhouette silencieuse qui observait attentivement chacun de ses gestes.

Et même s'il l'avait remarquée, cela n'aurait probablement pas changé grand-chose.

6

Bouche bée, Trudy contempla la maison à la lisière de Hampton Poyle, un joli petit village en pleine campagne agricole. La grande bâtisse construite en pierre des Cotswold, à la symétrie implacable caractéristique de l'architecture géorgienne, trônait au beau milieu d'un parc bien entretenu, dégageant une élégance naturelle et une impression d'opulence.

— Les riches ont la belle vie, hein ? remarqua Rodney Broadstairs depuis le siège passager de leur Fiat Panda.

Le sergent O'Grady, qui conduisait, eut un sourire amer.

— T'as intérêt à te tenir à carreau, mon garçon. Bon, j'imagine que le fils de la maison est sur son foutu canasson, mais il a promis à son père d'être rentré à 10 heures. Rod, tu ne le lâches pas d'une semelle, surtout vers midi. Trudy, tu vas parler aux employés dans la cuisine. Récolte tous les ragots possibles sur leurs patrons. On ne veut pas juste savoir qui a écrit les lettres – si Sir Marcus et sa famille ont été visés, il y a forcément une raison, et on doit la trouver. Compris ?

— Compris, sergent, répondit une Trudy tout heureuse. Enfin, on la laissait s'impliquer dans une vraie enquête !

Jonathan McGillicuddy traversa le village de Kidlington avant de garer sa camionnette sous les branches nues d'un grand hêtre. Ces temps-ci, il travaillait dans le parc d'une résidence victorienne donnant sur le canal d'Oxford, dont les nouveaux propriétaires passaient l'hiver dans leur villa de la Barbade. Ils venaient d'acheter la maison et lui avaient laissé des plans détaillés des modifications qu'ils voulaient apporter à l'immense jardin, comme de remplacer le vieux verger par un grand plan d'eau.

Il commença à décharger sa camionnette puis, lesté d'une grande pioche et de plusieurs types de scies, il traversa un jardin de simples envahi par les mauvaises herbes pour gagner l'arrière de la propriété, avant d'obliquer vers le verger à la limite du terrain. Tout en marchant, il sifflotait le dernier tube de Ricky Valance.

L'absence des occupants de la maison avait des bons et des mauvais côtés. Certes, il était tranquille, sans clients qui le soupçonnaient de lambiner pour le surveiller, ou pour changer d'avis tout le temps. Mais cela voulait aussi dire qu'il ne pouvait pas utiliser leurs toilettes, ni s'aventurer dans la cuisine par une journée froide pour quémander une tasse de thé bien chaude ou un bol de soupe.

Il regarda sa montre en posant le reste de son équipement près du premier des pommiers noueux et malades, si vieux que même les branches les plus hautes ployaient vers le sol.

Il était à peine 9 heures.

Le jeune garçon qu'il engageait parfois pour l'aider pour les gros travaux, Robby Dix, était pris ailleurs ce jour-là, mais cela ne dérangeait pas tellement Jonathan. Il aimait bien travailler seul.

Tandis qu'il se mettait à scier une branche, la silhouette qui l'avait observé à Cowley longea discrètement le mur du potager. Dissimulé dans l'ouverture sombre percée sur un côté, l'intrus jeta un coup d'œil prudent dans le vieux verger.

Il faisait humide, l'herbe longue était détrempée et un début de brouillard se formait. Bien que la maison soit flanquée d'autres propriétés, les grands jardins étaient vides, et même la rue était plongée dans le silence. Personne ne sortait par une journée aussi morne et pluvieuse – pas même pour promener un chien.

Ce qui constituait un avantage appréciable.

La silhouette se replia dans les ombres plus denses d'un vieil if planté dans un coin particulièrement obscur du parc. Le voyeur n'avait plus qu'à patienter trois heures. Non qu'il ait vraiment besoin d'attendre midi. Après tout, peu importait. Mais… Il eut un sourire sinistre. Tout vient à point à qui sait attendre.

Trudy engloutit son dernier morceau de *Dundee cake* et sourit à la cuisinière en tapotant son ventre plat.

— Délicieux, madame Rogers, mais je ne pourrais pas avaler une bouchée de plus.

Conformément aux instructions du sergent, elle avait passé deux heures à bavarder avec les employés et à sympathiser avec les femmes de chambre, Milly et Phyllis (« appelle-moi Phil »). Les deux filles avaient à peine un an de plus qu'elle et étaient bien plus intéressées par son métier de policière que par les ragots sur leurs patrons. Cependant, Trudy avait insisté, et elle était à présent convaincue d'en savoir autant sur Sir Marcus Deering et sa maisonnée que l'homme d'affaires lui-même.

Elle savait, par exemple, que Lady Deering avait un petit problème de jeu qu'elle prenait bien garde de cacher à son mari. Elle savait que le fils, Anthony, était la prunelle des yeux de ses parents ; mais Milly comme Phil lui conseillèrent de se méfier de ses mains baladeuses. Apparemment, il avait tendance à croire que sa fortune et son physique avantageux l'autorisaient à prendre certaines libertés.

Trudy avait souri et répondu que d'après son expérience, les hommes étaient tous les mêmes.

De là, elles en étaient venues à parler de Sir Marcus, un personnage plus pompeux que séducteur.

— Il prend de ces grands airs, parfois, c'est pas croyable, s'était plainte Milly. À mon avis, c'est parce que c'est pas un vrai aristo, juste un baron d'industrie. Et il le sent, tu vois. Du coup, il est tendu quand ils ont des invités. Il s'imagine toujours que les vrais lords le méprisent, alors que la moitié s'en contrefichent.

— Mais ceux qui sont vexés ou méprisants, c'est juste parce qu'ils sont jaloux qu'il ait beaucoup plus de sous qu'eux, avait précisé Phil, révélant une compréhension étonnante du fonctionnement des classes dirigeantes.

Bien sûr, tout cela était intéressant, songea Trudy en relisant ses notes, mais elle n'arrivait pas à imaginer en quoi cela pourrait bien être utile au sergent.

Mais enfin, ce n'était pas à une humble stagiaire d'en juger.

— Le petit chéri arrive, annonça Phyllis en se dévissant le cou pour jeter un œil par la fenêtre de la cuisine, s'attirant un regard noir de Mme Rogers, beaucoup plus circonspecte. Si, j'entends son cheval, insista-t-elle en gloussant.

Trudy, qui ne voulait pas rater l'occasion d'examiner le fils de Sir Marcus, s'empressa de se lever.

— Eh bien, je crois que ça suffira pour le moment. Merci, conclut-elle poliment.

— J'espère vraiment que vous trouverez bientôt cet affreux corbeau, lui dit la cuisinière, la mine inquiète.

Même si les employés soupçonnaient déjà que quelque chose tracassait leur patron – ils avaient remarqué qu'il était particulièrement nerveux ces derniers temps –, ils avaient tous semblé sincèrement choqués d'apprendre qu'il avait reçu des menaces de mort concernant son fils. Malheureusement, aucun d'entre eux n'avait la moindre idée de l'identité du coupable. De même, ils avaient tous juré ne pas être au courant de transgressions passées de Sir Marcus qui auraient pu expliquer que quelqu'un veuille se venger.

C'était plutôt décourageant, mais Trudy pressa le pas, tout excitée, en sortant de la cuisine.

Il était 11 h 30 et, dans l'écurie située à l'arrière de la maison, elle regarda Rodney Broadstairs approcher le jeune homme qui descendait d'un beau cheval de chasse ébène.

En vraie citadine, Trudy ne connaissait rien aux chevaux, mais elle reconnaissait instinctivement les créatures racées. Tandis qu'Anthony Deering ôtait sa bombe et tendait les rênes à la fille d'écurie, elle songea que le cheval n'était pas le seul bel étalon présent.

En s'approchant, elle vit que le fils de la maison faisait à peu près sa taille et arborait d'épais cheveux bruns et de grands yeux verts. Vêtu d'une culotte d'équitation et d'une veste vert foncé, il était la quintessence du gentleman à la campagne.

Il la caressa du regard, et les avertissements de Phyllis lui revinrent en mémoire : « Si tu le laisses à portée de tes fesses, il essaiera sûrement de les pincer… »

Trudy eut un petit sourire en imaginant à quel point il serait délicieux d'arrêter ce jeune aristocrate pour agression sur un agent de police s'il avait l'imprudence de s'en prendre à elle.

— Eh bien, je dois dire que j'aime la tournure que prennent les événements, déclara Anthony Deering en souriant, sans la quitter des yeux. Allez-vous aussi me protéger du terrible corbeau, mademoiselle ?

— Non, monsieur, répondit Rodney en la fusillant du regard. La stagiaire s'apprêtait à aller parler à votre mère.

Trudy comprit le message, hocha la tête d'un air dégagé et contourna la maison pour rejoindre le sergent O'Grady, qui tenait compagnie à Deering dans la grande véranda.

Il était midi moins dix.

On accédait par deux portes vitrées à la véranda, qui donnait sur la façade sud de la maison. Quand elle frappa à la vitre et fut invitée à entrer, elle se demanda à quoi pensait Anthony Deering en cet instant.

Et une fois de plus, elle regarda sa montre.

Plus que huit minutes.

Même si l'attitude arrogante et les plaisanteries du jeune homme avaient suggéré qu'il ne prenait pas la menace au sérieux – comme la plupart d'entre eux –, il ressentait certainement une pointe d'angoisse, non ? Savoir que quelqu'un, quelque part, avait fait le vœu de vous tuer quand les deux aiguilles de l'horloge seraient droites suffirait à faire frissonner n'importe qui.

Par certains côtés, la situation lui rappelait un peu le film *Le train sifflera trois fois*. Avec le sergent, Rodney et elle qui fixaient l'horloge, pleins d'inquiétude, en attendant la catastrophe. Sauf qu'Anthony Deering n'avait rien d'un Gary Cooper ! Et on n'attendait certainement pas de lui qu'il affronte des tireurs tout seul.

Elle savait que ses parents étaient terrifiés : dans la véranda, Lady Deering, une grande femme maigre au visage allongé, faisait les cent pas, tandis que son mari faisait semblant de lire le journal. Le sergent O'Grady lui adressa un petit sourire quand elle entra, puis il continua à observer les champs qui s'étendaient devant la maison.

Trudy regarda à nouveau l'heure – elle ne pouvait pas s'en empêcher. Il restait à peine cinq minutes.

Était-il possible qu'il y ait quelqu'un dehors, en train de les épier, attendant de passer à l'action ? Que, malgré la présence de la police, l'inconnu ait trouvé un moyen insensé d'assassiner Anthony Deering sous leur nez ? Peut-être grâce à un piège quelconque ? Ou avait-il décidé que le plus simple serait de se rabattre sur la force brute et ferait-il son entrée en tirant à tout-va ?

Rien que de penser au carnage qui s'ensuivrait si un scénario aussi improbable se réalisait, Trudy en avait la nausée, et elle espérait simplement que les femmes de la cuisine auraient le bon sens de rester cachées si les choses tournaient au vinaigre.

Mais bien sûr, personne n'y croyait vraiment. Le

capitaine Jennings, le sergent et même cet imbécile de Broadstairs étaient convaincus qu'il s'agissait d'une mauvaise plaisanterie. Même si elle trouvait leur sérénité rassurante, Trudy était sur les nerfs, et elle savait qu'elle n'était pas la seule.

Devant la porte, elle entendit la voix de Rodney Broadstairs et celle d'Anthony Deering qui lui répondait. Un instant plus tard, les deux hommes entrèrent dans la pièce.

Sir Marcus leva les yeux de son journal et leur fit un signe de tête.

— Assieds-toi, Anthony, tu veux ? Je t'ai gardé les mots croisés.

Il tendit une page de journal et un stylo à son fils, qui eut la bonne grâce d'accepter.

— D'accord, dit-il d'un ton brusque, en faisant un grand sourire à son père. Mais à midi cinq, je vais demander le déjeuner à la cuisine, et ensuite, j'irai au cinéma à Oxford.

Sir Marcus fronça les sourcils.

— Il ne vaut mieux pas, mon fils.

— Oui, pourquoi ne pas rester ici ? Pendant le reste de la journée, au moins, insista sa mère, l'air inquiète.

Anthony poussa un soupir théâtral. Il avait délaissé sa tenue d'équitation au profit d'une veste en tweed et d'un pantalon en flanelle gris foncé.

— Non mais franchement ! Ce taré a menacé de me régler mon compte à midi pile. Une fois l'heure passée, je ne risquerai plus rien. Après tout, qui prend la peine de préciser un horaire pour ne pas le respecter ? Ça n'a aucun sens. Soit il se passera quelque chose à midi, soit il ne se passera rien.

— Ce n'est pas garanti, marmonna Sir Marcus, peu convaincu par cette logique douteuse.

— Il n'y a pas de garanties, dans la vie, tu le sais très bien, rétorqua son fils. Enfin, mon vieux, tu ne peux pas t'attendre à ce que je reste cloîtré chez vous toute ma vie.

Du nerf ! – on sait tous que ce n'est qu'un minable qui nous mène en bateau. Il ne va rien m'arriver !

Sir Marcus soupira et jeta un coup d'œil à l'horloge sur le mur. Midi moins quatre.

Jonathan McGillicuddy s'interrompit, s'étira et plaqua ses paumes contre son dos endolori. Encore une heure et il irait chercher ses sandwichs et son thermos de thé dans la camionnette.

Il s'empara d'une scie égoïne et se pencha pour s'attaquer à une branche particulièrement épaisse et noueuse près du sol. Malgré la fraîcheur de l'air, il était couvert de sueur.

Assourdi par les grincements de la scie, il n'entendit pas la silhouette s'approcher dans son dos, l'herbe molle et humide étouffant le bruit des bottes.

À sa gauche, l'horloge de l'église du village commença à égrener les douze coups de midi.

Ce fut la toute dernière chose qu'il entendit.

Lady Deering éclata de rire. Dans le hall d'entrée, l'horloge comtoise termina de sonner les douze coups. Le silence qui suivit le dernier fut particulièrement profond.

Trudy dut elle aussi lutter contre un fou rire. Avait-elle vraiment imaginé qu'un détraqué surgirait en tirant dans tous les coins ? À présent, elle avait un peu honte de ses craintes.

Anthony Deering, qui avait presque fini les mots croisés, fit un grand sourire à sa mère.

— Tu te sens mieux ? demanda-t-il.

— Beaucoup mieux, mon chéri, répondit Martha.

— Tu vois, papa… Je t'avais bien dit qu'il ne se passerait rien !

*

Il était 18 heures et la nuit était complètement tombée quand Mavis McGillicuddy commença à s'inquiéter pour de bon. Ça ne ressemblait pas à Jonathan, de travailler aussi tard. Il faisait sombre depuis presque deux heures. Où diable pouvait-il bien être ?

À 21 heures, elle alla demander à sa voisine si elle voulait bien surveiller Marie. La petite fille était allée se coucher à contrecœur, mais Mavis craignait que la coquine se relève sous prétexte d'aller boire un verre d'eau, et elle ne voulait pas qu'elle trouve la maison vide.

Marie aussi s'était attendue à ce que son père rentre assez tôt pour lui lire la traditionnelle histoire du soir, et Mavis n'était pas certaine que sa petite-fille l'ait crue quand elle avait affirmé qu'il avait prévu de retrouver des amis pour aller prendre un verre au pub du coin.

Le sergent d'accueil du commissariat écouta patiemment le récit de Mavis, puis il lui dit que son fils était très probablement effectivement dans un pub quelque part, comme elle l'avait dit à sa petite-fille, et qu'il était bien trop tôt pour commencer à paniquer. Il fallut que Mavis lui jure que son fils n'avait jamais rien fait de tel pour qu'il promette de vérifier qu'il n'y avait pas eu d'accident de la circulation impliquant la camionnette de Jonathan.

Plus pour se débarrasser d'elle qu'autre chose, il appela ensuite les hôpitaux des alentours pour demander si on leur avait amené quelqu'un correspondant à la description de Jonathan.

On lui répondit que non.

Consciente qu'elle devait rentrer chez elle, puisqu'elle ne pouvait pas demander à sa voisine de l'attendre toute la nuit, Mavis força le sergent à promettre que le lendemain matin à la première heure, il enverrait un policier faire un tour dans le jardin où son fils travaillait. Juste pour vérifier que tout allait bien.

En arrivant près de chez elle, elle pressa le pas, pleine d'espoir. Jonathan était sûrement rentré pendant son absence. Il s'excuserait, penaud, en voyant leur voisine monter la garde dans le salon, et elle lui passerait un savon.

Mais à son arrivée, il n'y avait aucune trace de lui.

Bien évidemment, elle ne ferma pas l'œil de la nuit.

À l'aube, Mavis McGillicuddy était assise dans sa cuisine, désespérée, les yeux secs, les mains glacées malgré la tasse de thé brûlant qu'elle tenait, quand elle entendit qu'on frappait à la porte.

Elle se traîna jusqu'à l'entrée. À travers la vitre dépolie de la porte, elle distingua une silhouette large et sinistre. Quand elle ouvrit, un policier l'attendait, l'air solennel.

Ce n'est qu'à cet instant qu'elle fondit en larmes.

Ce matin-là, Sir Marcus Deering se leva en sifflotant joyeusement et dévora un copieux petit déjeuner. Toute la maisonnée était d'excellente humeur, malgré une pointe d'embarras, comme s'ils avaient été bêtes de s'inquiéter.

Anthony était remonté sur son cheval adoré, puisqu'il devait bientôt retourner à Londres et était décidé à profiter le plus possible du temps clément, quoique froid.

À 9 h 30, Sir Marcus commença à lire le courrier du jour derrière son bureau. Il n'y avait pas eu de missive verte pour lui faire peur, et s'il en arrivait d'autres, il les jetterait directement sans les lire. Le corbeau avait lancé sa flèche, qui avait lamentablement manqué sa cible.

Quand le téléphone sonna, il décrocha distraitement. Sa secrétaire lui dit qu'une femme insistait pour lui parler, tout en refusant de donner son nom.

— Oh ? releva Marcus. C'est étrange.

Quand on l'appelait pendant la journée, c'était invariablement d'autres hommes d'affaires ou leurs secrétaires – et tous étaient prêts à décliner leur identité.

— Passez-la-moi.

— Oui, monsieur.

Il y eut un petit silence, un bip, puis il entendit une voix hésitante, larmoyante.

Il lui fallut un moment pour comprendre qui était à l'appareil, et son premier réflexe fut de jeter un coup d'œil furtif à la porte fermée de son bureau.

— Je t'ai dit de ne jamais m'appeler ici, siffla-t-il d'un ton furieux dans le combiné, en se levant machinalement. Si ma femme…

Mais la voix paniquée lui coupa la parole – ce qui n'était encore jamais arrivé. Et quand il comprit enfin ce qu'on lui disait, toute sa colère le quitta, le laissant effondré dans son fauteuil, blanc comme un linge et le cœur au bord des lèvres.

7

Au commissariat de St Aldates, un capitaine Jennings solennel parcourut les visages tournés vers lui.

— Je le répète, il s'agit d'un meurtre. Dans la journée d'hier, quelqu'un a assassiné brutalement Jonathan McGillicuddy en lui enfonçant sa propre bêche dans le crâne.

Il présenta ensuite le défunt, son travail de jardinier dans une maison dont les propriétaires étaient absents, le fait qu'il n'était pas rentré chez lui et le signalement de disparition fait par sa mère. Il expliqua que le corps avait été découvert le matin même par l'agent envoyé de Kidlington, en réponse à la requête du sergent d'accueil du commissariat de Cowley.

— Il a trouvé le cadavre de la victime dans le verger, conclut le capitaine Jennings d'un ton sinistre. De toute évidence, il était en train de couper les vieux arbres, et notre médecin légiste pense qu'il était mort depuis au moins douze heures – peut-être quinze. Probablement plus longtemps, mais il ne peut pas en être sûr. D'après lui, la mort a été causée par un traumatisme crânien dû à un objet contondant, mais encore une fois, il refuse d'en jurer tant qu'il n'y aura pas eu d'autopsie.

Trudy Loveday écoutait bouche bée, tout comme ses collègues. Il était rare qu'ils aient affaire à un meurtre, et un assassinat de sang-froid aussi sauvage était très inhabituel. Autour d'elle, tout le monde était tendu et attentif, sur le qui-vive.

Sa pauvre mère, pensa-t-elle en déglutissant.

— On a retrouvé le garçon qui lui donnait parfois un coup de main. Il a confirmé qu'il ne travaillait pas avec M. McGillicuddy ce jour-là, mais dans un entrepôt de Bicester. Son alibi a été vérifié. D'après Mme McGillicuddy, son fils n'avait pas d'ennemis, n'était pas turbulent ni porté sur la boisson, et avait toujours été responsable et respectable. Ayant perdu sa femme très jeune, il avait une petite fille et avait vécu chez sa mère toute sa vie. En tout cas, il est inconnu de nos services, confirma le capitaine d'un air sombre. Mais nous n'en sommes qu'au début de l'enquête. Quelqu'un avait une raison de tuer cet homme. Et c'est de là que nous devons partir. Étant donné que le tueur a utilisé la bêche de la victime, nous pouvons supposer que le meurtre n'était pas prémédité. D'après notre légiste, le premier coup, le plus violent, a été porté à l'arrière du crâne, puis l'agresseur a continué à le frapper alors qu'il était à terre. À présent, je veux que vous formiez des équipes pour rassembler le maximum d'informations sur notre victime. Sa mère dit qu'elle ne lui connaissait pas de petite amie.

Le capitaine sourit avant de reprendre :

— Mais ça ne veut pas dire qu'il n'en avait pas – simplement, il ne s'en vantait pas. Ensuite, il va falloir enquêter sur ses finances. Il était jardinier à son compte, ce qui signifie qu'il n'avait probablement pas beaucoup de frais et qu'on ne devrait pas avoir de difficulté à reconstituer ses revenus. Est-ce le cas ? A-t-il des dettes ? Une addiction au jeu, peut-être ? À vous de le découvrir.

Il poursuivit :

— Et puis il y a la mère. Oui, je sais, en apparence, ce n'est pas un suspect évident. Mais les familles sont parfois compliquées. Il faut faire une enquête de voisinage dans le quartier où il a été assassiné. Malheureusement, d'après l'agent qui a trouvé le corps, la maison et les jardins sont grands et plutôt isolés. De plus, hier, il faisait froid et humide, il y a donc peu de chances qu'il y ait eu beaucoup de passage, mais s'il y a eu un témoin, il faut le trouver. Quelqu'un a-t-il remarqué la camionnette de la victime et surtout, vu un autre véhicule dans l'allée ce jour-là ? Dans ce cas, il faut retrouver les propriétaires de ces voitures pour leur poser des questions. Quelqu'un a-t-il entendu des éclats de voix, ou remarqué un inconnu qui rôdait ? Il faut interroger tous ceux qui sont passés par là – le facteur, un éventuel commerçant ou visiteur. Était-ce la semaine où on paie le loyer, ou le jour où on collecte l'argent des paris ? Nous devons absolument tout savoir sur cette allée et sur ce qui s'y est tramé hier.

— Capitaine…

Un jeune agent lui tendit un message du sergent d'accueil. Il le lut en diagonale en pinçant les lèvres, irrité, avant de faire signe à son subordonné.

— O'Grady, continuez. Je reviens tout de suite.

— Bien, monsieur.

Mais le capitaine ne réapparut pas avant un bon moment.

Quand il avait reçu le message indiquant que Sir Marcus Deering était au commissariat et exigeait de lui parler, Jennings avait eu l'intention de s'en débarrasser rapidement. Même s'il était prêt, conformément aux exigences de ses supérieurs, à traiter l'homme avec respect, il n'avait pas le temps d'être aux petits soins pour l'entrepreneur au début d'une enquête sur un meurtre barbare. D'autant plus que les menaces des lettres anonymes s'étaient révélées n'être qu'un tissu d'absurdités.

Mais quand il entra dans son bureau, la mine hagarde de l'homme d'affaires lui fit perdre sa belle assurance.

Sir Marcus était affalé sur une chaise, les mains agitées de tremblements incontrôlables.

— Nous avons eu tort, capitaine. Ils ont bien tué mon fils, finalement, dit-il d'une voix blanche.

Jennings s'assit lourdement dans son fauteuil en clignant des yeux. Une autre enquête pour meurtre, juste après l'affaire McGillicuddy ? Il se dit tout de suite qu'il lui faudrait plus d'hommes.

— Comment est-ce arrivé ? demanda-t-il immédiatement. On m'a dit qu'il ne s'était rien passé hier. Quand M. Deering a-t-il été agressé ? Êtes-vous sûr…

— Mon fils Anthony va bien, rétorqua Sir Marcus d'un ton monocorde.

Coupé dans son avalanche de questions, le capitaine en resta bouche bée. Sir Marcus fixait ses mains, incapable de croiser le regard du capitaine.

— Voilà, capitaine Jennings, dans ma jeunesse, eh bien… Je me suis entiché d'une jeune fille de la région, très jolie et tout à fait respectable, mais un peu… en dessous de nous sur l'échelle sociale, disons. Une fille bien… mais enfin, quand elle est tombée enceinte, mon père… Disons simplement que mon père et le sien ont trouvé un accord…

— Je vois, monsieur, répondit le capitaine d'un ton brusque.

Quoique plutôt choqué et un peu embarrassé par ces révélations, il n'était pas là pour juger.

— Et cette… euh… jeune fille, j'imagine qu'elle a eu un petit garçon ?

— Oui. Il a… avait… aurait eu à peu près trente ans, maintenant.

Le capitaine sentit un frisson glacé lui parcourir l'échine.

— Cette fille, monsieur… Votre fils… ?

— Il s'appelle… s'appelait… Jonathan McGillicuddy. Sa mère, Mavis. Bien entendu, il a gardé le nom de sa mère. Je pense que tous ses voisins croient que McGillicuddy est son nom d'épouse. Cela… hum… évite les commérages.

— Je vois, répéta le capitaine. Et le garçon savait-il qui vous étiez ? demanda-t-il avec délicatesse.

— Oh non, rétorqua Sir Marcus, l'air scandalisé. Mavis a toujours dit au garçon que son père était mort dans un accident avant qu'ils puissent se marier. Mon père a insisté.

— Je vois.

En effet, le capitaine voyait parfaitement. À n'en pas douter, Mavis McGillicuddy avait reçu une petite pension annuelle pour payer l'éducation du garçon, à condition que ni elle ni son fils ne disent ou ne fassent quoi que ce soit qui pourrait embarrasser la famille Deering.

— Mavis m'a appelé ce matin et m'a dit… m'a dit…, commença Sir Marcus, sans parvenir à terminer sa phrase.

— Oui, monsieur, répondit sombrement le capitaine. Je sais ce qu'elle vous a dit.

— Mon… fils. Jonathan.

L'homme d'affaires leva enfin la tête et regarda le policier droit dans les yeux.

— Il est mort hier à midi, n'est-ce pas ?

— Nous n'en savons rien, Sir Marcus, avoua posément Jennings.

Mais il savait que les estimations du légiste correspondraient à sa supposition.

— Hier, nous étions tous tellement soulagés, commenta Sir Marcus. Je croyais que le cauchemar était terminé, mais non. Ce n'est que le début, n'est-ce pas ? L'auteur de cette lettre a dit qu'il tuerait mon fils, et il l'a fait.

Le capitaine ouvrit la bouche, sans savoir que dire. Il n'était que trop évident qu'ils avaient protégé le mauvais fils la veille – il voyait déjà la réaction de ses supérieurs quand ils l'apprendraient. Et à n'en pas douter, si Sir Marcus avait avoué dès le début l'existence de son deuxième enfant, celui-ci ne serait peut-être pas dans un tiroir de la morgue locale. Mais il ne servait à rien d'énoncer cette cruelle vérité.

— Vous devez l'attraper, finit par ajouter Sir Marcus. Vous devez l'arrêter. Ou Anthony…

Il s'interrompit, l'air impuissant, sans même oser

formuler cette idée horrible. C'était inutile, bien entendu : le capitaine avait suivi le même raisonnement.

Si le corbeau avait tué une fois, il pouvait recommencer.

— Sir Marcus, je vais vous reposer la question. N'avez-vous vraiment aucune idée de ce que veut cette personne ? Pourquoi auriez-vous besoin de vous « racheter » ?

Sir Marcus secoua la tête. L'homme d'affaires prospère et arrogant que le capitaine avait rencontré une semaine plus tôt avait disparu, laissant place à un être pitoyable, mal rasé, pâle et tremblant.

— Je ne sais pas ! gémit-il. À moins que… Il n'y a qu'une chose qui me vienne en tête, mais c'est absurde. Vraiment absurde.

— Je dois savoir tout ce qui pourrait être pertinent, Sir Marcus, insista le capitaine avec gravité.

L'homme brisé lui parla alors de l'incendie.

8

Beatrice Fleet-Wright mordit délicatement dans un toast recouvert d'une fine couche de marmelade d'Oxford avant de s'emparer du journal local. Son mari lisait déjà *The Times*, tandis que leur fils Rex remplissait son estomac sans se soucier de se nourrir l'esprit, comme d'habitude.

Beatrice fêterait son cinquantième anniversaire dans deux ans, mais si cette date importante l'impressionnait, son apparence ne la trahissait pas. Ses cheveux bruns et courts étaient aussi soignés que par le passé. Certes, seules de bonnes quantités de teinture permettaient de repousser le gris révélateur, mais elles étaient appliquées avec tant de professionnalisme par l'un des meilleurs coiffeurs de la ville que personne n'aurait pu en jurer. Ses yeux verts éclairaient toujours un visage par ailleurs ordinaire, mais son maquillage habile et discret l'avait toujours bien servie. Tout comme sa détermination, au fil des années, à surveiller son poids.

Sa génération avait grandi en écoutant la chanson *Keep Young and Beautiful If You Want to Be Loved*, « reste jeune et belle si tu veux être aimée », et même si elle avait été tentée de l'oublier, sa mère avait toujours eu la gentillesse de le lui rappeler.

Une fois de plus, il faisait gris et nuageux. Elle soupira et, pour oublier la journée interminable qui l'attendait, jeta un œil au gros titre racoleur qu'on avait clairement composé à la va-vite. De toute évidence, on avait découvert une nouvelle importante juste avant d'envoyer le journal à l'impression.

Pendant un instant, elle n'assimila que le minimum – un pauvre homme assassiné, qu'on avait retrouvé, quelle horreur, dans un grand jardin de Kidlington.

Puis elle vit le nom.

McGillicuddy.

Le souffle coupé, le cœur au bord des lèvres, elle le fixa.

Ce n'était pas franchement un nom courant, après tout.

Pendant un instant, la pièce tangua autour d'elle tandis qu'elle cherchait des détails supplémentaires, la peur au ventre.

Le défunt s'appelait Jonathan. Jonathan. L'âge correspondait. Et il était jardinier… C'était forcément lui.

Beatrice crut une seconde qu'elle allait vomir sur la nappe en damas blanc, au beau milieu du petit déjeuner, se donnant en spectacle devant son mari et son fils.

Mais bien entendu, elle n'en fit rien. Un tel comportement était impensable. Elle était Beatrice Fleet-Wright, née Collingswood. Fille d'un brasseur local prospère, elle avait fait ses études au Cheltenham Ladies College, puis à Somerville College, à l'université d'Oxford. Elle avait toujours assisté au service de l'église la plus proche et fait ce qu'on attendait d'elle. Y compris se comporter comme une dame à tout moment.

À la grande satisfaction de ses parents, elle avait même trouvé un beau parti, Reginald Fleet-Wright, dont le père possédait une grande entreprise de transport routier aux bénéfices presque aussi importants que ceux de la brasserie des Collingswood.

Elle avait eu deux enfants et, s'il y avait eu une justice en ce bas monde, elle aurait ensuite pu vieillir tranquillement, sans autre préoccupation qu'une prise de bec occasionnelle au sujet des compositions florales de l'église.

Bien entendu, ça ne s'était pas passé comme prévu. Au lieu de cela, elle avait été confrontée à une tragédie, une trahison, un deuil. Sans parler du scandale, de la pitié et des critiques sévères qu'elle avait eu à endurer. Et à présent qu'elle commençait à avoir l'impression que c'était terminé, la vie semblait sur le point de lui infliger un coup brutal de plus.

Bien qu'elle n'ait pas aimé Reginald quand elle l'avait épousé, elle s'était attachée à lui au fil des années. Naturellement, elle avait toujours adoré ses enfants. Mais même dans ce domaine, elle n'avait pas été aveugle, contrairement à ces mères qui insistent pour croire que leurs rejetons sont des anges.

Tant mieux.

Beatrice avait toujours tenu à regarder la vérité en face. Et ses amères expériences passées lui avaient appris qu'en cas de coup dur, il est inutile d'essayer de faire l'autruche. Il faut affronter ses problèmes et tenter de les résoudre au mieux.

Elle ravala donc rapidement la bile qui lui était montée à la gorge et posa son toast d'une main à peine tremblante. Un rapide coup d'œil lui confirma que les deux hommes n'avaient rien remarqué.

Cela ne la surprenait pas non plus. Aux yeux de son mari, au fil des années, elle était devenue une sorte de meuble – auquel il tenait vaguement, comme un beau canapé chesterfield, ou un élégant tableau qui prend tranquillement de la valeur sur un mur. Quant à son fils… Beatrice se demandait parfois si Rex avait conscience de l'existence de sa mère.

— Il va falloir que je retourne voir cet imbécile à la scierie Binsey, disait son mari. Qu'est-ce qui lui a fait croire qu'il pouvait commander vingt camions en prévenant cinq minutes avant et s'atten…

Beatrice n'avait aucun mal à ignorer ses litanies tout en ayant l'air suspendue à ses lèvres – et en opinant d'un air compatissant quand il le fallait. Après tout, elle avait eu des années pour perfectionner cette technique.

Et si elle eut l'impression que Rex la regardait attentivement, elle l'ignora également. Elle était habituée à son hostilité silencieuse. Et elle la comprenait. Même si elle n'y pouvait rien.

Officiellement, Rex était étudiant, mais il semblait passer peu de temps à l'université, et encore moins à étudier.

Quoiqu'elle n'ait pas complètement abandonné l'espoir de se réconcilier avec son fils, ce n'était pas le moment d'y penser. Elle avait un problème plus immédiat à régler.

Elle repensa à la première fois qu'elle avait vu Jonathan McGillicuddy, presque six ans auparavant. Un bel adonis à la chevelure dorée. Elle se souvenait de cet été-là comme si c'était la veille.

L'été suivant, tout s'était écroulé.

Et voilà que lui aussi était mort. Non seulement mort, mais assassiné.

Enfin, ça ne pouvait pas avoir de rapport avec elle, si ? Cela ne pouvait pas l'affecter, elle ou sa famille, n'est-ce pas ? C'était forcément une coïncidence. Il y a des gens qui meurent tous les jours. Et elle ne l'avait pas vu, ne lui avait pas parlé, depuis…

Le petit déjeuner passa dans un brouillard. Comme toujours, son mari l'embrassa sur la joue avant de partir au bureau. Rex fit un commentaire laconique sur son programme de la journée avant de s'éloigner d'un air nonchalant.

Beatrice n'en eut que vaguement conscience. Son thé refroidit, son toast resta intact.

Jonathan McGillicuddy était mort. Et même si elle n'aurait su dire comment, Beatrice Fleet-Wright savait que la catastrophe allait à nouveau s'abattre sur sa famille. Juste au moment où elle avait enfin cru qu'ils avaient exorcisé leur chagrin, leur désespoir et leurs démons.

À l'époque, elle avait pensé que les choses n'auraient pas pu être pires.

En apparence, la mort d'une connaissance d'autrefois

n'était pas comparable à la perte d'un enfant et au scandale de l'enquête du coroner. Sans parler des longues années de solitude, de culpabilité et de terreur qu'elle avait endurées depuis.

Quand on y pensait rationnellement, que pouvait-il y avoir de pire que cela ?

Et pourtant, tout en se forçant à lire les maigres détails sur la mort d'un jardinier qu'elle avait brièvement côtoyé autrefois dans des circonstances tragiques, Beatrice était intimement convaincue que le pire restait à venir.

9

L'enquête du coroner sur la mort de Jonathan Paul McGillicuddy s'ouvrit six jours plus tard, par une journée froide et grise de fin janvier. Tous ceux qui avaient affaire au tribunal ou à la morgue, qui partageaient une arrière-cour au bout de Floyds Row, dans la ville d'Oxford, frissonnaient malgré leurs vêtements chauds et se réjouissaient de se mettre à l'abri du vent.

Depuis la porte entrouverte de son bureau, le Dr Clement Ryder regarda son tribunal se remplir en attendant que l'huissier l'appelle.

Ce jour-là, il se sentait bien, sans douleurs ni ces fichus tremblements, et il passa en revue la matinée qui l'attendait et ce qu'il faudrait faire – pas grand-chose, aussi tôt dans l'enquête. L'expérience lui avait vite appris à quel point son audience serait brève, au grand dam des badauds attroupés, pensant assister à un spectacle. Même s'il s'était habitué à ce phénomène macabre, le coroner ne ressentait aucune compassion pour la foule dont la curiosité morbide serait déçue.

Il avait déjà parlé au capitaine responsable de l'affaire McGillicuddy, Harry Jennings, plutôt bon policier malgré son manque d'imagination. Bien sûr, ils voulaient un renvoi pour pouvoir collecter davantage de preuves, et naturellement, il ferait en sorte qu'ils aient gain de cause.

Ce n'était pas une requête inhabituelle au début d'une enquête pour meurtre.

À l'appel de l'huissier, il pénétra d'un pas assuré dans le tribunal, constatant avec une certaine satisfaction, comme toujours, qu'un silence soudain avait suivi son entrée. Il s'installa à sa place avant d'examiner la pièce bondée. Avec un sourire mi-ironique, mi-dédaigneux, il nota la présence de la presse. Puis il jeta un coup d'œil au premier rang, la place habituelle de la famille des parties, et repéra rapidement la mère de la victime.

Une petite dame recroquevillée sur elle-même, pâle et désemparée, l'air perdue.

Il croisa son regard et la salua d'un signe de tête compatissant. Il ne lui sourit pas. Il ne souriait jamais pendant une audience. Du temps où il opérait, il n'avait pas fait de grimaces de clown, et il ne voyait pas pourquoi il aurait dû s'y mettre maintenant qu'il incarnait l'autorité de la loi.

Mavis McGillicuddy leva les yeux vers l'homme aux tempes grisonnantes, à la tenue élégante et à l'allure distinguée qui semblait régner en demi-dieu sur le royaume déconcertant de la justice et de la médecine, et se força à lui rendre son salut.

Elle ne comprenait rien à ce qui allait se passer, et une bonne partie de la pompe traditionnelle qui entourait la procédure lui passait au-dessus de la tête. Cependant, son instinct lui soufflait que cet homme, qui dirigeait visiblement les opérations, rendrait justice à son fils.

Mavis avait pourtant du mal à se soucier de vérité et d'équité. La police l'avait interrogée sans répit pendant les jours précédents. À un moment, ils avaient même semblé la soupçonner de ne pas être proche de son fils, d'être en conflit avec lui, mais de cela aussi, elle se fichait. Elle était trop fatiguée pour se mettre en colère. Sa voisine s'occupait de Marie à sa place mais, que Dieu lui pardonne, elle n'arrivait pas non plus à s'en soucier.

Tout ce qu'elle savait, tout ce qui l'intéressait, c'était que son fils avait disparu et qu'elle ne le reverrait jamais.

S'obligeant à détourner le regard des yeux vides de Mavis McGillicuddy, Clement demanda le silence et s'acquitta des formalités présidant à l'ouverture d'une enquête de coroner, tâche qui lui était désormais familière et bien rodée. Une fois que les membres du jury eurent été informés de ce qu'on attendait d'eux et que les greffiers furent satisfaits de l'état des documents administratifs, il appela à la barre le capitaine Jennings.

Comme prévu, celui-ci exposa rapidement les faits, en révélant le moins possible les hypothèses de la police, et demanda un renvoi pour permettre aux enquêteurs de rassembler davantage d'informations.

Clement le lui accorda rapidement.

Il fit signe au greffier de bien noter cette concession, tout en regardant avec amertume les journalistes remplir leurs carnets. Au début, quand il venait d'être nommé, un ou deux d'entre eux avaient cru pouvoir profiter de son inexpérience pour lui soutirer quelques détails sur l'un de ses dossiers les plus macabres. Sa réaction était entrée dans la légende, si bien que désormais, aucun reporter, aussi impertinent ou dévoré par l'ambition fût-il, n'osait l'approcher.

Quand le capitaine Jennings quitta la barre des témoins, Clement remarqua, alors qu'il parcourait distraitement la salle des yeux, la femme assise dans la galerie du public. Au début, il n'aurait su dire pourquoi elle avait attiré son attention. Elle était sans doute un peu mieux habillée que la plupart des badauds, et plutôt jolie, mais elle n'avait rien d'extraordinaire. Peut-être était-ce l'impression d'immobilité absolue qu'elle dégageait, ou son regard calme mais acéré qui fixait le capitaine Jennings.

Peut-être était-il simplement guidé par son instinct.

En tous les cas, elle ne ressemblait pas aux curieux habituels, ni aux névrosés qui venaient dans l'espoir d'apprendre un secret émoustillant, ou d'entendre des descriptions de crimes macabres.

Il était si obnubilé par le mystère de son intérêt soudain qu'il lui fallut un moment pour s'apercevoir qu'il l'avait déjà vue quelque part. Bien des années plus tôt – dans des circonstances peu agréables, à ce qu'il lui semblait.

Mais avant qu'il puisse débusquer le souvenir qui se dérobait, il la perdit de vue alors que la salle commençait à se vider lentement, spectateurs et employés du tribunal se pressant vers la porte étroite.

Pendant quelques minutes, il resta dans la pièce vide, aussi figé qu'un héron sur son siège, en pleine réflexion. Où avait-il donc vu ces yeux verts sertis dans ce visage pâle encadré par une chevelure sombre ?

Une bribe de souvenir lui revint soudain – la voix calme, morne mais stoïque de cette femme – et il sut que l'inconnue avait subi une perte terrible. Pourtant, elle n'était pas passée par l'un de ses tribunaux, il en était certain. Il se rappelait parfaitement toutes les audiences qu'il avait présidées : sa mémoire était irréprochable.

À moins que cette fichue maladie ait commencé à lui voler certaines facultés mentales ? Furieux, il secoua la tête, refusant de croire à un tel désastre.

Et pourtant… Oui, cela lui revenait. Il l'avait bel et bien vue dans un tribunal, mais pas le sien !

Quand il avait décidé de devenir coroner, il s'était mis à hanter les salles d'audience, observant depuis les rangs du public le déroulement des procédures, distillant l'essence de ce qu'il entendait. Et une affaire, en particulier…

Il claqua des doigts, s'empara de son exemplaire du dossier McGillicuddy et fixa le nom de la victime.

McGillicuddy.

Bien sûr, c'était là qu'il l'avait vue.

Il se laissa lentement retomber contre son dossier, un petit sourire aux lèvres. À présent, il comprenait ce qui avait attiré Beatrice Fleet-Wright dans son tribunal.

Et il s'interrogeait.

Il y avait de quoi.

Il avait trouvé que quelque chose clochait dans l'affaire Fleet-Wright. Mais à l'époque, il n'avait pas eu l'autorité de remettre en question le verdict du coroner. Il n'avait même pas encore commencé sa formation. Cependant, il s'était senti troublé, convaincu qu'une bonne partie des témoins avaient menti. Comme des arracheurs de dents. Et l'une des pires affabulatrices n'était autre que Mme Beatrice Fleet-Wright.

Le témoignage de l'agent de police arrivé en premier sur les lieux ne lui avait pas plu non plus. Le lascar ne lui avait inspiré aucune confiance.

Et pour Clement il était certain que le verdict rendu avait été erroné – complètement erroné.

Naturellement, il avait su qu'il serait inutile de s'en mêler. Le coroner, un collègue très estimé qui avait pris sa retraite depuis, n'aurait pas écouté l'avis d'un homme qui n'avait même pas fait d'études de droit, aussi éminent fût-il dans son domaine.

De plus, Clement avait senti qu'en coulisses, des négociations délicates avaient été menées. Même s'il ne pourrait jamais le prouver.

Bien que ce ne soit pas dans sa nature, il avait dû abandonner l'affaire. Et c'était l'une des nombreuses raisons pour lesquelles il s'était juré, quand il avait pris ses fonctions, qu'il ne se passerait jamais rien de douteux dans son tribunal. Tout serait fait dans les règles, cartes sur table.

Il savait que ses méthodes lui avaient valu de nombreux ennemis, mais tout le monde, dans la police, à la mairie et parmi l'élite d'Oxford, savait qu'on ne pouvait ni l'acheter, ni l'amadouer, ni le tromper. Il ne le tolérerait pas.

Et à présent, peut-être était-il enfin en mesure de résoudre cette vieille affaire ? Il lui faudrait se montrer très prudent, mais en s'y prenant bien…

10

Le capitaine Jennings retourna dans son bureau avec l'allure satisfaite d'un homme qui, après avoir surmonté un obstacle, doit en affronter plusieurs autres. Il ne s'était pas attendu à ce que l'audience du coroner pose problème, mais quand le Dr Clement Ryder présidait, il fallait s'attendre à tout.

L'imprévisibilité du coroner était célèbre, Jennings et les autres policiers de la ville ne le savaient que trop bien. Oh ! le capitaine admettait volontiers que Ryder était un homme très intelligent, qui connaissait bien son affaire, en droit comme en médecine. Tout le monde savait qu'il avait été chirurgien, et il avait bien des fois repris les médecins de la police ou d'autres professionnels du milieu médical qui présentaient des preuves, relevant leurs petites inexactitudes ou insistant sur un point qu'ils tentaient de dissimuler. Ce qui ne lui avait pas valu que des amis, bien entendu. Les médecins avaient l'habitude qu'on leur laisse le champ libre et n'appréciaient absolument pas que l'homme auquel ils faisaient leur rapport soit plus savant qu'eux dans leur propre domaine !

Non que la police s'en sorte mieux. Bien des agents de police – ou même des sergents, voire des capitaines – avaient fait les frais de l'ironie mordante du Dr Clement Ryder après avoir bâclé leurs démonstrations dans son tribunal.

Mais l'homme était juste, scrupuleux, et il avait du flair, un instinct troublant qui lui permettait de repérer les témoins qui mentaient au jury. Il ne laissait rien passer. Une fois l'enquête du coroner ouverte, tout le monde savait qui dirigeait les opérations. Et Jennings devait admettre que Clement était animé par un véritable amour de la justice.

Peut-être était-ce là tout le problème, se dit le capitaine, sarcastique. Parfois, Sa Seigneurie le Dr Clement Ryder se croyait plus malin que la police. Par le passé, il avait à quatre reprises remis en cause l'approche que la police prévoyait d'adopter dans une affaire. Plus agaçant encore, dans les quatre cas, on avait fini par découvrir qu'il avait raison – au grand embarras des équipes d'enquêteurs impliquées. Et bien que ses collègues et lui sachent qu'en s'y prenant bien, en douceur, on pouvait pousser un jury de coroner, composé de citoyens ordinaires, à donner le verdict qui plaisait à la police, personne ne tentait ce genre de manœuvres quand le Dr Ryder présidait.

Pour l'instant, Harry Jennings ne s'était jamais mis à dos l'arrogant et brillant coroner, et il était prêt à faire beaucoup d'efforts pour que cela n'arrive jamais. La dernière chose dont il avait envie était de partir en guerre contre un homme du calibre du Dr Ryder. Le médecin était peut-être un enquiquineur, mais il avait aussi des amis haut placés.

À présent, en s'asseyant derrière son bureau, il se sentit fort soulagé que l'audience McGillicuddy se soit aussi bien passée et, en ouvrant un dossier, il entreprit de relire les derniers résultats sur l'affaire Deering.

Quand Sir Marcus avait enfin avoué ce qui avait pu provoquer les sinistres lettres anonymes, Jennings avait demandé à son équipe d'enquêter immédiatement sur l'incendie. Au début, cette piste avait semblé évidente, incontestable, mais plus ils creusaient, moins cela paraissait plausible. Comme l'avait répété Sir Marcus, il était difficile de comprendre comment on aurait pu le tenir pour responsable de l'accident.

Les faits étaient simples. Quand Sir Marcus avait quitté

l'université, presque trente ans plus tôt, il avait obtenu un poste de cadre dans un grand entrepôt de Birmingham. On y stockait une large gamme de marchandises en transit vers des magasins de la région, du linge de lit aux produits d'entretien en passant par la céramique, les ballons de gaz à usage domestique et les meubles en bois. En d'autres termes, nombre d'articles hautement inflammables.

Un jour d'automne où soufflait un vent vif, un cariste qui fumait une cigarette pendant sa pause avait accidentellement démarré un incendie. Les flammes avaient rapidement ravagé le grand bâtiment, faisant trois morts et cinq blessés graves, le cariste compris. Le vent violent avait amplifié l'incendie en soufflant des flammèches dans tous les recoins, créant un brasier infernal.

L'entreprise avait admis qu'elle était en faute et son assurance avait versé des dédommagements à la famille des défunts, ainsi qu'aux blessés – bien qu'à l'époque, les victimes aient jugé les sommes versées peu généreuses.

Bien entendu, l'incendie avait fait l'objet d'une enquête approfondie qui avait conclu à l'accident. Le cariste avait échappé à la prison en raison de ses brûlures graves, mais était mort à peine un an plus tard – rongé par la culpabilité, selon certains, tandis que d'autres parlaient de suicide à l'alcool.

Mais, comme Sir Marcus l'avait fait remarquer, seul un fou aurait pu croire que lui-même avait la moindre responsabilité personnelle dans la tragédie. Il n'était ni l'employé chargé de veiller aux normes de sécurité, ni pompier, ni même présent le jour de l'accident. En fait, le seul lien qu'on pouvait trouver entre lui et l'accident était qu'en tant que responsable du personnel, il avait engagé le cariste. Mais l'homme avait eu une réputation irréprochable et, avant l'accident, n'était pas porté sur la boisson. Comment pouvait-on donc l'en juger responsable ? Et pourquoi chercherait-on à se venger de lui maintenant, après tant d'années ?

Jennings était enclin à admettre que seul un déséquilibré tiendrait Sir Marcus pour responsable de la tragédie, mais de toute façon, il fallait être dérangé pour écrire des lettres de menace et passer à l'acte en assassinant un innocent.

Il avait donc ordonné à ses hommes d'enquêter sur le lieu de résidence et le statut des survivants de l'incendie, des familles des victimes, ainsi que de tous les employés qui travaillaient à l'entrepôt à l'époque et avaient dénoncé l'insuffisance des normes anti-incendie et le manque de générosité des dédommagements versés aux blessés. Tous ceux qui pouvaient ressentir de la rancune, en fait. Il était possible – bien que peu probable – que pendant les années qui s'étaient écoulées depuis, quelqu'un ait développé une obsession pour Sir Marcus Deering et l'ait jugé responsable de tous ses malheurs.

Peut-être qu'un pauvre diable qui n'avait pas été blessé par les flammes et avait échappé aux pires effets de l'asphyxie par la fumée s'était mis à faire des cauchemars. Des cauchemars qui auraient duré des années, si bien que, trop fatigué pour travailler, il serait devenu chômeur de longue durée. Ce qui, par un effet domino pervers, lui aurait coûté sa famille si sa femme l'avait quitté en emmenant les enfants.

Et peut-être que vingt ans après les événements, cet employé imaginaire, en constatant un matin que sa vie était fichue, avait tout simplement craqué et décidé de se venger ? Il était plus facile de faire porter la responsabilité de tous ses malheurs à quelqu'un d'autre, après tout. Surtout si cette personne avait brillamment réussi dans la vie, au point de construire un véritable empire commercial, et coulait des jours heureux dans un somptueux domaine.

Mais la liste des suspects potentiels était longue comme le bras et comprenait beaucoup d'individus qui s'étaient entre-temps éparpillés dans tout le pays. Et il fallait du temps, sans parler de la coopération de nombreux commissariats, pour tous les retrouver et enquêter sur leur situation actuelle.

Pour l'instant, ils n'avaient trouvé personne qui corresponde au profil. Mais le capitaine Jennings n'avait pas encore abandonné cette piste. Car, à moins qu'ils découvrent d'autres éléments, il était difficile d'imaginer pourquoi quelqu'un aurait voué une haine aussi violente à Sir Marcus Deering. Pourtant, c'était indéniablement le cas, et s'ils ne découvraient pas rapidement l'identité du coupable, ils risquaient fort d'avoir un autre cadavre sur les bras. Et cette fois, ce serait entièrement leur faute.

11

Le lendemain de l'ouverture – et de la clôture – de l'enquête sur le meurtre de Jonathan McGillicuddy, Trudy se surprit à rougir jusqu'aux oreilles en faisant son entrée dans le commissariat en compagnie d'un homme vêtu en tout et pour tout de sa veste d'uniforme, qu'elle lui avait serrée autour de la taille.

Comme elle s'y était attendue, elle fut immédiatement accueillie par des rires narquois et quelques sifflements de ses collègues – le plus audible étant ce clown de Rodney Broadstairs. Le sergent d'accueil, un vieux briscard du nom de Phil Monroe que plus rien n'étonnait, se contenta de lui adresser un sourire fatigué en la voyant passer d'un air abattu.

Elle poussa son captif rebelle vers la grande pièce qui leur servait de bureau commun et tenta de l'entraîner vers un emplacement libre.

— Alors comme ça, tu as chopé le satyre, commenta Walter Swinburne, le plus vieux policier du commissariat, en examinant son spécimen sans enthousiasme.

Charles Frobisher, cinquante-deux ans, était un pauvre hère, maigre comme un clou (à l'exception de son ventre étonnamment rond), au crâne dégarni, si pâle et – étant donné le froid – si transi que pour Trudy, il évoquait irrésistiblement un poulet plumé.

Elle n'arrivait pas à imaginer pour quelle raison il avait cru que les braves ménagères d'Oxford auraient envie de l'admirer dans le plus simple appareil. Cependant, au cours des semaines passées, il s'était mis à jaillir des buissons dans les parcs du quartier avant de détaler comme un lapin, au grand étonnement des promeneurs.

Elle savait que le capitaine Jennings ne l'avait chargée de patrouiller dans les espaces verts que pour l'occuper, et ne s'était probablement pas attendu à ce qu'elle soit au bon endroit au bon moment, et elle était d'autant plus heureuse de le détromper. Non que cet épisode-ci en particulier l'aide à se couvrir de gloire. Elle voyait bien que ses collègues étaient hilares.

Et quand cet individu pathétique passerait devant le juge, il n'écoperait probablement que d'une injonction de soins pour que les psychiatres tentent de le guérir de son exhibitionnisme.

Ce qui n'avancerait pas la carrière de Trudy.

Voyant que Charles Frobisher se pavanait dans le bureau comme un coq, ses parties intimes bien cachées par la veste, elle lui ordonna sèchement de s'asseoir sur la chaise en face d'elle et s'attaqua à la paperasse.

Tâche laborieuse, même si son rapport ne lui prendrait pas beaucoup de temps. Après tout, elle était simplement abritée sous un gros châtaignier dégarni, frissonnant sous le vent de janvier, quand elle avait entendu un glapissement surpris. Elle s'était retournée et avait vu une quinquagénaire indignée qui promenait un terrier écossais frapper un homme nu avec son sac à main.

Le petit chien s'était mis à mordiller vaillamment les chevilles découvertes de l'homme, qui sautillait sur place pour lui échapper. Étant donné qu'il était pieds nus quand il avait pris la fuite en voyant Trudy, elle n'avait eu aucun mal à l'attraper. Fort heureusement, il ne s'était pas débattu, au grand soulagement de la jeune femme. (Elle ne savait pas très bien quelle partie de son corps saisir en premier. Certaines choses n'étaient tout simplement pas couvertes par la formation à l'école de police.)

À présent, alors qu'elle tapait vigoureusement à la machine, les joues en feu, elle ne savait pas bien si elle devait admirer le courage d'un homme prêt à sortir nu en plein mois de janvier ou le maudire d'avoir fait d'elle la risée du commissariat pendant (au moins) un mois.

— Puis-je avoir une tasse de thé, jolie demoiselle ? demanda poliment Charles Frobisher.

Célibataire, vivant chez sa mère et subsistant grâce à des « revenus personnels », il avait indiqué que sa profession était « poète ».

— Non. Restez assis et bouclez-la, rétorqua Trudy à voix basse en jetant un coup d'œil à la porte du capitaine.

— Ne t'inquiète pas, la pêche du jour ne l'intéresse pas, la rassura Swinburne. Il est en rendez-vous avec le vautour.

— Qui ça ? demanda Trudy, déconcertée.

— Notre cher coroner, le Dr Clement Ryder, lui expliqua le vieux policier. Comme tu es nouvelle, tu n'as pas encore eu l'occasion de le croiser, mais ça viendra. On passe tous par là à un moment ou un autre. Un jour, tu devras témoigner à l'une de ses audiences, et quand ça arrivera, ma petite, fais bien attention à lire tes notes et à ne pas commettre de bourde. Sinon, le vieux aura ta peau.

À son ton amer, Trudy devina que son collègue parlait d'expérience.

— Ah bon, répondit-elle, un peu nerveusement. Ça a l'air d'être un cauchemar, ce type.

Walter approuva d'un grognement.

— Avant, c'était un de ces chirurgiens du cœur prout-prout de Londres. Et tu sais comment ils sont, ceux-là. En général, ils se prennent pour Dieu le Père. Ils croient qu'ils ont droit de vie et de mort sur les gens, ce genre d'âneries. Maintenant qu'il est coroner, il se la joue grand détective à l'américaine, un mélange de Perry Mason et de Dick Tracy. Le problème, c'est qu'il est respecté en ville – il est invité à dîner dans plein de *colleges* de l'université d'Oxford, tout ça tout ça. Il est copain comme cochon avec le maire. Alors on est obligés de lui passer ses caprices. Même s'il n'arrête pas de se mêler de ce qui le regarde pas, comme s'il savait tout mieux que tout le monde.

— Pardon ? releva Trudy.

— Il se figure qu'il peut faire la leçon à la police, lui confia Walter Swinburne, l'air furieux. À tous les coups, c'est ce qu'il est en train de faire. Je te parie qu'il essaye d'expliquer au chef comment il devrait gérer l'affaire McGillicuddy ou je ne sais quoi. C'est pas ses oignons, hein, mais on peut pas lui dire ça. Il nous crée plus de problèmes que tous les autres coroners réunis. Ça va pas plaire au chef, prédit-il avec une satisfaction brutale. Ah ça non, ça va pas lui plaire du tout.

En fait, le vieux policier n'avait qu'à moitié raison. Le capitaine Jennings n'était pas ravi d'avoir le Dr Ryder dans les pattes, mais le coroner n'était pas venu lui dire comment mener l'enquête en cours.

Au lieu de cela, il s'était piqué de déterrer un vieux dossier.

Quand le coroner avait appelé ce matin-là en s'attendant à ce que Jennings mette tout en suspens pour le recevoir (ce qu'il avait fait, bien sûr, en le maudissant !), le capitaine avait flairé le mauvais coup. En entendant la requête de Ryder, sa colère n'avait fait que grandir. Cette tête de mule voulait qu'il rouvre une vieille affaire, une mort accidentelle survenue presque cinq ans plus tôt.

— Comme j'ai essayé de vous le dire, docteur Ryder, dit Jennings, dont la patience commençait à s'épuiser, je n'ai tout simplement pas l'autorité nécessaire pour rouvrir une affaire pour vous faire plaisir, surtout quand le verdict semble parfaitement adapté. Non, laissez-moi finir…

Il leva la main, comme pour le repousser physiquement.

— … je ne pense pas que mes supérieurs directs l'autoriseraient, même si je le leur demandais.

Il s'interrompit en entendant un éclat de rire soudain,

et jeta un œil par la fenêtre qui le séparait du reste des bureaux à l'instant où la jolie stagiaire entrait avec un homme nu.

Mince, elle avait attrapé l'exhibitionniste, comprit-il, éberlué. Il fronça les sourcils en la regardant conduire le vieil homme squelettique enveloppé dans sa veste vers une chaise. La scène avait quelque chose de sordide et de vaguement nauséabond, et il espérait qu'il n'en sortirait rien d'inconvenant. Il suffirait qu'une dame patronnesse pas très maligne, siégeant à un comité influent ayant l'oreille de la mairie, se plaigne que la police demande à des jeunes femmes respectables d'attraper des pervers pour qu'un énorme scandale éclate. Elle se plaindrait à son mari fonctionnaire, qui connaissait bien le préfet, et en moins de deux, son supérieur direct passerait un savon à Jennings…

— Je veux juste que quelqu'un m'aide à enquêter discrètement.

Le ton caustique du coroner lui rappela le problème le plus immédiat.

— Je suis convaincu que l'enquête sur l'affaire Fleet-Wright a été bâclée. Et étant donné le lien avec votre victime, je ne comprends pas pourquoi vous vous obstinez à refuser, Jennings, ajouta habilement Clement Ryder.

Le capitaine se laissa aller contre le dossier de son fauteuil en soupirant.

— Le fait qu'une connaissance de notre victime, McGillicuddy, soit morte dans ce que vous persistez à appeler des « circonstances mystérieuses » ne constitue pas un lien sérieux, docteur Ryder, fit-il remarquer d'un air las.

De plus en plus démoralisé, le policier comprit que le bougre n'allait pas abandonner, or la dernière chose dont il avait besoin était que ce fichu Dr Clement Ryder se lance dans une sorte de croisade sans supervision.

— Je ne vous demande pas encore de rouvrir officiellement l'enquête. Je ne vous demande même pas d'y assigner une équipe, déclara le coroner, magnanime.

— Monsieur est trop bon, marmonna Harry Jennings en esquissant un sourire sardonique.

— En fait, je suis prêt à y consacrer mon propre temps libre, poursuivit Clement.

Il dissimula un sourire satisfait quand le capitaine ouvrit des yeux ronds qui lui donnèrent des allures de hibou. Sans lui laisser le temps de protester, il conclut calmement :

— Bien entendu, je ne peux pas faire cela sans l'assistance de la police municipale.

— Impossible, Ryder, rétorqua Jennings, à bout. Mes hommes sont tous pris par l'affaire McGillicuddy. Vous devez vous en rendre compte, non ?

Tout en parlant, il se dirigea vers la vitre et constata avec soulagement que son équipe s'affairait.

— Et vous imaginez bien que mes supérieurs n'ont pas envie que ça traîne.

— Je comprends, naturellement. Mais vous pouvez sûrement me laisser quelqu'un. J'ai juste besoin d'une personne en uniforme qui me donne le statut officiel nécessaire pour interroger à nouveau des témoins, suggéra Clement d'un ton charmeur. Et qui sait, il se pourrait que l'affaire Fleet-Wright ait un lien avec votre meurtre. Imaginez comme vous auriez l'air bête si c'était le cas et que vous n'ayez pas suivi cette piste – surtout que je vous propose de le faire à votre place ! Faites d'une pierre deux coups, capitaine. Qu'avez-vous à perdre ?

— Vous n'avez pas l'autorité d'interroger qui que ce soit, aboya Jennings, qui n'en pouvait plus.

— Justement, répondit Clement Ryder, l'air très content de lui. C'est pour cela que j'ai besoin d'un policier. Quelqu'un qui travaillera en collaboration avec moi et qui suivra mes instructions. Vous avez sûrement un subordonné sans importance à me confier ?

En entendant cela, Harry Jennings pensa immédiatement à Walter Swinburne. De toute façon, le vieil homme ne faisait qu'acte de présence en attendant la retraite. Et il en était arrivé au point où il était prêt à faire à peu près n'importe quoi pour se débarrasser du vieux vautour. Mais quand il jeta un œil dans le bureau principal, la première personne qu'il vit fut Trudy Loveday.

Qui venait d'attraper le satyre.

Et qu'il faudrait affecter à une autre affaire où elle ne risquait pas d'être blessée ni de le gêner.

Un sourire carnassier apparut sur ses lèvres.

— Eh bien, docteur Ryder, je crois que j'ai exactement ce qu'il vous faut.

Quand Trudy réapparut après avoir laissé le prisonnier dans les cellules (et habillé, grâce à un débonnaire colonel de l'Armée du Salut qui avait déposé des vêtements donnés), elle eut la surprise d'être appelée dans le bureau du capitaine. Elle pouvait quasiment compter sur les doigts d'une main le nombre d'occasions où son supérieur avait demandé à la voir, et le soupçonnait secrètement de regretter qu'une femme fasse partie de son équipe. On aurait dit qu'il ne savait pas quoi faire d'elle, si bien qu'il laissait généralement le sergent lui assigner des missions.

Quand elle entra dans le bureau, elle fut encore plus surprise de constater que le visiteur du capitaine – un homme à l'allure distinguée – était encore là. Vêtu d'un élégant costume anthracite, arborant une impérieuse crinière argentée, il l'examina avec une curiosité évidente par-dessous des sourcils broussailleux.

Sous l'influence de son regard gris, acéré, Trudy sentit qu'elle se redressait, en alerte.

— Mademoiselle Loveday, voici le Dr Clement Ryder, l'un des coroners de la ville, commença le capitaine d'un ton sec.

— Monsieur, répondit Trudy.

Personne n'aurait pu dire si elle s'adressait à son officier supérieur ou à l'homme qui l'observait, renversé dans son fauteuil.

— Le Dr Ryder a une proposition intéressante à vous soumettre, déclara Jennings d'un ton taquin.

Bien sûr, il savait très bien que c'était à lui de donner des ordres à sa subordonnée, qui n'avait pas son mot à dire.

Il ne voulait simplement pas faciliter la tâche du vieux vautour.

Et tandis que le coroner jetait un regard noir au capitaine, Trudy, qui avait encore bien en tête la mise en garde de Walter Swinburne, répondit prudemment :

— Ah ?

12

Penchée sur son évier, Mavis McGillicuddy, hébétée, lavait la vaisselle du petit déjeuner. Marie était retournée à l'école. La pauvre petite n'avait plus que sa grand-mère pour veiller sur elle, et la charge pesait lourdement sur les épaules de Mavis.

Elle jeta un vague coup d'œil par la fenêtre de la cuisine tout en essuyant les tasses à thé avec des gestes mécaniques. Ses voisins et ses amis avaient été adorables, l'entourant de leur mieux, mais ils ne pouvaient pas lui tenir compagnie vingt-quatre heures sur vingt-quatre. Et la maison lui paraissait tellement vide et silencieuse, désormais. Rien ne lui semblait plus normal.

Même les gens qui passaient dans la rue s'arrêtaient pour regarder sa maison. Comme s'ils s'attendaient à voir quelque chose… Quoi ? Un détail intéressant ? Effrayant ? Mavis ne savait pas très bien. Mais au moins, les journalistes avaient arrêté de la déranger et l'avaient laissée tranquille. Pour le moment.

C'est à cet instant que Mavis remarqua la femme au bout de la petite allée qui traversait son jardinet. Elle semblait se diriger vers la porte, comme si elle rassemblait son courage pour ouvrir, avant de faire demi-tour, l'air de ne pas oser.

Les mains de Mavis McGillicuddy s'immobilisèrent lentement sur son torchon. Elle ne connaissait pas cette femme, elle en était sûre. Bien habillée, à voir la coupe de son manteau sur mesure et… oui, ses beaux gants de cuir.

Même si, depuis la mort de Jonathan, elle s'était habituée aux curieux occasionnels, cette femme ne ressemblait pas aux habituels badauds en quête de sensations fortes.

Songeuse et presque intriguée, désormais, Mavis observa la femme. Puis elle fronça les sourcils. Son physique lui disait quelque chose.

L'inconnue, qui semblait avoir quasiment vingt ans de moins qu'elle, était encore séduisante. À présent, elle était revenue au portail, d'un pas déterminé, droite comme un piquet, comme si elle se préparait à une tâche désagréable. Cette fois, sa main élégamment gantée alla jusqu'à effleurer le loquet. Mais au dernier moment, elle se détourna à nouveau. Les épaules basses, l'air défait, elle s'éloigna.

Haussant les épaules, Mavis s'empara d'une autre assiette qu'elle plongea dans sa cuvette d'eau de vaisselle, sans se rendre compte qu'elle l'avait déjà lavée et séchée.

— Alors, vous avez bien tout noté ? demanda le capitaine.

Le coroner, le Dr Clement Ryder, venait de partir, et Jennings observait de près sa subordonnée, qui se tenait debout devant son bureau, bien droite.

— Oui, monsieur, répondit Trudy, à la fois enthousiaste et un peu éberluée. Vous voulez que je lise le rapport d'enquête qu'a laissé le Dr Ryder, que je vous fasse un résumé, puis que je travaille en étroite collaboration avec le Dr Ryder pendant son enquête. Et chaque soir, je dois vous fournir un rapport écrit sur nos activités.

Jennings acquiesça. Il devait avouer que cette fille avait l'esprit vif.

— Je dois vous avertir immédiatement si j'ai l'impression que le Dr Ryder a outrepassé ses prérogatives.

Un peu mal à l'aise, Trudy se demanda ce qu'avait

voulu dire le capitaine. Jusqu'où allaient les prérogatives du coroner, exactement, aux yeux de son chef ?

— Et quand nous interrogeons des témoins, il faut que ce soit moi qui pose les questions.

Elle avait répété ses instructions mot pour mot.

— Précisément. Malgré son poste de coroner, le Dr Ryder est un civil et n'a pas l'autorité nécessaire pour procéder à une arrestation, interroger des témoins en dehors de son tribunal, ou jouer les policiers de quelque façon que ce soit. Est-ce clair ?

— Oui, monsieur.

En revanche, Trudy ne saisissait vraiment pas pourquoi son supérieur se pliait aux caprices du Dr Clement Ryder.

Après avoir rencontré l'homme, elle comprenait pourquoi Walter Swinburne et ses autres collègues le surnommaient le « vieux vautour ». Ce n'était pas simplement que l'homme côtoyait la mort dans l'exercice de ses fonctions – après tout, il n'était pas le seul. Ce n'était pas uniquement son nez crochu qui lui donnait l'allure d'un oiseau de proie impérieux. C'étaient surtout ses yeux froids et attentifs qui vous faisaient frissonner.

Jennings poussa un soupir.

— Le docteur Ryder est un homme très intelligent, qui a des amis puissants, mademoiselle Loveday – ne l'oubliez jamais. Il a aussi une habitude agaçante : il a presque toujours raison. Alors s'il pense que quelque chose cloche dans cette vieille affaire…

Il désigna le dossier kraft posé sur son bureau.

— Il y a de bonnes chances que ce soit le cas. Et puisqu'il y a un lien ténu avec notre victime, McGillicuddy…

Trudy ouvrit de grands yeux, sincèrement intéressée.

— … nous devons vérifier. Dans les limites du raisonnable.

À présent, Trudy devait se retenir de sauter de joie. Elle n'aurait jamais cru qu'on laisserait une humble stagiaire dans son genre, une femme qui plus est, participer à une vraie enquête pour meurtre. Et même s'il était clair que son supérieur pensait que ce n'était que du vent, pouvoir travailler sur une enquête en cours, même à la périphérie et dans des circonstances aussi étranges, dépassait ses rêves les plus fous.

Elle aurait été bien bête de ne pas en tirer le meilleur parti possible.

— Je vois, monsieur, répondit-elle d'un ton enthousiaste. Quand est-ce que je commence ?

— Demain, ce sera bien suffisant. Je ne veux pas que le vieux vaut… euh… que le Dr Ryder croie que nous sommes à sa disposition.

Même si c'était le cas.

— Étudiez donc le dossier, dit-il. Je crois qu'il s'agit de la mort accidentelle d'une certaine Gisela Fleet-Wright. Assurez-vous de bien le maîtriser, puis passez voir le Dr Ryder demain à la première heure. Il a dit qu'il serait dans son bureau. Vous l'aiderez à éclaircir tous les points nécessaires.

— Oui, monsieur. Et je dois, euh, suivre ses instructions ?

Elle voulait clarifier cet aspect.

— Oui, mais comme je vous l'ai dit, dans les limites du raisonnable, précisa-t-il prudemment. Faites-lui plaisir, et si vous pouvez lever les doutes qui le tracassent, histoire qu'il nous fiche la paix, tant mieux.

Trudy acquiesça en réprimant un sourire euphorique. Même si cette vieille affaire n'était pas particulièrement intéressante, ce serait forcément mieux que de pister des voleurs de sacs et des satyres, non ?

— Oui, monsieur. Je ferai de mon mieux, monsieur.

Jennings lui fit signe de sortir, l'esprit ailleurs. Il se trouvait qu'il y avait bien une piste liée à l'incendie dans le passé lointain de Sir Marcus, après tout, et il entendait bien la suivre.

13

Trudy eut vite fait de parcourir le dossier Fleet-Wright, mais il lui fallut de longues heures de prise de notes avant d'être certaine de connaître tous les détails sur le bout des doigts.

Ensuite, elle dut admettre une légère déception. Quand le capitaine lui avait dit que le rusé coroner n'était pas satisfait du verdict, elle s'était attendue à quelque chose d'un peu plus… eh bien, spectaculaire. Au lieu de cela, le dossier qu'elle venait de lire, quoique très triste, ne lui avait pas semblé sortir de l'ordinaire.

Les faits paraissaient simples et plutôt clairs – pour autant qu'elle pouvait en juger, bien que tragiques, ils ne semblaient pas particulièrement suspects. Pire encore, le lien avec la victime assassinée était extrêmement ténu.

Par une belle journée ensoleillée de l'été 1955, Gisela Fleet-Wright, vingt et un ans, fille de Beatrice et de Reginald Fleet-Wright, avait été retrouvée morte dans sa chambre. Sa mère, qui avait découvert le cadavre, avait tenté de la ranimer, sans succès. Elle avait ensuite appelé le généraliste de la famille, qui était arrivé dix minutes plus tard. Après un bref examen, il avait confirmé que la jeune fille était morte.

Puis il avait appelé la police.

C'était peut-être le premier indice que quelque chose clochait, puisque Trudy en déduisit immédiatement que le médecin était troublé par les circonstances de la mort et n'avait pas l'intention de signer un certificat de décès prématurément.

Il n'y avait aucune trace de violence sur le corps et on découvrit que, même si Gisela était sujette à la dépression et à des « sautes d'humeur », elle n'avait pas de problème cardiaque, ni aucune autre maladie pouvant expliquer sa mort soudaine.

Naturellement, la police avait demandé une autopsie. La famille, de confession catholique, n'avait pas vraiment apprécié, mais elle n'avait pas pu l'empêcher. Encore une fois, un civil aurait peut-être trouvé cela suspect, mais Trudy savait que la plupart des familles répugnaient instinctivement à ce qu'on « ouvre » la dépouille de leurs proches, si bien que l'objection des Fleet-Wright ne signifiait pas nécessairement qu'ils cachaient quelque chose.

Les résultats de l'autopsie avaient révélé des taux anormalement élevés d'antidépresseurs dans le sang de Gisela. Suffisamment pour provoquer l'arrêt cardiaque qui lui avait coûté la vie.

Trudy se dit que c'était sans doute ce qui avait piqué l'intérêt du Dr Clement Ryder.

Même s'il n'était pas encore coroner à l'époque de l'enquête, il avait dit au capitaine Jennings qu'il avait assisté à toutes les audiences pour se renseigner sur les différents aspects de sa nouvelle profession potentielle. Il avait donc suivi de très près tous les éléments présentés au tribunal, ainsi que les dépositions des témoins.

Et de toute évidence, il avait convaincu le capitaine qu'il était possible que le verdict du coroner ait été erroné, puisqu'ils rouvraient le dossier.

Mais malgré tous ses efforts, même en relisant d'innombrables fois les témoignages, Trudy ne voyait pas où était le problème.

Comme elle l'avait appris à l'école de police, l'audience du coroner n'est pas un procès. Les coroners enquêtent sur les morts violentes, soudaines ou incompréhensibles, qui ont lieu en détention, ou qui, d'une façon ou d'une autre, ne semblent pas naturelles. Même dans ces cas-là, le coroner est simplement chargé d'établir l'identité du défunt, ainsi que la date et la cause de la mort.

Dans le cas de l'affaire Fleet-Wright, il n'y avait aucun doute sur l'identité de la victime, l'heure et le lieu du décès. Qui plus est, les experts médicaux avaient dit au jury du coroner que la mort était due à l'ingestion d'un trop grand nombre de pilules prescrites à la victime. Donc, sur ce point au moins, ils n'avaient pas eu à s'interroger sur la cause du décès : il leur avait suffi d'approuver les conclusions du légiste. Tout le problème était de déterminer les circonstances de l'overdose.

Trudy s'interrompit pour s'étirer voluptueusement et se reposer les yeux. Son cerveau, cependant, tournait toujours à plein régime.

Il n'y avait que quelques explications possibles à l'overdose de Gisela Fleet-Wright. Pour commencer, elle avait pu prendre délibérément les cachets – auquel cas le jury aurait conclu au suicide, peut-être pendant un épisode où la victime n'aurait pas eu toutes ses facultés mentales. Trudy savait que c'était une façon bienveillante de signifier que le mort n'était pas responsable de ses actes, et que les jurés compatissants utilisaient souvent cette formulation pour faciliter le deuil de la famille. Surtout quand il s'agissait de catholiques.

Ensuite, la pauvre fille avait pu ingérer trop de médicaments sans le faire exprès. C'était ce que suggérait le verdict de décès accidentel retenu par le jury.

Et enfin, de loin le moins probable… Quelqu'un avait pu la forcer à prendre ces pilules.

En d'autres termes, commettre un meurtre.

Dans les rares cas où les jurés ne tombaient pas d'accord sur la cause du décès, le coroner pouvait enregistrer un verdict ouvert. Cependant, ce n'était jamais satisfaisant, car cela revenait à admettre que le tribunal ne savait tout simplement pas ce qu'il s'était passé. Mais cela permettait de faire une enquête plus approfondie ensuite.

Trudy reprit le dossier et relut les documents pour la troisième fois, décidée à ne rien manquer. Même si tout le monde la plaignait de devoir travailler avec le vieil homme, Trudy savait que c'était l'occasion rêvée de prouver au sergent et au capitaine Jennings qu'elle n'était pas juste bonne à abattre les tâches ingrates dont personne ne voulait.

C'était le moment de montrer qu'elle n'était pas seulement ambitieuse mais aussi intelligente, et elle était décidée à ne pas laisser passer sa chance. Même si ses yeux étaient aussi secs qu'une ligue antialcoolique, elle se concentra donc sur le dossier.

Le rapport de police, tout comme les conclusions du médecin légiste, indiquait que personne n'était entré par effraction chez les Fleet-Wright, qui habitaient une grande villa isolée et entourée de vastes jardins dans le nord d'Oxford. Ce jour-là, la mère de la victime, son jeune frère et deux jardiniers avaient vaqué à leurs occupations, et aucun d'eux n'avait aperçu d'inconnu rôder autour de la maison. Personne n'avait entendu la victime crier. Le rapport du légiste indiquait également qu'il n'y avait pas eu de contusions sur le corps de la jeune fille, pas de lambeaux de peau sous ses ongles qui auraient suggéré qu'elle s'était battue avec un agresseur, et aucun signe de violences sexuelles.

Le premier policier à arriver sur place, un agent qui faisait sa ronde à proximité et auquel on avait demandé de faire un rapport, avait raconté avoir trouvé la victime habillée, étendue paisiblement sur son lit, dont les draps étaient à peine froissés. De même, sa chambre ne montrait aucun signe de lutte. Qui plus est, par cette belle journée ensoleillée, sa fenêtre était ouverte, et si elle avait crié, l'un des jardiniers qui travaillaient en dessous l'aurait sûrement entendue.

L'hypothèse du meurtre avait donc semblé extrêmement peu probable.

Il fallait donc envisager un suicide. Mais là encore, il n'y avait aucune preuve. La victime n'avait pas laissé de lettre, et bien que ce ne soit pas systématique, les jeunes femmes, dans l'ensemble, ont tendance à laisser un mot, ne serait-ce que pour s'excuser ou essayer d'expliquer leur acte. De plus, sa famille et ses amis avaient tous affirmé que malgré ses périodes de dépression, Gisela n'était pas du genre à baisser les bras. Et elle n'avait pas montré de signes suggérant qu'elle envisageait de se suicider.

Évidemment, s'était dit Trudy la première fois qu'elle avait lu cette partie du rapport, ce n'était pas étonnant qu'ils disent cela. Après tout, personne n'a envie de penser qu'il a manqué à ses devoirs envers un proche.

Toutefois, Gisela souffrait de dépression depuis des années, et plusieurs de ses amies avaient déclaré qu'elle pouvait être « difficile », la décrivant comme « passant constamment d'un extrême à l'autre ». Elles avaient aussi suggéré qu'elle était parfois « à fleur de peau ».

Apparemment, la victime avait rompu récemment avec le petit ami qu'elle voyait depuis six mois, un certain M. Jonathan McGillicuddy. Même si leur liaison avait pris fin plusieurs mois auparavant, plusieurs de ses amies avaient été témoins de crises de larmes ou de rage, suggérant que la jeune fille en était encore très affectée.

Mais toutes ses amies s'accordaient à dire que Gisela était convaincue qu'ils finiraient par se remettre ensemble. Elles étaient également unanimes sur un point : après sa rupture avec McGillicuddy, un jeune veuf avec un enfant en bas âge, elle était plus furieuse que suicidaire. Une amie avait même témoigné que Gisela était si résolue à le reconquérir qu'elle planifiait une fête de fiançailles.

Ce qui indiquait peut-être un esprit assez instable pour avaler toute une poignée de médicaments ?

Mais le jury n'avait aucune piste concrète, si bien qu'ils

avaient hésité à conclure au suicide sur la foi de preuves aussi minces, pour ne pas dire de rumeurs.

Mais le témoignage de la mère de la victime avait tout changé. De fait, c'était Beatrice Fleet-Wright qui les avait convaincus de conclure au décès accidentel.

Comme de nombreuses personnes souffrant de dépression et d'une vague « maladie mentale » indéterminée, Gisela détestait prendre les médicaments prescrits par son médecin. Elle se plaignait souvent qu'ils la fatiguaient, la faisaient se sentir « molle » et qu'elle avait l'impression « de voir le monde à travers une vitre sale ». Il n'était donc pas surprenant qu'elle ait souvent essayé d'y échapper, jurant qu'elle avait pris la dose prescrite alors que ce n'était pas le cas.

Si bien que ses parents s'étaient mis à l'obliger à les prendre devant eux le matin, le midi et en début de soirée, conformément aux instructions.

Malheureusement, Beatrice Fleet-Wright (que le greffier décrivait régulièrement comme « en larmes » ou « bouleversée ») avait une ou deux fois surpris sa fille dans la salle de bains, et l'avait soupçonnée de se faire vomir délibérément peu après avoir pris les pilules pour éviter qu'elles ne fassent effet.

Plusieurs fois, elle avait dû forcer sa fille à reprendre des médicaments et à les garder. Et très souvent, sa fille faisait une petite sieste après avoir avalé les cachets, qui la fatiguaient, et à son réveil, elle était « un peu perdue » et « complètement imprévisible » pendant une courte période, jusqu'à ce qu'elle semble « trouver un équilibre ». Elle pouvait alors devenir amnésique, espiègle, morose ou colérique, en fonction de son état d'esprit du moment, et oubliait parfois qu'elle avait déjà pris la dose prescrite, si bien qu'elle la reprenait.

À mesure que son témoignage avançait, il devenait clair que Beatrice Fleet-Wright était convaincue du caractère accidentel de l'overdose.

Elle avait raconté que ce matin-là, sa fille, qui était en troisième année de licence de littérature anglaise, avait juré qu'elle avait pris ses médicaments. Mais Beatrice avait remarqué les coups d'œil coupables que lançait sa fille en direction de la salle de bains, et elle l'avait soupçonnée de les avoir à nouveau régurgités.

Elle avait donc donné une deuxième dose à sa fille. Bien sûr, cela n'aurait pas suffi à la tuer, même si elle s'était trompée et que Gisela avait bien pris la première.

Quand elle avait laissé Gisela seule dans sa chambre, sa fille faisait la sieste, plongée dans un sommeil paisible, comme d'habitude.

Mais, avait poursuivi Beatrice, et si Gisela s'était réveillée l'esprit embrouillé et avait décidé de prendre ses médicaments sans se rappeler que c'était déjà fait ? De temps en temps, au réveil, elle pleurait, semblait penaude et s'excusait auprès de sa mère, de son père ou de toute autre personne présente, en jurant qu'elle essayerait « d'être sage » et de prendre ses pilules. Et parfois, prise d'un enthousiasme enfantin, elle décidait de joindre immédiatement le geste à la parole.

Et si c'était arrivé cette fois-là ?

Et, puisqu'elle s'était sans doute réveillée peu avant le déjeuner, aurait-elle pu décider de prendre sa « deuxième » dose de la journée, qui aurait en fait été la quatrième ou la cinquième ?

À ce stade de son témoignage, Mme Fleet-Wright était devenue « inconsolable », admettant qu'elle était sans doute responsable de la mort de sa fille, disant à la cour qu'elle se sentait coupable de ne pas avoir été dans la chambre de Gisela au moment fatal. Car même si cet après-midi-là, elle était censée participer à une réunion avec d'autres dames patronnesses, elle avait annulé au dernier moment et était restée à la maison pour vaquer à diverses tâches domestiques.

Le coroner lui avait dit qu'elle devait s'en tenir aux

faits et non « spéculer » sur ce qui avait pu arriver, mais il n'était pas parvenu à la convaincre qu'elle n'était pas responsable de l'overdose de sa fille.

On avait fait quitter la barre des témoins à une Mme Fleet-Wright désespérée, qui répétait que tout était sa faute.

Après quoi l'affaire avait avancé rapidement. Le jury, avec l'accord du coroner, conclut que Gisela Fleet-Wright était morte d'une overdose accidentelle.

À présent, presque cinq ans plus tard, tandis que Trudy rangeait son bureau avant de partir, elle eut une pensée pour la mère de cette pauvre fille, le cœur serré. Perdre un enfant était déjà suffisamment tragique – mais devoir vivre le restant de ses jours avec la conviction qu'on était responsable (et qui sait, peut-être était-ce le cas ?) devait être affreux.

En descendant St Ebbes Street, elle s'arrêta pour contempler la vitrine illuminée de Coopers, l'un des magasins préférés de sa mère, mais aucun des objets exposés ne parvint à la distraire.

Qu'est-ce qui avait donc tant remué le Dr Clement Ryder dans l'affaire Fleet-Wright ? Elle était à peu près sûre que le fait que McGillicuddy ait connu la jeune fille morte ne pouvait pas avoir de lien avec son meurtre tant d'années plus tard. Visiblement, le vieux vautour profitait simplement de la coïncidence pour rouvrir le dossier Gisela !

14

Le lendemain matin, assis dans son fauteuil habituel, Sir Marcus Deering fixait d'un air incrédule l'enveloppe qu'il tenait entre les mains. Après l'avoir déposée, sa secrétaire s'était enfuie quand il lui avait aboyé d'appeler immédiatement la police.

Il resta paralysé plusieurs secondes, à fixer les majuscules vertes familières, puis il s'aperçut que sa main tremblait tant qu'il était physiquement incapable de l'ouvrir. Finalement, il renonça et reposa la lettre sur son bureau.

De toute manière, il valait mieux qu'il n'y touche pas. C'était à la police de s'en charger, à cause des empreintes digitales, des indices qui risqueraient d'être compromis.

Luttant contre un accès soudain de nausée, il pivota dans son fauteuil et contempla le jardin. Mais en janvier, le domaine n'offrait que peu de distractions, et inévitablement, comme c'était si souvent le cas désormais, il pensa à Jonathan. Le fils qu'il n'avait jamais reconnu. Qu'il n'avait même jamais rencontré. Celui dont le cadavre reposait à la morgue municipale.

Quand Mavis lui avait dit qu'elle était enceinte, il avait été soulagé que son père s'occupe d'étouffer le scandale et de lui verser une pension qui lui permettrait d'élever son fils dans un confort raisonnable.

Bien sûr, Mavis avait été mécontente, et sa famille aussi, mais ils avaient finalement compris que c'était pour le mieux. Marcus n'était même pas encore entré à l'université et il était trop jeune pour assumer la charge d'une famille.

Au fil des années, bien que Mavis lui ait proposé à de nombreuses reprises de rencontrer son fils, il n'avait jamais ressenti l'envie d'accepter. Puis il avait épousé un beau parti, Martha avait mis au monde Anthony et, quelques années plus tard, Hermione, si bien que jouer un rôle dans la vie du garçon était devenu inconcevable. Après tout, Martha ne savait rien de son aventure avec Mavis, et il était hors de question qu'Anthony et Hermione soient soudain confrontés à un grand frère inconnu.

De plus, le garçon était aimé et choyé. Mavis l'avait tenu au courant de son évolution : son mariage, la naissance de sa fille, la mort de sa femme, et l'ouverture de sa propre entreprise de jardinage.

Et si, dans un coin de sa tête, il avait parfois rêvé de rencontrer le garçon, ou simplement de le regarder marcher dans la rue, eh bien…

Cela n'arriverait jamais, désormais, n'est-ce pas ?

Sans un mot, Sir Marcus Deering se mit à pleurer ; de grosses larmes de désespoir qui roulèrent sur ses joues sans qu'il les remarque.

Il s'était ressaisi et avait séché ses larmes quand le sergent O'Grady arriva quelque temps plus tard. Après avoir enfilé des gants, ce dernier ouvrit la lettre avec précaution avant de la déposer dans un sachet en plastique pour ne pas compromettre les preuves.

Le message était court, clair et univoque.

Si Marcus Deering ne se rachetait pas, son autre fils mourrait aussi.

Et c'est à cet instant que l'homme d'affaires dut enfin admettre que le cauchemar n'était pas encore terminé – loin de là.

*

— Eh bien, asseyez-vous, ordonna Clement Ryder. Je ne mords pas.

— Heureusement, monsieur, rétorqua Trudy. Ce serait une agression contre un policier dans l'exercice de ses fonctions et je serais obligée de vous arrêter.

Pendant une seconde, le coroner la fixa. Puis, à sa grande surprise, il lui sourit et hocha la tête.

— Bien. Au moins, vous avez du répondant, la félicita-t-il. J'avais peur que Jennings m'ait envoyé l'idiote du commissariat.

Il l'examina attentivement.

— Vous avez passé les A-levels[1] ? Quel âge avez-vous ?

Trudy rougit.

— Dix-neuf ans, monsieur. J'ai obtenu huit O-levels et deux A-levels.

— En sciences ?

— En anglais et en histoire.

— Ah bon. C'est mieux que rien, marmonna-t-il.

Trudy lui sourit à son tour.

Le vieil homme grogna, mais son regard étincelait, et Trudy devina avec soulagement que ses réponses lui avaient plu.

Elle se doutait qu'avec un homme au caractère aussi trempé que celui du Dr Ryder, se montrer conciliant n'était pas nécessairement la meilleure tactique. Même si c'était quelqu'un d'important à qui on devait obéissance et respect, plus vite il s'apercevrait qu'elle ne se laisserait pas marcher dessus, mieux ce serait.

— Alors, vous avez eu l'occasion de lire le dossier Fleet-Wright ? l'interrogea-t-il brusquement. Qu'en pensez-vous ? Et asseyez-vous, ma petite, vous me donnez le torticolis.

Trudy, qui s'était mise au garde-à-vous sans s'en rendre compte, se laissa tomber dans un grand fauteuil confortable en cuir noir.

1. Examens passés par les jeunes Britanniques à la fin du secondaire.

Elle était vêtue de son uniforme propret bien repassé, chapeau compris, et portait sa sacoche en cuir à l'épaule. Elle en tira son carnet, où elle avait noté les détails les plus importants, ainsi que le dossier.

Tout en le tendant au coroner, elle jeta un bref coup d'œil au bureau – bien plus chic que ceux du commissariat, aucun doute là-dessus ! De grands paysages décoraient les murs d'un beige doux, et un feu crépitait dans le foyer. Sur le large manteau de cheminée s'étalaient des bibelots en cuivre style Art déco. L'immense bureau en cuir du coroner dominait la pièce et les nombreuses bibliothèques remplies de livres de droit, de médecine et d'histoire donnaient à l'ensemble des allures de bibliothèque de club privé huppé.

— Je ne serai pas fâché quand ils mettront enfin le chauffage central, grogna Clement en désignant les grandes fenêtres qui donnaient sur une vieille cour pavée.

Même Trudy, qui était plus loin des panneaux de verre anciens, sentait le froid qui en émanait. Pour ne rien arranger, une fois de plus, il faisait humide et venteux.

— Eh bien, monsieur, commença-t-elle d'un ton ferme en essayant de dissimuler sa nervosité, il me semble que, vu les preuves, le jury et le coroner ont rendu le seul verdict possible. Décès accidentel.

Elle leva les yeux de son carnet en attendant qu'il la piège. Elle se rappela qu'elle s'était promis de ne pas se laisser intimider et le regarda sans ciller.

Quand le vieux Walter avait entendu qu'on l'envoyait travailler avec Ryder, il lui avait raconté comment le vieux vautour avait déstabilisé d'innombrables collègues à la barre des témoins. Il lui avait confié qu'il était tellement pénible que le préfet avait envisagé de prendre sa retraite plus tôt que prévu.

Même le sergent l'avait prévenue que le vieil homme, quoique « malin comme un singe », pouvait se montrer un peu irascible, et qu'elle ne devait pas se laisser faire.

Étant donné que le Dr Ryder avait la réputation de ne pas supporter les imbéciles, elle s'attendait à subir immédiatement ses foudres.

Cependant, au lieu de l'enguirlander parce qu'elle n'était pas d'accord avec son idée que quelque chose clochait dans ce dossier, il l'observa pensivement et hocha même la tête.

—Oui. Au vu des preuves présentées, le jury ne pouvait pas vraiment tirer d'autre conclusion, n'est-ce pas ? suggéra-t-il d'un ton conciliant.

Trudy se demanda si elle avait bien entendu.

— Vous êtes d'accord avec moi ? se surprit-elle à demander, avant de rougir. Excusez-moi, docteur Ryder, mais je suis un peu perdue. J'avais compris… c'est-à-dire que le capitaine Jennings m'a dit que vous n'étiez pas satisfait du verdict. Que je suis censée vous aider à rouvrir le dossier ?

— En effet.

Le coroner avait revêtu un des costumes sombres qu'il semblait ne jamais quitter, avec une cravate qui représentait sûrement soit son collège d'Oxford, soit un établissement médical tout aussi prestigieux. Son abondante crinière argentée était bien peignée et ses yeux gris larmoyants plus vifs que jamais. Il n'avait pas l'allure d'un homme en train de perdre la tête ou qui aimait jouer sur les mots.

Pourtant, elle avait bien l'impression qu'il se moquait d'elle, et son regard se durcit.

— Peut-être que nous gagnerions du temps, monsieur, si vous me disiez exactement ce que vous voulez que nous fassions ?

Clement Ryder eut un léger sourire.

— Une femme d'action déterminée. Très bien, mademoiselle Loveday, ajouta-t-il d'un ton brusque. Je veux que nous interrogions les personnes qui ont témoigné lors de l'enquête sur le cas Gisela Fleet-Wright, et que nous réexaminions les preuves avec du recul, presque cinq ans plus tard. Nous commencerons peut-être par votre dernière victime, Jonathan McGillicuddy.

— Mais pourquoi, monsieur ? D'après le rapport, M. McGillicuddy n'a témoigné que très brièvement. Il a simplement dit que Gisela et lui s'étaient fréquentés un moment, mais qu'ils avaient rompu. Et qu'il n'avait eu aucun contact avec elle pendant les semaines précédant sa mort.

— C'est ce qu'il a dit, oui, confirma Clement Ryder d'un ton neutre.

— Et vous pensez qu'il mentait ?

— En tout cas, il ne disait pas toute la vérité.

Trudy s'affaissa lentement contre son dossier.

— Vous avez des preuves, monsieur ?

— Bien sûr que non, rétorqua Clement, l'air agacé. Si j'en avais, je n'aurais pas besoin de vous demander d'en trouver, si ?

Trudy rougit – de colère ou de gêne, elle n'aurait su le dire – mais il poursuivit sans lui laisser le temps de protester.

— Il n'est pas le seul à avoir menti. Et étant donné qu'il est mort, nous ne pouvons pas lui demander pourquoi, n'est-ce pas ? Nous allons devoir commencer par un témoin encore en vie qui le sait peut-être, et sa mère est le point de départ évident.

Trudy inspira à nouveau profondément. Son instinct lui soufflait qu'elle ne devait pas perdre ses moyens devant cet homme, et encore moins se laisser embobiner !

— Pas si vite, monsieur. Qui d'autre a menti à la barre des témoins, d'après vous ?

— Qui ? Il serait plus facile d'énumérer ceux qui ont été honnêtes ! En dehors des experts – et, je crois, de deux jardiniers qui ont témoigné qu'ils n'avaient pas vu d'inconnus rôder –, ils cachaient tous quelque chose. Certains d'entre eux esquivaient les questions, en tout cas. Et les plus effrontés mentaient purement et simplement, pour tromper le tribunal.

Trudy sentit sa mâchoire se décrocher en entendant cette déclaration arrogante, et elle s'empressa de refermer la bouche. Elle remarqua que le coroner l'observait d'un air amusé : il savait probablement très bien qu'elle ne se contenait qu'avec effort. Encore une fois, elle sentit qu'elle s'empourprait.

Elle aurait vraiment aimé se débarrasser de cette habitude enfantine de rougir à chaque fois qu'elle était en colère ou troublée.

— Tous, monsieur ? releva-t-elle d'un ton sceptique. Vous dites qu'ils mentaient tous ? Le père de la jeune fille ?

— Certainement.

— Sa mère ?

— Plus que tous les autres.

— Ainsi que Jonathan. Et les amies qui ont témoigné sur son caractère et son état d'esprit ? Étaient-elles aussi dans le complot ?

Ignorant ses sarcasmes, le Dr Ryder secoua la tête.

— Non, elles, pas tellement, admit-il d'un air dégagé. Je crois qu'elles ont essayé d'être aussi honnêtes que possible, étant donné les circonstances. Bien sûr, elles répugnaient à dire du mal d'une morte, mais c'est un phénomène commun. Bref, je ne pense pas qu'elles aient délibérément entravé le bon fonctionnement de la justice. Et elles ont certainement esquissé un portrait honnête de la victime, qui semble avoir été instable et encline à se faire du mal.

Pour le moment, Trudy était prête à laisser de côté les déclarations extravagantes du vieux vautour, parce qu'il avait soulevé un point qui l'avait frappée elle aussi. En lisant le dossier pour la quatrième et dernière fois la veille au soir, ce qui l'avait le plus marquée était l'instabilité émotionnelle de la jeune morte.

En quelques secondes, Gisela passait de la jubilation au désespoir, de la contrition à la manipulation, de la certitude qu'elle allait reconquérir son ex-petit ami à des crises de rage décousues contre celui qu'elle tenait pour responsable de tous ses malheurs. Mais au-delà de cela, elle avait eu la sensation que Gisela Fleet-Wright était une fille fantasque, peut-être trop gâtée, qui avait l'habitude qu'on cède à ses caprices et n'aimait pas qu'on lui résiste. Une jeune fille intelligente – elle n'aurait pas été admise à l'université autrement – et, d'après les photographies, très belle. Et Trudy avait souvent remarqué que les jolies filles sont douées pour obtenir ce qu'elles veulent.

Gisela, telle l'enfant qu'elle n'avait probablement jamais cessé d'être, piquait des colères quand on ne lui cédait pas.

Trudy avait également été marquée par l'obsession évidente de Gisela pour Jonathan McGillicuddy. Que ce soit Jonathan qui ait rompu, comme semblaient le penser la plupart des gens, ou bien Gisela (comme elle l'avait juré à toutes ses amies), tous s'accordaient à dire que la jeune fille avait été obnubilée par Jonathan et l'idée de le reconquérir – ou de se venger, en fonction de son humeur du moment.

Trudy feuilleta rapidement le dossier et en sortit un cliché de la jeune fille pris un mois à peine avant sa mort. Elle avait des yeux d'un vert perçant sertis dans un visage en cœur entouré de magnifiques cheveux bruns et longs. Elle mesurait un mètre soixante-douze environ et était presque trop mince, si bien que sa beauté était plus éthérée que voluptueuse, et même sans savoir comment elle avait fini, Trudy aurait probablement pensé qu'elle avait l'air fragile. Le genre de fille qui aurait pu poser pour un portrait préraphaélite d'une héroïne tragique destinée à mourir d'amour.

— Vous pensez que c'était une pimbêche ? s'entendit dire Trudy.

Une fois de plus, le coroner lui jeta un regard approbateur qui l'emplit de fierté.

— Je crois que c'est une assez bonne description, oui, approuva-t-il d'un ton sardonique.

— Et vous pensez que ce qui lui est arrivé est lié à sa personnalité ?

— Notre personnalité affecte toujours notre vie, répondit Clement. Comment pourrait-il en être autrement ?

L'écho de tristesse dans sa voix étonna Trudy. Visiblement, c'était un homme qui avait souffert.

Puis son regard perçant se posa à nouveau sur elle, et le sentiment de pitié qu'il lui inspirait s'évanouit instantanément. Il faudrait être bien bête pour manifester au Dr Clement Ryder de la compassion malvenue, se dit-elle.

— Je compte déterminer comment et pourquoi cette jeune femme est morte, dit-il d'un ton sec. Je ficherais mon billet que ce que nous avons entendu au tribunal était, au mieux, une version revue et corrigée, et au pire, un tissu de mensonges.

Il était clair que le coroner vieillissant était en colère – mais il n'y avait pas que ça. Il semblait indigné, comme si, même s'il n'avait pas connu Gisela et n'avait pas présidé le tribunal qui avait enquêté sur sa mort, il prenait l'erreur de jugement comme une insulte personnelle.

Et dans un éclair de lucidité, Trudy comprit que pour cet homme, la vérité et la justice n'étaient pas de simples idéaux, mais des besoins réels.

Trudy se sentit soudain jeune et naïve.

— Oui, monsieur. Mais je ne comprends toujours pas pourquoi vous pensez que ça ne s'est pas passé comme le prétend la mère de la victime.

C'était une chose d'être enthousiasmée par la passion de cet homme, une autre de partir du principe qu'il avait raison.

— Que Gisela ait pris trop de médicaments par accident ? Qu'entre les actions de Mme Fleet-Wright et les siennes, elle a ingéré trop de cachets sans le vouloir ?

— Oui.

— Si ç'avait été le cas, pourquoi tant de témoins auraient-ils menti ?

Trudy toussota nerveusement. Elle chercha en vain une formulation diplomate puis, en désespoir de cause, se contenta de lâcher :

— Mais monsieur, nous ne sommes pas sûrs qu'ils aient menti, si ? Après tout, même si vous étiez persuadé qu'ils mentaient…

— J'ai pu me tromper ? compléta Clement.

Trudy rougit derechef.

— C'est si impensable, monsieur ?

Elle attendit que la foudre s'abatte sur elle.

Mais non.

Au lieu de cela, un silence plus aimable qu'hostile s'ensuivit, troublé uniquement par le tic-tac d'une horloge comtoise derrière elle et par le vent qui venait frapper les carreaux mal ajustés.

— Bien sûr, c'est possible, admit Clement Ryder. Mais je maintiens que c'est extrêmement peu probable. Je ne suis pas né de la dernière pluie, mademoiselle Loveday, poursuivit-il, sa diction précise et châtiée devenant presque hypnotique. J'ai travaillé toute ma vie dans des environnements éprouvants, où il faut garder son sang-froid. Et au-delà de ça, on y apprend à connaître et à comprendre la nature humaine, dans toute sa gloire, dans toute son ignominie.

Il s'interrompit et haussa les épaules.

— J'ai eu des patients qui avaient ignoré leurs symptômes pendant des années et s'étaient persuadé qu'ils étaient en parfaite santé alors que le premier imbécile venu aurait pu leur dire qu'ils étaient malades. Et depuis que je suis coroner, j'ai vu des témoins énoncer des vérités qui vous briseraient le cœur. J'ai vu du courage et de la lâcheté, de la cupidité et de la générosité, de l'égoïsme et un degré d'orgueil inimaginable. J'ai écouté des histoires de dévotion, de folie et de toute la gamme des sentiments.

Ce n'est qu'en expirant que Trudy s'aperçut qu'elle retenait son souffle.

— Donc quand je vous dis que je sais que quelqu'un se ment à lui-même ou ment aux autres, je vous demande de me croire sur parole. Mais vous n'aurez pas à le faire pendant longtemps. Vous m'avez l'air plutôt maligne. Et je crois qu'une fois que nous aurons commencé à décortiquer cette affaire comme elle aurait dû l'être il y a quatre ans et demi, vous serez vite aussi convaincue que moi qu'il y a quelque chose de pourri au royaume du Danemark. Ou, dans ce cas, dans la famille Fleet-Wright.

En cet instant, Trudy n'aurait pas parié contre le vieux vautour.

15

Quand Mavis McGillicuddy ouvrit sa porte et trouva deux inconnus devant chez elle, elle ne parut pas particulièrement surprise. Peut-être parce que l'uniforme que portait (de façon plutôt incongrue, à ses yeux) une jolie jeune fille était devenu familier.

Elle avait vu de nombreux policiers de toutes sortes depuis la mort de Jonathan. Même l'homme d'un certain âge qui accompagnait la jeune femme lui disait quelque chose.

— Je vous en prie, entrez, dit-elle vaguement en les conduisant dans le salon glacé où elle n'entrait que pour faire la poussière et remettre en place les têtières sur les fauteuils.

Elle revint quelques minutes plus tard avec un plateau de thé qu'elle déposa sur la table basse en chêne, l'un des rares meubles qu'elle avait hérités de ses parents.

Ce n'est qu'après s'être assise, alors qu'elle se demandait si elle aurait dû leur proposer une part de gâteau, qu'elle se souvint où elle avait vu l'homme.

— Vous étiez au tribunal. Celui de mon Jonathan. Je veux dire, quand son cas… Voulez-vous un biscuit ?

Clement, qui s'était présenté en arrivant lui sourit.

— Non merci, madame McGillicuddy. Puis-je servir le thé ?

Sans attendre de réponse, il s'empara de la grande et lourde théière.

Le cœur de Trudy se serra. La pauvre vieille dame semblait si perdue et fatiguée qu'elle n'aurait peut-être pas eu la force de soulever la théière. Le Dr Ryder et elle étaient tombés d'accord pour commencer leur série d'interrogatoires par Mme McGillicuddy, mais elle regrettait désormais qu'ils n'aient pas choisi quelqu'un d'autre. Quelqu'un de mieux armé pour répondre aux questions de la police que cette dame en deuil à l'air hébété.

Elle jeta un coup d'œil troublé au coroner, mais elle n'aurait pas dû s'inquiéter. Même si celui-ci ne tolérait pas les imbéciles et, au premier abord, pouvait paraître froid et calculateur, voire arrogant, elle ne s'était pas trompée sur son compte. Il n'avait rien d'une brute.

Quand il commença à parler très doucement à la vieille dame, Trudy se détendit peu à peu. Plus elle l'écoutait, plus elle s'émerveillait de la façon dont le Dr Ryder faisait parler Mme McGillicuddy de son fils. Au lieu de tenter d'éluder les circonstances de la mort de Jonathan, comme le faisaient probablement la plupart de ses proches, Clement la laissa leur dire tout ce qu'elle avait sur le cœur. Après tout, pourquoi n'aurait-elle pas voulu parler de son fils et de l'horreur et de la rage qu'elle ressentait ?

Trudy admirait sa façon de subtilement glisser des questions qui aideraient leur enquête, et elle voyait que Mavis elle-même ne se rendait absolument pas compte qu'il s'agissait d'un interrogatoire. Il l'encourageait simplement à parler de son garçon – son mariage précoce, le choc d'avoir perdu sa femme si jeune. La fierté de Mme McGillicuddy quand son fils avait fondé sa propre entreprise ; et enfin, le traumatisme de sa mort.

Mavis, plus animée, moins pâle et perdue à présent que cet homme, important de toute évidence, s'intéressait tant à son fils, commença à parler de lui librement, et même avidement.

Cependant, à la grande frustration de Trudy, à mesure que le temps passait, il devint de plus en plus clair qu'elle ne savait pas grand-chose sur son fils. Ou plutôt, sur ses relations avec les femmes. Ce qui n'avait rien d'étonnant. Trudy savait que la plupart des jeunes hommes essaient de cacher ce genre de choses à leur mère. Son frère se comportait de la même manière.

— Mais une fois qu'il a fait son deuil de Jenny, les choses ont dû devenir de plus en plus difficiles pour lui, disait Clement. Un tout jeune homme, beau garçon qui plus est.

Il sourit en examinant la photographie que Mavis leur avait montrée.

— Il devait se sentir seul ? suggéra-t-il.

— Ah, oui. Mais il avait Marie, et il s'occupait de son entreprise. Il voulait la développer, vous voyez. Il était ambitieux, mon Jonathan, déclara la vieille femme avec fierté.

— Mais il a dû commencer à fréquenter des jeunes filles, madame, intervint doucement Trudy, décidant qu'il était temps de se montrer utile, et espérant que la dame serait plus à l'aise avec elle qu'avec un homme pour discuter de la vie privée de son fils. Vous n'auriez pas voulu qu'il reste seul toute sa vie, si ? Après tout, il était assez jeune pour se remarier.

— Eh bien, non, bien sûr, je ne voulais pas qu'il soit malheureux, s'empressa de répondre Mavis. Et j'imagine qu'il a dû voir des filles, de temps en temps. Mais il n'en a jamais ramené à la maison, ajouta-t-elle en soupirant. Il ne faisait que travailler…

Elle s'interrompit en haussant les épaules, l'air épuisée.

Mais, décidé à en arriver au fait, Clement ne lui laissa pas le temps de sombrer de nouveau dans le désespoir.

— Vous souvenez-vous de l'audience à laquelle il a dû témoigner – oh, il y a presque cinq ans de ça ? demanda-t-il.

— Une audience ? s'étonna Mavis.

— Une jeune fille qui était morte accidentellement. Gisela Fleet-Wright ?

— Oh. Ah oui. Je crois… oui, c'était la fille d'un de ses clients, non ?

Trudy adressa un regard lourd de sens au Dr Ryder.

— Il travaillait pour une dame dans une grande maison près de Five Mile Drive, poursuivit Mavis. Et sa fille a été retrouvée morte dans son lit. C'est de ça que vous parlez ?

— Oui.

— Oui, il a dû témoigner de… qu'est-ce que c'était, déjà… son état d'esprit ? Je me souviens que certains racontaient qu'elle s'était suicidée. Mais non. Je crois que c'était un terrible malentendu à propos de ses médicaments. Sa pauvre mère. Elle a dû être anéantie.

Encore une fois, Trudy et Clement échangèrent un regard circonspect.

— Jonathan et elle… N'étaient-ils pas proches, à une époque ? demanda Clement.

Mais Mavis fronça les sourcils.

— Non, je ne crois pas.

— Ah.

Visiblement, Jonathan ne lui avait pas parlé de sa liaison avec Gisela. Étant donné les problèmes psychiatriques évidents de la jeune fille, ce n'était pas très étonnant.

Il était clair que Mavis McGillicuddy ne savait rien de ce qui avait pu se passer entre la jeune femme morte et son fils.

Ils restèrent un petit moment, puis prirent poliment congé de la mère endeuillée et sortirent dans le vent et la pluie, se dépêchant de regagner la voiture du coroner – une Rover 75-110 P4, plus connue sous le surnom populaire de *Auntie Rover*, « tatie Rover ».

— Sa mère ne savait pas qu'il voyait Gisela, si ? commenta Trudy.

— Non. Ce qui est un peu étonnant, vous ne trouvez pas ? Le journal local a forcément parlé de l'affaire Fleet-Wright – ou au moins, toutes les commères du coin ont dû en discuter.

Elle voyait où il voulait en venir.

— Oui, ses voisines ont dû en entendre parler. Même si ses amies les plus proches étaient trop polies pour aborder le sujet, quelqu'un a dû lui dire. Ne serait-ce que parce qu'ils ont pensé qu'elle « avait le droit de savoir ». Les gens peuvent se montrer si altruistes, ajouta-t-elle, sarcastique.

— Les nouvelles vont vite, surtout les mauvaises, et les ragots voyagent à la vitesse de la lumière, résuma Clement.

— Alors vous pensez que... quoi ? Que Mme McGillicuddy nous mentait ? demanda Trudy, se demandant si le coroner voyait des mensonges et des complots partout.

Mais encore une fois, il la surprit.

— Non, pas nécessairement. Je crois simplement que Mme McGillicuddy est très douée pour faire l'autruche et ne voir que ce qu'elle a envie de voir.

— Hmm. Vous voulez dire qu'elle vit dans son monde et n'en sort pas beaucoup.

Oui, elle comprenait. Il y avait des femmes comme ça dans son quartier. Leur famille et leur maison étaient au centre de leurs préoccupations, et tant que la porte d'entrée était bien astiquée et le dîner servi à 18 heures, tout allait pour le mieux dans le meilleur des mondes.

Mais Trudy était déterminée à ne pas laisser son horizon se résumer à cela. Même si elle voulait une maison et une famille à elle un jour, pour l'instant, elle était bien plus intéressée par la perspective d'une carrière épanouissante. Après tout, c'était ce que recherchaient la plupart des hommes. Pourquoi une femme n'aurait pas eu les mêmes désirs ?

— Et n'oubliez pas que toute sa vie, elle s'est accrochée désespérément à un vernis de respectabilité en cachant le secret de famille, ajouta Clement Ryder.

Elle savait que le capitaine Jennings lui avait raconté que Jonathan était né hors mariage, et que le meurtre était lié à Sir Marcus Deering plutôt qu'aux McGillicuddy.

— En effet, approuva Trudy. Elle a dû s'habituer à

garder les secrets de son fils pour ne pas qu'on découvre qu'elle n'était pas mariée. Ça aurait sans doute affecté Jonathan aussi. Apparemment, Mme McGillicuddy lui avait raconté que son père était mort dans un accident avant sa naissance. Et je suppose que quand il lui posait des questions sur lui, elle esquivait ou lui faisait comprendre qu'il ne fallait pas en parler.

— Donc il a appris très jeune à garder pour lui sa vie privée, ou au moins tout ce qui n'était pas convenable. Oui, je suis d'accord, répondit Clement. La mère, qui tenait à tout prix à maintenir son apparence de veuve respectable, s'est mise à ignorer le monde autour d'elle. Et le fils, l'homme « célibataire » qui travaillait dur, faisait comme si seules sa fille et son entreprise comptaient. Ni l'un ni l'autre ne parlait de sujets importants.

— C'est tellement triste, commenta Trudy.

Clement se contenta de grogner et alors qu'il les conduisait hors de Cowley, Trudy fut soulagée de quitter la petite maison mitoyenne où régnait une si grande tristesse.

16

Anthony Deering s'élança par-dessus une haie d'aubépines basse sur son étalon préféré, un beau cheval noir répondant au nom de Darjeeling, qui renâcla sous l'effort en atterrissant dans le champ labouré. Ensemble, le cheval et l'homme longèrent le bord du champ, très contents d'eux.

Bien qu'il fût attendu au bureau à Londres, Anthony avait pris une semaine de congé. Comme son père, il avait hâte de laisser derrière lui cette horrible affaire macabre. En attendant sa conclusion, il se sentait incapable de reprendre une vie normale.

Comment pourrait-il retourner à Londres alors que toute cette histoire planait au-dessus de leurs têtes ?

Visiblement, le détraqué qui pourchassait son père n'était pas à prendre à la légère. Naturellement, Anthony avait été choqué d'apprendre que depuis tout ce temps, il avait eu un demi-frère. Et encore plus secoué de découvrir que celui-ci avait été assassiné.

Bien que sa mère l'ait supplié de rentrer à Londres, il avait réussi à la dissuader. Après tout, rien n'empêchait le tueur de le suivre à la capitale et de l'attaquer là-bas. Et dans la cohue d'une grande ville, l'assassin pourrait rapidement se perdre dans la foule, tandis qu'ici, un inconnu serait remarqué. De plus, il connaissait les environs comme sa poche et se sentait avantagé, à l'image d'une équipe jouant à domicile.

Darjeeling renâcla soudain et fit un brusque écart,

manquant le désarçonner. Le cœur battant, Anthony s'empressa de maîtriser sa monture avant d'examiner les alentours.

Ils étaient toujours dans le champ labouré, près d'un petit bosquet de frênes et de noisetiers. Y avait-il quelqu'un dans les bois, en train de l'épier ?

Puis un faisan surgit d'un fourré d'herbe morte, poussant son cri rauque caractéristique, et Darjeeling s'ébroua à nouveau. Anthony éclata de rire et tendit la main pour caresser l'encolure brillante du cheval.

— Du calme, mon beau. Je suis déjà bien assez sur les dents sans que tu te mettes à paniquer aussi.

Mais tout en éloignant Darjeeling du bosquet pour le guider vers les pâturages ouverts de l'autre côté de la haie, il ne put s'empêcher de se demander si un être humain avait fait fuir le faisan. Et si, en cet instant, un regard hostile suivait chacun de ses mouvements.

— Où allons-nous, maintenant ? demanda Trudy tandis qu'ils s'éloignaient de la maison McGillicuddy et se dirigeaient vers North Hinksey.

— J'ai pensé que nous pourrions parler à Julie Wye. Mme Ferris, désormais, répondit Clement.

Trudy reconnut immédiatement le nom. Julie Wye avait été l'une des amies les plus proches de Gisela. Elle avait vu la jeune femme le jour de sa mort et avait témoigné de son état d'esprit pendant l'enquête. Gisela et elle avaient grandi ensemble dans le nord d'Oxford, où elles avaient fréquenté la même école primaire, puis le même lycée.

À présent, elle vivait avec son mari et son fils en bas âge dans un grand appartement spacieux qui occupait le rez-de-chaussée d'une maison victorienne. Elle parut surprise de recevoir la visite de policiers.

Cependant, quand Trudy expliqua qu'ils voulaient

parler de Gisela, elle fit tout de suite le lien, tirant des conclusions un peu trop hâtives.

— Oh ! c'est à propos de Jonathan McGillicuddy, n'est-ce pas ?

Elle leur fit traverser un salon plutôt encombré, jonché de jouets, mais bien éclairé par la lumière naturelle que laissaient passer deux hautes fenêtres à guillotine.

Ni Clement ni Trudy ne prirent la peine de la détromper. Ils pourraient toujours orienter la conversation vers Gisela et les événements ayant eu lieu cinq ans auparavant, quand ils le souhaiteraient.

— Laissez-moi juste poser Charlie et mettre de l'eau à bouillir, dit Julie.

C'était une femme à l'ossature épaisse, avec une crinière d'un brun-roux et un nuage de taches de rousseur sur le nez.

Quelques minutes plus tard, ils étaient assis dans des fauteuils confortables devant une grande cheminée entourée d'un garde-feu qui protégeait des étincelles le cavalier King Charles blanc et brun ronflant devant le foyer, l'air satisfait.

— Quand j'ai lu dans le journal qu'il avait été assassiné, j'ai eu du mal à le croire, déclara Julie en servant le thé.

Trudy remarqua avec un bref sourire que, cette fois-ci, le coroner n'avait pas proposé de s'en charger.

— Pauvre Jonathan. D'abord Gisela, ensuite lui. On dirait qu'aucun des deux n'a eu de chance, n'est-ce pas ? commenta Julie.

Ses yeux sombres très enfoncés lui donnaient des allures d'ours en peluche.

— Parfois, je me dis que c'est ce qui a plu à Gisela, au début.

— Pardon ? releva Trudy, qui n'avait pas suivi.

Julie eut un petit rire contrit.

— Non, excusez-moi. Je pense souvent à des choses dans ma tête, et ensuite je les commente à haute voix, et bien sûr, personne ne sait de quoi je parle. Ça rendait ma mère folle quand j'étais enfant, et maintenant c'est au tour de mon mari ! Pardon, je pensais simplement à l'été pendant lequel ils se sont rencontrés.

— Oui, racontez-nous, l'encouragea Trudy.

— Eh bien, c'était du Gisela tout craché. Pour commencer, Jonathan travaillait comme jardinier, à peine mieux qu'un vulgaire ouvrier agricole. Bien sûr, ni le père ni la mère de Gisela n'approuvaient leur liaison, ce qui faisait partie du charme de la relation pour Gisela. Ça lui permettait de faire un pied de nez aux idées désuètes de ses parents. Pour ne rien gâcher, Jonathan était très beau. Et un peu plus âgé qu'elle.

Julie poussa un soupir.

— Et bien sûr, il avait un lourd passé, ce qui attire irrésistiblement les filles du genre de Gisela.

— La mort de sa femme, vous voulez dire ? suggéra Trudy.

— Oui, et le fait qu'il ait eu une petite fille à élever, précisa Julie. Je suis sûre que Gisela le voyait comme un personnage d'un de ces romans gothiques qu'elle aimait tant.

— Le héros tragique ? intervint Clement.

— Exactement ! confirma Julie en souriant. C'était tout Gisela, ça. Parfois, je me dis qu'elle aussi se prenait pour Jane Eyre ou Tess d'Uberville. Elle adorait les drames.

— Vous n'avez pas été à l'université, madame ? demanda Trudy.

— Moi ? Mon Dieu, non. Je n'étais pas assez futée.

— Mais Gisela, si ?

— Oh oui. Gisela a toujours été intelligente. Maligne comme un singe, même quand nous étions petites, précisa Julie avec un grand sourire.

— Mais perturbée, poursuivit Trudy, sentant que Clement était prêt à la laisser mener l'interrogatoire.

— Oui. Oui, j'imagine qu'on peut dire ça.

— D'après ce que j'ai entendu, elle semblait, en ce qui

concernait Jonathan, plutôt… eh bien, obsédée, j'imagine ? demanda-t-elle délicatement.

Julie soupira.

— Eh bien… j'imagine que ça n'a plus d'importance que je le dise, maintenant. Oui, vous avez raison. Elle faisait une fixation sur lui. Jonathan était son premier véritable amour. Pour la plupart des gens, le premier amour est toujours un peu spécial, n'est-ce pas ?

Trudy acquiesça, même si en fait, elle n'en savait rien. Elle-même n'avait pas encore eu de « vrai » petit ami. Au grand désespoir de sa mère.

— Et la plupart des gens, continua Julie, forçant Trudy à se concentrer sur leur affaire, tombent amoureux de quelqu'un, et puis rompent, ont le cœur brisé et pleurent, mais ensuite, ils s'en remettent et trouvent quelqu'un d'autre. C'est plutôt normal et commun, je dirais. Mais pour Gisela, c'était différent.

— Elle ressentait tout de manière plus aiguë, peut-être ? suggéra Trudy.

— Et comment ! Pour elle, Jonathan était l'alpha et l'oméga de son existence, et elle ne pouvait pas vivre sans lui. En y repensant maintenant, ça paraît incroyablement naïf et… eh bien… idiot ! À partir du moment où il l'a quittée, tout l'univers de Gisela s'est écroulé. Au début, vous savez, elle n'arrivait pas à accepter que quiconque la rejette – et encore moins son Jonathan. Elle avait un sacré ego ! Et ensuite, une fois le choc passé, elle s'est mise dans une rage noire.

Julie s'interrompit et fixa la tasse de thé dans sa main avant de la reposer en frissonnant.

— J'avoue que parfois, elle me faisait peur, avec sa passion, sa fureur. Et son désespoir. Elle ressentait tout trop intensément. Elle n'avait pas de protection contre les coups durs. Donc leur rupture l'a anéantie. Je ne savais pas comment l'aider. Nous étions tous désemparés, expliqua-t-elle tristement.

— Elle prenait déjà des médicaments, à l'époque ? Pour traiter sa dépression et ses angoisses ? intervint Trudy.

— Oh oui. Gisela a toujours été très tendue, même quand nous étions enfants. Autant vous dire que ses colères étaient impressionnantes.

— Pensez-vous que c'est pour cette raison que Jonathan a fini par la quitter ?

Julie acquiesça.

— Au début, elle le fascinait, comme tous ceux qu'elle venait de rencontrer. Elle était si jolie, si délicate, vive et drôle. Sophistiquée, mais fragile – comme un magnifique papillon. Mais au bout d'un moment, elle est devenue très exigeante. Elle voulait toujours savoir où il était et ce qu'il faisait. Et si elle le voyait ne serait-ce que parler à une autre fille, même beaucoup moins jolie qu'elle… pff ! Ça bardait. Et ensuite, elle était toute désolée, toute penaude. Et collante !

Elle leva les yeux au ciel.

— Si Jonathan ne lui répétait pas tout le temps qu'il l'aimait, qu'il l'idolâtrait, elle prenait peur. Et pourtant, en même temps, c'était comme si elle croyait qu'il lui appartenait. Qu'il était sa chose – comme un bijou hors de prix qu'elle pouvait exhiber.

— Et aucun homme n'aime qu'on le mette mal à l'aise, remarqua Clement, l'air pensif.

— Non. Vous avez raison. Nous avons tous remarqué que Jonathan devenait nerveux quand Gisela faisait une de ses scènes.

— Donc vous n'avez pas été surprise qu'il la quitte ? demanda Trudy.

— Non. Nous l'avons tous vu venir.

— Sauf Gisela.

— En effet. Mais en même temps, je crois qu'elle n'a jamais vraiment admis ce qui s'était passé. Pendant des semaines, ensuite, elle a fait comme si elle allait le revoir bientôt. Par exemple, elle planifiait un pique-nique et nous disait qu'il viendrait. Bien sûr, il ne venait jamais. Et ensuite, elle a réécrit l'histoire dans sa tête, en prétendant que c'était elle qui l'avait quitté !

— Si bien qu'elle est devenue encore plus obsédée ?

— Oui. Parfois, elle allait le voir dans les jardins où il travaillait. Plus d'une fois, elle lui a fait perdre un emploi tellement elle était insupportable. Mais c'était comme si elle avait besoin de savoir tout de lui. Par exemple, ça la rendait folle qu'il n'ait jamais vraiment su qui était son père. Sa mère lui avait raconté qu'il était mort dans un accident agricole avant sa naissance, mais c'était tout.

Julie ne remarqua pas le bref regard entendu que ses deux visiteurs échangèrent à cet instant.

— Il disait que sa mère ne voulait jamais en parler. Mais ça, c'était typique de Jonathan : il n'était pas très curieux, comme garçon. Gisela, elle, devait absolument tout savoir !

— Ça nourrissait son obsession, remarqua Clement. Plus elle en savait, plus l'objet de son désir lui appartenait.

— J'imagine, répondit Julie.

Mais à voir son froncement de sourcils, ce genre de considérations philosophiques la dépassait.

— Sa mort a dû vous causer un choc terrible, intervint Trudy d'un air compatissant.

— Oh oui… Gisela faisait partie de ma vie depuis… eh bien, depuis toujours. Elle vous faisait vous sentir tellement vivant. Vous comprenez ?

Clement acquiesça.

— Vous avez témoigné de son état d'esprit au tribunal, rappela-t-il. Si je me souviens bien, vous avez dit que la veille de sa mort, elle n'était pas particulièrement déprimée ?

— Non, j'ai trouvé qu'elle était plutôt plus gaie. Un peu surexcitée, peut-être. Comme si elle pensait à quelque chose d'agréable, ou qui lui plaisait, en tout cas.

— Un autre plan pour reconquérir Jonathan, peut-être ? demanda Clement.

— Peut-être, répondit Julie, l'air un peu dubitative. Mais j'ai plutôt pensé qu'elle s'était enfin décidée à renoncer à lui. Je peux vous dire que j'étais soulagée. Mais ensuite… eh bien, il y a eu ce malentendu avec ses médicaments. Sa pauvre mère. J'ai toujours aimé Mme Fleet-Wright.

— Elle a dit au tribunal que Gisela n'aimait pas prendre ses médicaments et prétendait souvent les avoir pris quand, en fait, ce n'était pas le cas, dit Clement.

— Oh ! oui, c'était tout à fait vrai, confirma immédiatement Julie. Nous l'avions tous vue faire ça. Ils émoussaient ses émotions, vous voyez, et s'il y avait une chose que Gisela aimait, c'était ressentir. Elle disait que les gens qui ne ressentent rien ne vivent pas vraiment.

Donc sa mère n'avait pas menti sur ce point, au moins, pensa Trudy en jetant un coup d'œil pensif au coroner.

— Et Mme Fleet-Wright a aussi dit que parfois, Gisela se faisait vomir après avoir pris ses médicaments ? demanda-t-il d'un ton nonchalant.

Julie poussa un soupir.

— Ça ne m'étonne pas. C'était le genre de choses que Gisela faisait, en se croyant maligne. Elle pouvait être très sournoise, vous savez. Quand on ne lui cédait pas.

Trudy avait eu raison : Gisela était le genre de fille qui semait le chaos dans son existence et celle de ses proches. Toute la question était de savoir si elle avait, d'une manière ou d'une autre, joué un rôle dans l'assassinat de Jonathan McGillicuddy, presque cinq ans après sa mort…

Et avec la meilleure volonté du monde – et malgré son respect grandissant pour le Dr Clement Ryder et ses opinions – elle ne voyait pas comment c'était possible.

La nuit tombait quand ils conclurent leur entretien avec une autre amie de Gisela de l'époque, Mandy Gibson, une femme qui était depuis partie travailler pour la BBC à Londres. Elle n'avait fait que confirmer le portrait de la jeune fille dressé par Julie Wye.

À la grande surprise de Trudy, Clement avait demandé à Mandy si elle avait gardé des souvenirs de leur amitié, par exemple une lettre de la morte, ou peut-être une carte d'anniversaire. Mandy avait paru déroutée, puis elle s'était rappelé qu'elle avait gardé une carte postale envoyée par Gisela à l'occasion d'un voyage en Italie avec sa famille.

Promettant qu'il la lui rendrait en temps voulu, Clement l'avait empochée. Trudy s'était dit qu'elle lui demanderait ce qu'il comptait en faire pendant le trajet de retour vers Oxford, mais ça lui était sorti de la tête.

À présent, alors que le coroner garait son Auntie Rover devant le commissariat de St Aldates, Trudy récupéra son chapeau sur la banquette arrière et se l'enfonça fermement sur le crâne. Mais au moment d'ouvrir la porte pour aller écrire le rapport sur leur premier jour d'enquête à l'intention du capitaine Jennings, elle hésita.

— Vous pensez qu'elle s'est suicidée, n'est-ce pas ? Gisela ? Et que sa mère a maquillé les preuves ?

— C'est une possibilité, ne croyez-vous pas ? répondit Clement d'un ton égal.

— Cela semble plausible.

Trudy décida d'insister.

— C'est ce que vous pensez depuis le début, non ? Pour une famille catholique, le suicide est un tabou social et religieux encore plus important, ce qui leur donne un motif pour étouffer l'affaire. Non seulement ils auraient dû essuyer le scandale lié au suicide d'un enfant, mais ils auraient été traumatisés de ne pas pouvoir l'enterrer en terre consacrée.

— Alors comme ça, vous ne croyez plus au décès accidentel ? la taquina Clement, esquissant un sourire à la pâle lumière d'un lampadaire. Au bout d'une seule journée ? Et moi qui pensais qu'il me faudrait peut-être une semaine pour vous convaincre.

— À demain, docteur Ryder, rétorqua-t-elle sèchement.

— J'ai hâte, mademoiselle Loveday, lança-t-il alors qu'elle claquait la portière derrière elle, bien plus fort que nécessaire.

Les joues rosies – à son grand dépit –, Trudy se dirigea vers le commissariat d'un pas conquérant.

17

Il fallut un bon moment à Anthony Deering pour s'apercevoir que quelque chose clochait.

Il avait fait la grasse matinée ce matin-là, se levant à 9 h 30 alors que d'habitude, il sortait du lit au moins deux heures plus tôt. Mais ces derniers temps, il avait du mal à dormir – ce qui n'avait rien d'étonnant.

La première fois que son père lui avait parlé des lettres le menaçant de mort, il avait choisi d'en rire. Elles étaient clairement l'œuvre d'un faible d'esprit qui s'amusait à faire peur aux gens. Et il était tout simplement impossible de prendre au sérieux ce genre d'individus : si on les y autorisait, ils vous gâchaient la vie. De plus, Anthony était un jeune homme fringant qui avait même fait un peu de boxe du temps où il était étudiant. Donc si quelqu'un s'en prenait à lui, il ne craignait pas de se ridiculiser.

Mais ensuite, Jonathan McGillicuddy était mort – le frère dont il n'avait jamais rien su – et soudain, l'envie de rire lui était passée. Il se sentait beaucoup moins sûr de lui. C'était une drôle de sensation, de savoir que quelqu'un qui avait déjà tué une fois comptait faire de vous sa prochaine victime.

La vie lui semblait bien fragile quand il pensait à son demi-frère, un jeune homme tout aussi fringant que lui, dont le cadavre reposait à la morgue. C'était épuisant de se sentir épié en permanence. De sursauter au moindre geste brusque, et de vérifier constamment que les portes et les fenêtres étaient bien fermées.

Il n'avait pas envie de l'admettre, mais il commençait à être à bout de nerfs, tout comme ses parents. Au point que l'atmosphère de la maison devenait insupportable.

Ce matin-là, après le petit déjeuner, il avait donc décidé qu'il fallait qu'il sorte, ne serait-ce que pour une heure ou deux. Sous prétexte d'aller à Oxford racheter des bottes en caoutchouc pour remplacer sa vieille paire qui commençait à prendre l'eau, il était sorti d'un pas déterminé.

Même si la police ne pouvait pas laisser un homme posté chez eux en permanence, le sergent O'Grady, un homme pragmatique et pétri de bon sens, leur avait donné des conseils pour sécuriser les lieux et assurer leur propre protection. En quittant la maison, Anthony vérifia consciencieusement qu'il n'y avait personne aux alentours.

Sa voiture, une Vauxhall PA Velox, était garée à l'arrière, près des étables. Il avait eu un coup de foudre dès qu'il avait vu l'engin. Avec sa carrosserie rouge cerise, son empennage et son pare-brise enveloppant bordé d'un liseré blanc, elle avait réveillé chez lui un goût pour l'exubérance qu'il s'efforçait d'ordinaire de dissimuler.

Bon nombre de ses amis s'en moquaient en public, mais il les soupçonnait de regretter secrètement de ne pas avoir eu le courage de s'acheter un modèle semblable.

Suivant les conseils d'O'Grady (même s'il se sentait un peu bête), Anthony se pencha pour inspecter le châssis de la voiture, sans rien voir de suspect, puis il jeta un œil au capot. Mais il ne parvenait pas vraiment à croire que quelqu'un placerait une bombe dans sa voiture !

Quand il se glissa à l'intérieur, savourant le confort familier de la grande banquette, il poussa un petit soupir de satisfaction. Le tableau de bord était aussi tape-à-l'œil qu'un juke-box et, quand il tourna la clé dans le contact, le moteur à six cylindres répondit par un rugissement jubilatoire.

Conduire cette voiture sur une route déserte était toujours un bonheur. Tant pis si ses amis disaient que ça lui donnait l'air d'un de ces commerciaux qui aiment se donner en spectacle sur les routes !

Ce jour-là, une virée dans une voiture clinquante et tapageuse était tout indiqué pour lui remonter le moral et lui rappeler qu'il faut profiter de la vie. Hors de question de se lamenter sur son sort !

Il régla la radio sur la station la plus proche et en entendant Connie Francis, une de ses chanteuses préférées, entonner son tube de l'année précédente, *Where the Boys Are*, il se mit à fredonner. Au bout de l'allée en gravier, il emprunta l'étroit chemin qui le conduirait à la route de Kidlington.

Pendant la première partie du court trajet vers Oxford, tout parut bien se passer. Connie Francis avait cédé la place à Emile Ford & The Checkmates, et même le ciel semblait s'éclaircir. Mais au moment où, à l'approche d'un virage, il appuya sur la pédale du frein, l'excursion se gâta brusquement.

La pédale de frein s'enfonça, mais rien ne se passa. Il s'empressa de lever le pied et d'appuyer à nouveau. Toujours rien. La voiture ne ralentit pas sa course. Soudain couvert de sueur froide, Anthony sentit son cœur s'emballer.

Il roulait à plus de quatre-vingts kilomètres-heure, et dans un éclair de lucidité, il comprit qu'il ne parviendrait pas à prendre le virage serré qui s'annonçait.

Priant pour que personne n'arrive de l'autre côté de la route, il accomplit fébrilement la série de manœuvres qu'on lui avait enseignée pendant ses leçons de conduite, le jour où il avait appris à ralentir en cas de panne des freins.

Rétrograder. Éteindre le moteur. Tirer le frein à main. Mais à présent, il avait atteint le virage, et presque immédiatement, il sentit la lourde voiture glisser sur la chaussée humide, échappant à son contrôle. Puis le monde devint un tourbillon de vert et de brun tandis qu'une haie d'aubépines s'élevait devant le pare-brise, dissimulant le ciel. Son univers s'assombrit dans un fracas de verre brisé.

En entrant dans la salle des interrogatoires du commissariat de St Aldates, le capitaine Jennings salua d'un signe de tête courtois l'homme assis devant la table.

Clive Greaves n'avait pas jugé utile de se faire accompagner d'un avocat quand on lui avait demandé de passer « pour un entretien informel », et Jennings comptait en profiter le plus possible tant que cela durerait.

Avec un petit sourire, il s'assit et lui proposa une tasse de thé. L'homme, un garde-chasse de cinquante-deux ans à la carrure d'ancien joueur de rugby et à la calvitie naissante, examina prudemment Jennings. Ses yeux enfoncés dans son visage buriné couvert de cicatrices posaient un regard sévère sur le monde, lui donnant des airs d'ours.

— Je veux bien. Avec du lait et deux sucres, s'il vous plaît, finit-il par marmonner.

Jennings fit signe au jeune agent qui patientait dans un coin, et le garçon partit sans un mot.

— Monsieur Greaves, j'ai juste quelques questions à vous poser, si ça ne vous dérange pas ? commença-t-il d'un ton nonchalant en sortant un paquet de Player's de la poche de sa veste. Cigarette ?

— Je préfère les Piccadilly.

Jennings haussa les épaules, prit un briquet et s'apprêta à savourer sa quatrième cigarette de la journée.

— Comme vous voulez, répondit-il d'une voix égale à travers le léger nuage de fumée.

— Alors, qu'est-ce qui se passe ? finit par demander Clive Greaves en regardant sa montre. Faut que j'y retourne. J'ai des faisans à nourrir.

Jennings acquiesça. Les documents rassemblés par son équipe lui avaient appris que Greaves travaillait comme garde-chasse sur un domaine près du village d'Aynho depuis presque huit ans. Célibataire, il vivait dans une petite maison sur le terrain, et avait la réputation d'être porté sur l'alcool. Le commissariat de Deddington le connaissait et leur avait envoyé son dossier. Ils avaient dû l'expulser cinq fois de pubs où il avait provoqué des bagarres. Une fois, il avait failli être inculpé pour agression après une rixe particulièrement brutale au cours de laquelle un homme avait eu le nez cassé, mais après avoir dessoûlé, la victime avait décidé de ne pas porter plainte.

Mais ce n'était pas le mauvais caractère de Clive Greaves quand il avait trop bu qui intéressait Jennings.

— Nous n'en avons pas pour longtemps, monsieur Greaves. Comme je vous l'ai dit, nous avons juste quelques points à éclaircir. Vous êtes M. Clive Randolf Greaves, cinquante-deux ans, et vous avez autrefois habité dans le quartier de Perry Common, à Birmingham ?

Clive fronça les sourcils, ce qui le défigura davantage. Et Jennings avait déjà du mal à regarder le suspect en face, ne sachant trop où poser les yeux. Le visage du garde-chasse tout entier était traversé par les lignes serrées, luisantes, rouge et blanc, typiques des brûlures graves. Fixer ses petits yeux presque noirs le mettait mal à l'aise – mais laisser son regard dériver vers d'autres parties de son visage ravagé était encore plus dérangeant.

— Ouais, mais c'était il y a un bail, répondit Greaves en haussant les épaules. J'suis parti de Birmingham y a des années.

— Et vous êtes célibataire, monsieur Greaves ?

— À votre avis ? rétorqua-t-il avec amertume en montrant son visage d'un doigt calleux. Pas franchement Errol Flynn, hein ? Qui voudrait se réveiller à côté de ça tous les matins ?

Ce qui fournissait à Jennings la parfaite entrée en matière.

— Un incendie, c'est ça ? dit-il d'un ton aussi dégagé que possible, en faisant mine de regarder ses notes. Il y a presque trente ans de ça. L'entrepôt dans lequel vous travailliez a pris feu ?

— Ouais.

— Apparemment, vous avez été hospitalisé trois semaines.

— Hé, c'est quoi le rapport ? contre-attaqua soudain Clive. J'croyais que vous vouliez me voir à cause de samedi dernier.

— Non, monsieur. Votre rixe au Wheel and Wagon ne m'intéresse pas.

— Alors ce nabot prétentieux a pas porté plainte contre moi ?

— Non, monsieur.

— Qu'est-ce que je fais là, dans ce cas ?

— Je veux vous parler de Sir Marcus Deering, répondit doucement Jennings.

Et il eut la satisfaction de voir l'homme se raidir.

18

— Trudy, ma chérie, n'oublie pas de téléphoner à Brian, rappela Barbara Loveday en pliant en triangle un grand foulard qu'elle noua sous son menton.

C'était l'un de ses préférés, crème avec un motif de feuilles d'automne dorées, rouges et orange.

Elle jeta un coup d'œil au miroir du couloir avant de regarder sa montre. Avec un peu de chance, ses courses de la journée lui rapporteraient assez de points fidélité pour qu'elle puisse commander le grille-pain qu'elle avait repéré.

Trudy, qui ne devait retrouver Clement Ryder qu'à 13 heures et était rentrée déjeuner à la maison puisqu'elle passait juste à côté pendant sa ronde du matin, engloutit le reste de sa tartine à la Marmite en fronçant les sourcils. De quoi parlait donc sa mère ?

Elle sortit dans l'étroit couloir juste au moment où Barbara atteignait la porte d'entrée.

— Brian ? répéta-t-elle.

— Voilà ! Je savais bien que tu ne m'écoutais pas, Trudy ! Je t'ai dit ce matin que Brian Bayliss a appelé hier soir à l'heure du dîner. Il était désolé de ne pas pouvoir te parler, mais je lui ai dit que tu travaillais tard. Tu as des horaires pas possibles, Trudy, franchement ! Bref, il veut t'inviter au cinéma. Il m'a demandé de te dire que le film que tu voulais voir est sorti.

Trudy soupira. Elle connaissait Brian Bayliss depuis toujours, étant donné qu'ils vivaient à trois portes l'un de l'autre, avaient le même âge et avaient fréquenté les mêmes écoles de quartier. Mal dégrossi, massif, il travaillait comme mécanicien au dépôt où le père de Trudy allait chercher son bus adoré tous les matins. Peut-être à cause de ces échanges constants entre leurs familles, ses parents (et ceux de Brian aussi, probablement) s'étaient mis dans la tête qu'ils étaient en couple. Ou étaient destinés à finir ensemble ou une bêtise de ce genre.

Pire, elle commençait à soupçonner Brian de partager leur avis.

Pour ne rien arranger, la plupart de ses amies trouvaient que c'était un beau parti, puisqu'il mesurait un mètre quatre-vingt-dix, avec des cheveux roux fournis et des yeux d'un brun doré inhabituel que l'une d'elles avait qualifiés de « rêveurs ». Il avait une bonne situation avec un salaire confortable. Et pour couronner le tout, il jouait dans l'équipe de rugby locale, ce qui faisait apparemment de lui un genre de héros.

C'était un garçon plutôt sympathique, mais Trudy n'avait aucune intention de l'épouser – lui ou un autre – avant un bon moment.

Et même si elle répétait inlassablement qu'elle avait pour seul objectif d'être promue sergent, personne ne semblait l'écouter. Ou prendre ses ambitions au sérieux. Ni ses parents, ni son frère, ni ses amies, ni même Brian. Elle avait l'impression d'être une de ces petites poupées qui parlent quand on tire sur leur cordon. Quand elle expliquait qu'elle était décidée à faire carrière, elle s'attendait à moitié à ce qu'on lui tapote la tête en lui disant qu'elle était amusante, avant de parler des fiançailles d'une fille du quartier. Oh ! et avait-elle déjà réfléchi à des prénoms de bébé, pour quand elle aurait ses propres petits chérubins ?

Trudy mit son chapeau et suivit sa mère dans la rue en soupirant. Il était inutile de discuter.

— Je l'appellerai peut-être tout à l'heure. Si je passe devant une cabine téléphonique, marmonna-t-elle.

— Ce serait bien, ma chérie. C'est Peter Sellers, commenta Barbara Loveday.

— Hein ?

— Dans le film – celui que tu voulais voir. Brian a dit qu'il était en prison et voulait voler un diamant ou je ne sais quoi, précisa sa mère.

— Oh. Oui… euh… je crois que ça s'appelle *Le Paradis des monte-en-l'air.*

Elle se rappelait avoir dit une fois, alors qu'elle était sortie avec un groupe d'amis, qu'elle aimerait bien voir le film quand il passerait à Oxford. Brian était-il avec eux ce soir-là ?

— Eh bien, ce sera chouette. Peut-être que vous pourrez manger un morceau après. Papa dit que Brian gagne bien au dépôt, donc il peut se permettre de t'inviter.

— Oui, maman, répondit-elle d'un ton las.

Mais quand elle entra dans le commissariat, sa vie sociale lui sortit rapidement de la tête, car de toute évidence, il se passait quelque chose. La fébrilité ambiante était à couper au couteau.

Évidemment, Rodney Broadstairs fut le premier à la mettre au courant. Il ne perdait jamais une occasion de lui rappeler qu'il était apprécié par ses collègues et pas elle.

— Notre dingo a attaqué Anthony Deering ! Il est à l'hôpital. Quelqu'un a trafiqué ses freins, lui dit-il en enfilant sa veste d'uniforme et son casque. Le chef veut qu'on aille prendre les dépositions des témoins.

Essayant de dissimuler sa déception d'être exclue du branle-bas de combat, Trudy regarda Rodney partir en sifflotant gaiement. Puis un coup d'œil à sa montre lui apprit qu'elle avait intérêt à aller à Floyds Row au plus vite. Elle ne voyait pas le vieux vautour prendre son retard avec le sourire !

Elle poussa un profond soupir. Bien que l'enquête sur Gisela Fleet-Wright ait des aspects intéressants (et c'était clairement mieux que de faire sa ronde), elle enviait la frénésie de l'affaire Deering/McGillicuddy.

— Je ne serais pas du tout étonnée que le petit frère soit aussi perturbé que cette pauvre Gisela.

Ils étaient assis dans le minuscule salon de la maisonnette exiguë où vivait désormais Mary Allcroft, de l'autre côté de Middleton Cheney. Mary était considérée comme la « meilleure amie » de Gisela. Pourtant, l'une des premières choses que leur avait dites Mary quand ils l'avaient retrouvée et lui avaient demandé s'ils pouvaient bavarder, c'était qu'avec Gisela, le concept d'amitié était sujet à interprétation.

Mary travaillait actuellement dans la petite ville de Banbury, où elle était secrétaire dans les bureaux d'un chantier naval, mais ils avaient eu la chance de tomber sur son après-midi de repos.

Ils buvaient du thé brûlant bien fort dans des mugs pas très propres tandis que Mary, installée dans un fauteuil rembourré, répondait gaiement à leurs questions en tripotant ses cheveux.

Ils avaient commencé par lui demander de préciser sa remarque. Apparemment, être amie avec Gisela supposait de l'idolâtrer et de supporter ses sautes d'humeur.

— C'était une drôle de fille, avait expliqué Mary. Un coup, elle vous adorait, et la fois d'après – sans raison apparente – elle vous battait froid.

Trudy et Clement avaient répondu qu'elle avait l'air difficile à vivre, mais Mary était restée loyale envers son amie décédée, ce qui était touchant. Petite, boulotte, avec une masse de boucles blondes indisciplinées et de grands yeux bleus, elle avait haussé les épaules et remarqué qu'elle avait toujours eu de la peine pour elle, si bien qu'elle avait fermé les yeux sur ses « excentricités ».

— Vous comprenez, la plupart du temps, elle était clairement malheureuse, leur avait dit Mary.

Son observation avait conduit à une discussion sur la dépression et les sautes d'humeur qui rongeaient Gisela, et c'est comme ça qu'ils en étaient arrivés au petit frère, Rex. D'après Mary, il était fait du même bois, comme si elle voyait le malheur comme une caractéristique physique dont on hérite génétiquement, avec la couleur des cheveux et des yeux.

— Le petit frère, répéta Clement en fronçant les sourcils. Je ne me souviens pas qu'il ait témoigné au tribunal.

— Oh non, s'empressa de répondre Mary. Ce n'était qu'un enfant quand Gisela est morte.

— Quoi – cinq ou six ans ? demanda Trudy.

Elle non plus n'avait pas vu de trace du petit Fleet-Wright dans le dossier.

— Oh non. Un peu plus vieux que ça, rectifia Mary. Treize ou quatorze ans, peut-être ?

Clement acquiesça. En règle générale, le tribunal préférait ne pas faire témoigner les mineurs, sauf si c'était absolument nécessaire.

— Ils s'entendaient bien ? interrogea Trudy. D'après ce que j'ai entendu, j'ai l'impression que Gisela aimait être au centre de l'attention.

— Oh ! il ne dérangeait pas Gisela, rétorqua Mary, à leur grande surprise. Bien sûr, c'était une fille à papa, la petite princesse de M. Fleet-Wright. Il lui mangeait dans la main. Et pour ne rien gâcher, Rex adorait sa grande sœur.

Ah, pensa Trudy avec un sourire sarcastique. *Ceci explique cela.*

— Il la suivait partout comme un chiot, et ça amusait Gisela. Ça la flattait. Pour être honnête, je trouvais son manège un peu effrayant, parfois.

— Comment ça ? releva Clement.

— Eh bien… Avec les garçons, c'est toujours « maman » par-ci et « maman » par-là, non ? Mais pour Rex, on aurait dit que Gisela était le centre de son univers, plutôt que Beatrice. Peut-être que Rex s'est rendu compte très tôt que Gisela était au cœur de la dynamique familiale, reléguant sa mère sur le côté.

— Et les problèmes de santé de Gisela…, suggéra Trudy, en choisissant prudemment ses mots. Bien entendu, ses parents devaient être très inquiets et lui consacrer tout leur temps et leur attention.

— Oui, bien sûr, confirma Mary. Tout le monde s'inquiétait pour Gisela, ce qui ne faisait qu'encourager son côté dramatique. Même Rex se faisait du souci pour elle et lui demandait tout le temps si elle avait assez chaud, si elle avait mangé. Et naturellement, pour ne rien arranger, Gisela le gâtait. Je me souviens qu'une fois, j'étais chez elle avec Mandy un été, et Mme Fleet-Wright avait dit à Rex qu'il ne pouvait pas manger de bonbons parce qu'il n'aurait plus faim pour le dîner. Et Gisela s'est empressée d'aller à l'épicerie du coin pour lui en acheter. Je n'aurais pas fait attention si j'avais pensé qu'elle le faisait par gentillesse. Mais Gisela s'est arrangée pour que Rex soit surpris en train de les manger. Bien entendu, ça a mis sa mère en mauvaise posture. Si elle les lui prenait, ça faisait d'elle la méchante. Et si elle lui laissait, elle perdait le peu d'autorité qui lui restait.

Trudy jeta un coup d'œil pensif au coroner : de toute évidence, la famille Fleet-Wright avait des problèmes.

— Alors, que s'est-il passé ? demanda Clement en faisant bien attention de garder un ton calme et neutre.

— Oh ! Mme Fleet-Wright a simplement secoué la tête et dit que s'il ne mangeait pas au dîner, il aurait des ennuis. En tout cas, Rex a dévoré les bonbons et a paru idolâtrer Gisela encore plus. Le problème, c'était que Gisela était aussi inconstante avec Rex qu'avec les autres. Un coup, elle était aux petits soins pour lui, l'instant d'après, elle l'envoyait balader d'un air méprisant, lui disait qu'il était insupportable, que personne ne voudrait de lui. Rex avait le cœur brisé et s'en allait avec des airs de chien battu, et Gisela riait.

— Ça paraît cruel, remarqua Trudy.

— Oh oui. Mais, selon moi, ça ne partait pas d'une mauvaise intention. Je crois que Gisela ne se rendait pas compte que c'était cruel. Vous comprenez ?

Trudy sourit.

— Elle n'avait pas l'intention de blesser son frère, mais elle s'en fichait si cela arrivait.

Encore une fois, Mary défendit son amie morte.

— Pas tout à fait. Avec Gisela, tout ce qui comptait, c'était ses sentiments à elle. Sa petite vie. Ses distractions. Oh ! je ne suis pas claire ! Gisela était le genre de fille qui se sentait toujours obligée de vivre des émotions fortes. Pour elle, la vie ne valait la peine d'être vécue que s'il se passait quelque chose. Elle adorait les disputes et les débats parce qu'elle pouvait s'échauffer et se lancer dans des tirades. Elle aimait la mélancolie et la tristesse parce qu'au moins, elle savait qu'elle était en vie. C'est pour ça qu'elle tenait un journal. Elle écrivait tout le temps dedans, pendant des heures. Elle racontait sa vie en exagérant tout, comme si elle s'attendait à ce qu'on le publie un jour ! Bien sûr, elle ne m'a jamais laissée le lire, mais à mon avis, c'était plutôt sensationnaliste.

— Gisela se voyait comme une héroïne de roman ? glissa Trudy.

Mais où était donc ce journal, maintenant ? Elle était certaine de n'en avoir vu aucune trace dans le dossier.

— Oui, exactement, confirma Mary. Et par-dessus tout, Gisela aimait être amoureuse. Et c'est pour ça que cette histoire avec Jonathan McGillicuddy l'a autant secouée : pour la première fois, je crois que c'était sincère. Ce n'était pas juste un fantasme.

— Ah, répondit Clement en hochant la tête. Gisela est vraiment tombée amoureuse, au lieu de jouer à être amoureuse.

— Oui. Avec Jonathan, c'était différent. C'est pour ça que ça l'a détruite – pour de bon, je veux dire. La rupture l'a terriblement ébranlée, expliqua tristement Mary. Je ne crois pas qu'elle avait imaginé qu'un homme puisse la quitter.

Trudy griffonna quelques notes dans son carnet. Encore une fois, une source indépendante confirmait que c'était Jonathan qui avait rompu, et non Gisela, contrairement à ce qu'avait prétendu la morte.

— Vous connaissiez bien Jonathan ? demanda Trudy.

Même si elle était consciente que le coroner ne s'intéressait qu'à l'affaire Fleet-Wright, elle savait que le capitaine Jennings attendait d'elle qu'elle oriente l'enquête vers le meurtre de McGillicuddy et l'affaire Deering.

Et elle était bien décidée à prouver sa fiabilité à son chef.

— Pas vraiment. Je le connaissais parce que c'était le petit ami de Gisela, mais on ne le voyait pas très souvent. Moi et les autres amies de Gisela, je veux dire. Elle le gardait comme un trésor. Elle voulait s'assurer qu'aucune de nous ne le lui vole.

— Elle était possessive, alors ?

— Très ! confirma Mary.

— Que pensiez-vous de Jonathan ? reprit Trudy.

— Oh ! c'était une belle conquête, j'imagine. Même si ce n'était que le jardinier de ses parents, il était très beau garçon et un peu plus vieux que nous, ce qui rendait la relation excitante ! Et le fait qu'il était veuf avec une petite fille ne faisait qu'ajouter à son charme.

— Donnait-il l'impression d'avoir des ennemis ?

— Non.

Une expression consternée se peignit sur le visage de Mary.

— J'ai lu dans le journal qu'il a été assassiné. C'est affreux ! J'espère que vous attraperez le coupable.

— Nous n'y manquerons pas, répondit sombrement Trudy.

Son compagnon lui jeta un regard perçant et vaguement désapprobateur. Elle savait que les enquêtes de police n'aboutissaient pas toujours, et qu'elle n'aurait pas dû faire des promesses aussi imprudentes, mais elle s'en fichait. Le cynisme n'était pas sa tasse de thé, contrairement au vieux vautour – elle était intimement convaincue qu'ils allaient retrouver le corbeau responsable de la mort de Jonathan McGillicuddy.

— Donc, du temps où vous le connaissiez, il ne vous paraissait pas avoir de problèmes ? insista-t-elle.

— Des problèmes ?

— L'alcool, le jeu, de mauvaises fréquentations ?

— Oh non. Rien de tel, assura Mary.

Trudy soupira mais acquiesça. C'était ce qu'elle avait toujours pensé. Jonathan était mort parce que c'était le fils de Marcus Deering, et qu'un fou en voulait à son père. Et Jonathan, le fils illégitime, secret, qui ne se doutait de rien et que personne ne protégeait, était une cible bien plus facile qu'Anthony, le fils chéri et couvé.

Mais elle s'était tout de même sentie obligée de poser la question.

Dix minutes plus tard, ils quittèrent la petite maison et retournèrent vers Oxford.

— Le suicide semble de plus en plus probable, non ? commenta Trudy.

Clement essayait en vain de dépasser le tracteur qui se traînait devant eux, bloquant les deux tiers de l'étroite route de campagne. Il fit mine de ne pas l'avoir entendue.

— Je veux que vous alliez parler à Richard Gordon, déclara-t-il tout à trac avant de klaxonner le tracteur, qui ne semblait pas disposé à le laisser passer.

Trudy reconnut immédiatement le nom.

— L'agent qui est arrivé en premier sur les lieux quand le médecin a appelé la police ? Pourquoi ? Il faisait sa ronde à proximité et a été chargé d'analyser la situation puis de faire un rapport, mais c'est le capitaine Harnsworth, qui a repris l'affaire, qui aurait pu nous en dire davantage.

Malheureusement, ils ne pourraient pas parler à Harnsworth, qui était mort peu après sa retraite l'année précédente.

— Humph ! grogna Clement avant de klaxonner à nouveau.

Devant eux, le tracteur maintenait son allure d'escargot au beau milieu de la chaussée.

— J'ai essayé de parler à Gordon juste après l'enquête, admit Clement à contrecœur. Il ne s'est pas montré coopératif. Il semblait penser que je mettais ses compétences en doute. De toute évidence, dans la police, vous êtes très susceptibles.

C'était vraiment l'hôpital qui se moquait de la charité, se dit Trudy.

— C'est pour ça que je veux que vous parliez à Gordon sans moi. Peut-être qu'il sera moins susceptible avec une collègue.

Mais Trudy (quoique très amusée à l'idée que le coroner à l'ego surdimensionné s'était fait remettre à sa place par un vulgaire agent) n'en était pas si sûre. Elle doutait fort que Richard Gordon voie une jeune stagiaire comme une collègue plutôt que comme quelqu'un qui n'aurait jamais dû porter l'uniforme.

C'était ce que tout le monde pensait au commissariat, à l'exception peut-être du sergent O'Grady et du vieux sergent d'accueil, qui semblait bien l'aimer.

Mais il lui en fallait plus pour se décourager !

— Je serais ravie de parler à M. Gordon, répondit-elle d'un ton égal en se redressant.

Clement Ryder détourna les yeux du tracteur obstiné pour lui jeter un regard pensif. Remarquant sa posture déterminée, il se permit un petit sourire.

— Merci, mademoiselle Loveday.

19

Le rédacteur en chef de l'*Oxford Mail* fut intrigué et un peu dérouté par le texte que Sir Marcus Deering lui demanda d'intégrer au prochain numéro de son quotidien. Ce n'étaient pas à proprement parler des nouvelles, mais il accepta, en partie parce qu'en bon journaliste, il flairait le scoop. De plus, Sir Marcus était un homme riche et puissant, et son grand magasin en centre-ville payait cher pour paraître régulièrement dans la rubrique publicités – ce qu'il ne fallait pas négliger.

Et Sir Marcus dînait régulièrement avec le propriétaire du journal.

Il y avait aussi l'accident de voiture mineur de son fils, qui avait à peine mérité deux lignes en bas de la page 9. Il se posait des questions, désormais. Y avait-il un lien ?

L'article dans lequel le grand homme racontait ses humbles premiers pas dans les affaires, et le chagrin, les regrets et l'horreur qu'il avait ressentis à la suite de l'incendie d'un entrepôt alors qu'il était jeune cadre, parut page 5, accompagné d'un petit cliché flatteur de l'entrepreneur. Et d'une précision : il venait de donner cinq cents livres à un orphelinat local.

Le rédacteur en chef se promit de surveiller l'affaire, puis cela lui sortit de la tête.

Trudy trouva facilement la résidence de la famille Gordon, située dans le quartier verdoyant de Kidlington, à la périphérie d'Oxford, là où le canal rejoignait la ligne de chemin de fer. Richard Gordon, désormais à la retraite, vivait avec sa femme Glenda et la benjamine de ses cinq enfants, qui n'était pas encore mariée.

Mais il n'y avait pas trace de la jeune fille ni de l'épouse quand l'ancien policier ouvrit la porte, vérifia attentivement son badge et la conduisit à contrecœur dans un petit salon. Sur un côté, elle entrapercevait à travers la fenêtre une annexe vitrée que sa femme devait qualifier de véranda, où plusieurs plantes malingres luttaient pour survivre malgré le froid de janvier et les heures de jour minimales.

— Vous avez de la chance que je sois là. Comme je travaille comme gardien trois nuits par semaine, je suis souvent au lit à cette heure-ci. Alors, qu'est-ce qu'il se passe ? lui demanda Gordon d'un ton sec.

À soixante et un ans, c'était un homme corpulent, en bonne voie de devenir chauve, avec des yeux bleus qui évoquaient vaguement des myrtilles bouillies. Son gros nez n'arrangeait pas l'ensemble, et ses joues couperosées informaient Trudy qu'il était probablement porté sur la boisson. Ses doigts tachés par la nicotine écartèrent un rideau et l'homme jeta un coup d'œil dehors, peut-être pour voir ce que ses voisins pensaient de la visite de la police.

Ce qui était étrange, se dit Trudy, pour quelqu'un qui avait lui aussi porté l'uniforme, autrefois. De quoi pouvait-il avoir honte ?

Mais quand Trudy examina l'allée, elle remarqua que, comme la résidence des Gordon, les autres maisons étaient plutôt coquettes. Entourées de petits jardins, certaines exhibaient également des garages, des annexes, voire une véranda de construction récente. Aucun logement aidé en vue.

— Eh bien, mademoiselle ? aboya Richard Gordon.

Trudy devina qu'elle rougissait à nouveau, surprise à rêvasser.

— Désolée, monsieur, je débute, répondit-elle, décidant de jouer l'ingénue.

Elle était abasourdie par la quantité d'informations qu'elle obtenait, surtout de la part d'hommes d'un certain âge, quand elle se comportait comme une demoiselle en détresse.

— J'imagine que de votre temps, un homme aussi expérimenté que vous serait déjà entré dans le vif du sujet, ajouta-t-elle.

Ça ne pouvait pas faire de mal de flatter son ego. Elle avait également appris depuis longtemps qu'on ne complimentait jamais trop un homme.

— C'est à propos d'une de vos anciennes affaires, monsieur.

Bien entendu, c'était un peu exagéré. Une fois qu'il avait inspecté la résidence Fleet-Wright et écrit son rapport, il n'avait plus joué aucun rôle dans cette affaire – à part de témoigner au tribunal.

— Eh bien, asseyez-vous, alors, rétorqua impatiemment Richard.

Il désigna un fauteuil en viscose beige assorti à un deuxième fauteuil et à un beau canapé. Elle se demanda immédiatement combien ils avaient coûté et examina rapidement la pièce, remarquant la lampe cossue dans un coin et le tapis en mouton devant la cheminée à gaz.

— Merci, monsieur, répondit-elle avec un grand sourire, tout en espérant qu'elle n'en faisait pas trop. Vous avez peut-être lu dans le journal qu'un certain Jonathan McGillicuddy a été assassiné ?

Richard lui jeta un regard acéré.

— Vous n'enquêtez pas là-dessus, si ? Vous avez l'air assez jeune pour être encore stagiaire !

— Oh ! non, monsieur. Je n'enquête pas sur le meurtre. Si seulement ! Non, monsieur, j'ai été affectée au bureau du coroner pour l'aider à éclaircir une vieille affaire. Gisela Fleet-Wright ?

L'homme se raidit instantanément, et son visage, qui avait oscillé entre la condescendance et un vague amusement pendant qu'elle bavardait et s'extasiait, se ferma. Puis l'homme fronça les sourcils comme s'il essayait de se remémorer l'enquête qu'elle évoquait. Mais Trudy n'était pas dupe. Elle aurait parié un mois de salaire que cet homme s'en souvenait parfaitement.

À nouveau, elle se sentit gagnée par l'excitation. Était-il possible que le Dr Ryder soit vraiment sur la piste de quelque chose d'important ?

— Pas sûr de me souvenir du nom, éluda l'ancien policier.

— Une jeune fille, monsieur. Retrouvée morte dans son lit. Le coroner a conclu à un décès accidentel. Elle avait pris trop de médicaments par accident ?

— Ah oui. Oui, bien sûr, je me rappelle maintenant. Quel dommage. Une jolie fille. Jeune, en plus. Oui, sa mère a fait venir le médecin, qui nous a appelés.

— Exactement, répondit gaiement Trudy. De quoi vous souvenez-vous, monsieur ?

Richard, qui s'était assis sur le canapé, étendit les bras sur le dossier et haussa les épaules.

— Pas grand-chose.

Sur la table basse devant lui, il y avait un exemplaire de l'*Oxford Mail* du jour, ouvert à la page des mots croisés. Trudy savait qu'il contenait l'article de Marcus Deering, validé par le capitaine Jennings.

De toute évidence, l'assassin attendait un signe de remords de la part de l'homme d'affaires, et l'article était censé le radoucir. Tout en espérant sincèrement que cela fonctionnerait, elle n'y croyait pas.

Anthony Deering était en convalescence à l'hôpital. Heureusement, il était parvenu à ralentir suffisamment la voiture, et ne souffrait que de blessures superficielles. Mais il n'avait pas fallu longtemps au mécanicien de la police pour constater que les freins avaient été sabotés.

— Je crois qu'il faisait beau, le jour où vous l'avez trouvée, monsieur ? l'encouragea Trudy.

Il était clair que l'homme n'était pas d'humeur à l'aider ni à lui fournir spontanément des informations.

— Oui, c'est vrai. Elle était allongée sur le lit, comme si elle dormait. Les fenêtres étaient ouvertes, je me souviens. Et les jardins étaient magnifiques. Je me rappelle m'être dit ça quand je suis arrivé.

McGillicuddy avait travaillé dans ces jardins, au début de sa liaison avec la fille de la maison. Trudy eut un pincement au cœur en pensant qu'il ne pourrait plus jamais planter une fleur ou un arbuste. Sa pauvre mère, toute seule dans sa maison silencieuse.

— Vous faisiez votre ronde ? demanda-t-elle, en se forçant à se concentrer sur sa tâche.

Le sergent O'Grady et Rodney Broadstairs l'avaient tous deux réprimandée par le passé parce qu'elle sympathisait trop avec les victimes au lieu de faire son travail.

Il était temps de s'endurcir.

— Oui. Je venais de commencer mon service. C'est pour ça que le sergent d'accueil, qui savait où j'étais, m'a demandé d'aller voir ce qu'il se passait. J'étais à cinq cents mètres maximum quand le médecin a appelé.

Trudy acquiesça. Parfois, on était tout simplement au bon endroit au bon moment.

— Alors, quel est le rapport avec l'affaire McGillicuddy ? demanda soudain Richard en la fusillant du regard.

Trudy eut l'air perplexe.

— Quand je vous ai demandé ce que vous vouliez, vous avez parlé de cette récente affaire de meurtre, lui rappela-t-il.

Trudy rougit à nouveau, se sentant cette fois sincèrement idiote d'avoir oublié.

— Ah oui, monsieur. Eh bien, M. McGillicuddy était l'ex-petit ami de Gisela Fleet-Wright. Il y avait des rumeurs selon lesquelles leur rupture aurait provoqué la mort de Gisela.

— Mais c'était faux, rétorqua un Richard impatient. Sa mère a expliqué que c'était sa faute. Sa fille ne prenait pas ses médicaments, donc elle lui en a donné trop sans faire exprès, c'est bien ça ?

— Oui, monsieur. Vous avez suivi l'affaire, alors ?

— Bien sûr. J'ai trouvé la pauvre gosse, rappela l'homme, l'air vexé. Une affaire aussi triste, on s'y intéresse.

Trudy hocha la tête. C'était peut-être vrai, mais pourquoi n'y croyait-elle pas ?

Elle était consciente d'avoir immédiatement pris en grippe l'ancien policier, mais elle ne laissait pas ses sentiments affecter son jugement. Non, il y avait autre chose qui la dérangeait. Elle était certaine que l'homme éludait ses questions, s'il ne lui mentait pas ouvertement.

À cet instant, cependant, la porte d'entrée s'ouvrit et une voix de femme s'éleva.

— Me voilà, Dickie. J'ai acheté du bifteck et des rognons pour… Oh ! pardon, je n'avais pas vu…

Glenda Gordon avait quelques années de moins que son mari, et faisait probablement vingt kilos de plus, avec un visage rond et agréable, une masse de boucles teintes en brun et de grands yeux noisette. Elle examina Trudy avec circonspection, remarqua son uniforme et jeta un bref coup d'œil interrogateur à son mari, l'air alarmée.

— Je te présente l'agent Loveday, Glen. Elle est venue me demander de l'aide sur une vieille affaire. Ne t'inquiète pas. Tu peux allumer la bouilloire ?

Il se leva.

— La demoiselle était en train de partir, de toute façon.

Un rapide coup d'œil au visage fermé de l'homme lui apprit qu'il serait inutile d'insister davantage. Elle connaissait cette expression pour l'avoir vue chez des suspects, et savait qu'il deviendrait de moins en moins coopératif si elle s'acharnait.

— Oui, merci, monsieur, répondit-elle en se forçant à sourire.

Mais quand elle passa devant Glenda, elle vit que la femme se mordait la lèvre : de toute évidence, elle était inquiète.

La maison resta étrangement silencieuse tandis qu'elle traversait le petit vestibule et fermait la porte d'entrée derrière elle, et elle devina que les deux époux attendaient qu'elle soit partie pour se parler.

Comme elle aurait aimé être une petite souris pour assister à leur conversation !

Sur le chemin du commissariat, Trudy, qui oscillait au gré des mouvements du bus, tenta de mettre le doigt sur ce qui l'avait dérangée pendant tout l'entretien. Ce n'était pas simplement que Richard Gordon avait manqué d'honnêteté. Elle ne pouvait s'empêcher de penser qu'un indice gros comme une maison lui était passé sous le nez.

Elle savait qu'il lui restait beaucoup à apprendre, et parfois, son manque d'expérience l'agaçait et la tracassait. Pire, ça la faisait parfois douter d'elle-même.

Ce n'est qu'en arrivant sur St Ebbes Street qu'elle comprit enfin. Comment un agent de police avec cinq enfants avait-il pu prendre une retraite anticipée dans une jolie petite maison avec jardin dans le beau quartier de Kidlington ?

L'assassin de Jonathan McGillicuddy lut avec intérêt l'article de Sir Marcus Deering dans l'*Oxford Mail* du jour.

Un petit sourire sardonique se dessina sur ses lèvres.

20

— Le chef veut te voir, l'informa Phil Monroe, le sergent d'accueil, dès qu'elle entra dans le commissariat.

Trudy le remercia d'un signe de tête crispé. Avait-elle des ennuis ? Il était rare que le capitaine daigne la remarquer, sans parler de la chercher, et sa première réaction fut de se demander quelle bourde elle avait bien pu faire.

— Ne t'inquiète pas, lui dit Phil avec un sourire, comme s'il lisait dans ses pensées. Il n'avait pas l'air en colère.

À deux ans de la retraite, il avait une petite-fille de l'âge de Trudy et encourageait sa jeune collègue dès qu'il le pouvait.

— Ça m'ôte un poids ! répondit Trudy.

Elle voulut s'en aller, mais Monroe tenait à avoir les derniers potins du commissariat. Tout le monde savait que c'était l'une des principales prérogatives du sergent d'accueil.

— Il paraît que le capitaine t'a jetée en pâture au vieux vautour ?

— Si vous parlez de notre cher coroner, oui. Je l'assiste sur une vieille affaire.

— Un vrai goujat, notre Dr Ryder, commenta le sergent. Ceci dit, c'est aussi un cerveau. Rien ne lui échappe.

— Non. Je crois que c'est pour ça que le capitaine Jennings a accepté que je l'aide. Il pense qu'il tient quelque chose, confia Trudy. Et vous savez quoi ?

Elle se pencha vers lui et ajouta dans un murmure :

— Ça ne m'étonnerait pas qu'il ait raison.

— Ah, répondit Phil, l'air d'apprécier ces ragots de premier choix. Sur quoi travaillez-vous, alors ? Un meurtre non résolu ?

— Si seulement ! Le premier coroner a conclu à un décès accidentel. Une jeune fille a pris trop de médicaments. Je crois que le vieux vau… je veux dire, le Dr Ryder soupçonne un suicide.

Le sergent d'accueil acquiesça, l'air impressionné.

— Sales affaires, les suicides – surtout quand c'est un jeune.

— Je suis bien d'accord. Et je ne vois pas trop pourquoi il faudrait insister, même si le verdict s'avérait faux.

Sa conscience la tourmentait sur ce point depuis un moment. Et étant donné que tout le monde se confiait au sergent d'accueil – c'était presque une obligation –, elle se dit que c'était le moment de vider son sac et de faire appel à sa sagesse.

— Si Gisela Fleet-Wright s'est vraiment suicidée, et que ses parents l'ont caché, est-ce si terrible ? demanda-t-elle. Enfin, à quoi bon remuer le passé ? Ses parents ont assez souffert comme ça, non ? Je ne vois pas l'intérêt.

— Hmm. Fleet-Wright ? Ça me dit quelque chose, répondit pensivement le sergent.

— Mme Fleet-Wright a avoué au tribunal qu'elle avait peut-être donné trop de médicaments à sa fille. Mais elle n'a pas été inculpée.

— Non. Ce n'est pas ça. Je me souviens vaguement de cette affaire. Il y avait autre chose… qui est passé par mon bureau… rien d'important mais… Fleet-Wright…

Il soupira et secoua la tête.

— Non, ça ne me revient pas, avoua-t-il en se tapotant la tempe d'un air contrit. Ma mémoire n'est plus ce qu'elle était. Mais je m'en souviendrai tôt ou tard. Probablement dans mon lit, à 3 heures du matin. Ne t'inquiète pas, dès que ça me reviendra, je te le dirai.

Trudy le remercia et se dirigea vers le bureau du capitaine, se demandant ce qu'il voulait. Et pourquoi elle n'avait pas encore eu le courage de demander au Dr Clement Ryder pourquoi il était aussi déterminé à prouver que Gisela s'était suicidée.

Pour autant qu'elle pouvait en juger, il ne paraissait pas particulièrement cruel.

Le capitaine informa l'unique policière du commissariat qu'elle devrait faire des heures supplémentaires, comme tous ses collègues, maintenant qu'ils avaient un suspect dans l'affaire Marcus Deering/McGillicuddy.

C'était la première fois que Trudy en entendait parler, et elle écouta attentivement les explications de son supérieur.

Apparemment, une victime de l'incendie de l'entrepôt s'était installée non loin de là, dans un domaine où elle travaillait comme garde-chasse. Quand Jennings avait convoqué l'homme en question et lui avait demandé s'il considérait que Deering, ou l'entreprise pour laquelle il travaillait autrefois, était responsable de ses blessures, il n'avait pas fourni de réponse satisfaisante.

— Il avait un mobile et l'occasion de commettre le crime, puisqu'il vit dans la région. Quant à l'arme… n'importe qui aurait pu ramasser cette bêche et frapper Jonathan. Et la plupart des hommes ont des connaissances rudimentaires en mécanique – suffisamment pour limer à moitié un câble de frein, en tout cas. Donc à partir de maintenant, nous allons le surveiller de très près. Et s'il s'approche du domaine Deering, nous le cueillerons. Ce qui implique de le garder à l'œil vingt-quatre heures sur vingt-quatre, et donc, des heures supplémentaires pour tout le monde. Vous comprise, mademoiselle Loveday.

— Oui, monsieur, répondit gaiement Trudy.

Elle n'avait encore jamais été chargée de suivre un suspect, et avait hâte d'essayer. Et acquérir une nouvelle compétence ne faisait jamais de mal. Même si le capitaine l'avertit ensuite qu'une filature impliquait de longues heures d'ennui à fixer un suspect ou le domicile d'un suspect, souvent depuis une voiture glacée ou un autre poste d'observation tout aussi inconfortable, Trudy s'en fichait.

— Vous travaillerez toujours avec le Dr Ryder, naturellement, mais informez-le que vous ne serez plus à sa disposition en permanence, conclut Jennings. En parlant de notre cher Dr Ryder, vous pouvez aussi bien me faire un rapport oral de vos progrès. Ça vous épargnera d'en écrire un tout à l'heure. Qu'avez-vous fait aujourd'hui ?

Trudy sentit que le capitaine n'était pas ravi qu'elle ait interrogé un ancien policier, mais quand elle eut terminé son rapport, il se contenta de soupirer.

— Très bien. Continuez, dans ce cas.

Ce n'est que quand elle arriva à la porte qu'il l'arrêta.

— Mademoiselle Loveday ?

— Capitaine ?

— Que pensez-vous de cette affaire ? Croyez-vous que le Dr Ryder a flairé une piste ?

Trudy hésita un instant, consciente que pour la première fois, son supérieur hiérarchique lui demandait son avis. Et il était important qu'elle ne se trompe pas. Mais que lui demandait-il, exactement ? Croyait-elle aussi que les témoins avaient menti au tribunal ? Bien sûr. Pensait-elle que harceler une famille endeuillée pour les forcer à admettre que leur fille s'était suicidée constituait « une piste » ? Elle en était moins sûre.

Mais son instinct lui soufflait de continuer à faire confiance au vieux vautour. Pour l'instant.

— Oui, monsieur, répondit-elle enfin. Je crois qu'il y a probablement quelque chose de… d'étrange dans l'affaire Fleet-Wright. Mais il est encore trop tôt pour savoir de quoi il s'agit, exactement.

Elle se dit qu'à ce stade, il ne serait pas habile de confier au capitaine ses soupçons concernant la retraite dorée de Gordon. Son chef subissait déjà les pressions de Sir Marcus, du préfet et de la presse pour résoudre l'affaire McGillicuddy, elle n'avait aucune envie d'ajouter à tout cela un problème de corruption potentiel.

Jennings poussa un profond soupir, acquiesça et lui fit signe de partir.

Il lui fallut un peu de temps, mais Trudy finit par trouver le dossier de Richard Gordon. Cependant, après l'avoir étudié, elle dut admettre que rien, dans sa carrière plutôt terne, ne lui paraissait suspect.

Trudy n'était pas naïve et savait que certains policiers acceptaient des pots-de-vin. Pour la plupart, ça n'allait pas plus loin que des tarifs avantageux chez le boucher local, ou de ne pas payer ses verres au pub.

Parfois, cependant, c'était plus grave.

Mais elle ne trouva aucune preuve que, pendant ses trente ans de service, Gordon ait franchi la ligne rouge. Aucune descente chez des receleurs du quartier où il patrouillait dont les policiers soient revenus bredouilles, aucun cambriolage dans son secteur où on aurait fermé les yeux. Certes, il y avait quelques plaintes contre lui, mais n'était-ce pas le cas pour tous les policiers ? De plus, la plupart avaient été déposées par des individus éméchés qui n'avaient pas apprécié qu'on les enferme de force dans la cellule.

Pour autant qu'elle pouvait en juger, Richard Gordon avait fait ses rondes, rendu ses rapports, dûment réprimé les hooligans pendant les matchs de foot locaux, et de manière générale, avait fait une carrière ordinaire, quoique sans éclat.

Frustrée, elle continua à creuser. Même avec une retraite à taux plein et en tenant compte du fait que sa femme avait peut-être travaillé aussi, elle ne voyait pas comment ils pouvaient vivre dans cette maison, et posséder tous ces beaux meubles.

Elle était sur le point d'abandonner quand elle mit le doigt sur quelque chose.

Elle se souvint juste à temps que l'ancien policier avait affirmé être veilleur de nuit à temps partiel. Même si elle imaginait mal que ça ait pu bouleverser les finances de la famille Gordon, elle s'entêta et suivit la piste.

Trudy s'aperçut que les heures fastidieuses passées à faire de la paperasse et à classer des archives n'avaient pas été vaines : elle savait faire parler des dossiers administratifs. Avec l'aide d'un employé des impôts mécontent, elle finit par découvrir que Richard Gordon travaillait désormais sur un terrain à la périphérie de Headington, où il gardait la flottille de camions d'un certain Reginald Fleet-Wright.

21

— Alors, je me suis demandé…, raconta une Trudy surexcitée une demi-heure plus tard. Pourquoi Gordon a obtenu un travail, aussi bien payé pour un simple gardien de nuit, dans le dépôt de camions de Fleet-Wright ?

De l'autre côté du bureau, Clement lui sourit gentiment, à la fois amusé et approbateur. Elle était si enthousiaste ! Si empressée qu'il voyait presque son nez frétiller, comme la truffe d'un chien qui a flairé une piste.

Quand le capitaine Jennings avait accepté de lui prêter un agent pour l'enquête Fleet-Wright, Clement – qui n'était pas idiot – s'était attendu à se voir attribuer les rebuts du commissariat. Après tout, rien n'obligeait Jennings à lui détacher un bon élément. Il ne s'en était pas inquiété, puisqu'il lui fallait simplement un pantin en uniforme pour faire les choses dans les règles. Il n'avait pas besoin que son assistant ait un cerveau, sans parler de passion.

Quand il avait rencontré la stagiaire Trudy Loveday, il n'avait donc été surpris ni de sa jeunesse, ni de son inexpérience. De plus, il avait vite compris que cet imbécile de Jennings ne savait pas quoi faire de la jeune fille. On l'avait sans doute forcé à intégrer une femme à son équipe, mais il manquait d'imagination.

Clement n'avait pas été étonné d'apprendre, grâce à quelques questions par-ci par-là, que jusque-là, la carrière de Trudy n'avait été qu'une série de tâches administratives.

Avec quelques incursions dans la rue à la poursuite de voleurs de sacs, ou au parc pour arrêter des satyres !

Il ne lui avait pas fallu longtemps pour soupçonner que la jeune fille était non seulement ambitieuse et culottée, mais aussi intelligente. Clairement, elle débutait, à peine sortie des jupons de sa mère, cependant, ça ne dérangeait pas Clement. Du temps où il était chirurgien, il avait l'habitude de former de jeunes étudiants en médecine. Ils étaient certes un peu plus âgés que Trudy Loveday, mais comme le lui avait confié son vieux professeur : « Plus ils sont jeunes, et plus on peut en faire quelque chose avant qu'ils ne prennent de mauvaises habitudes. »

Il était curieux de voir ce que sa protégée avait retenu de sa visite chez les Gordon.

— Qu'est-ce qui vous a mis la puce à l'oreille ? demanda-t-il.

Il tendit la main vers la tasse de thé que sa secrétaire avait posée sur son bureau peu de temps auparavant, mais un spasme l'obligea à la reposer.

— La maison, s'empressa de répondre Trudy.

Suivant des yeux la tasse qui tintait, elle remarqua que le vieil homme avait renversé du thé sur les documents. Sans s'en étonner, elle décrivit rapidement la demeure des Gordon, ainsi que la qualité de leurs fauteuils et canapés en viscose beige.

— Et vous ne vous êtes pas dit qu'au cours de sa carrière, Gordon avait pu… euh… acquérir des fonds ? demanda-t-il en posant avec précaution sa main sur ses genoux.

Trudy lui jeta un regard noir.

— Bien sûr que si, rétorqua-t-elle. J'ai commencé par consulter son dossier. Mais il n'y avait rien de… euh… suspect.

Elle n'allait sûrement pas discuter en détail de la vie privée d'un ancien policier avec le vieux vautour. Le capitaine Jennings en ferait une maladie.

— Bien, bien, commenta Clement. Donc vous avez cherché une autre explication ?

En baissant les yeux, il remarqua que sa main tremblait comme un papillon coincé dans un bocal. Il la déplaça lentement, la calant entre sa cuisse et l'accoudoir de son fauteuil.

— Oui. Et c'est là que j'ai découvert qu'il travaille pour le père de Gisela, expliqua Trudy en se penchant en avant sans s'en apercevoir, à nouveau surexcitée. Ça veut forcément dire quelque chose, non ?

— Quand M. Gordon a-t-il pris sa retraite, exactement ?

Sa foi en ses capacités grandit quand Trudy regarda son carnet. Visiblement, elle avait eu la présence d'esprit de vérifier.

— Trente ans après son entrée dans la police, confirma-t-elle. Un peu trop tôt pour une retraite à taux plein – mais c'est le cas de beaucoup de policiers, ajouta-t-elle, décidée à se montrer impartiale. C'est l'un des avantages du métier. Au bout de trente ans, on a droit à une retraite et on peut quand même accepter un autre emploi, à temps complet ou partiel.

Clement acquiesça.

— Et c'était combien de temps après l'audience ?

— Environ cinq mois, répondit Trudy.

— Donc cet emploi à temps partiel pour l'entreprise Fleet-Wright a pu être une coïncidence ? releva-t-il, ravi de jouer l'avocat du diable, surtout avec une partenaire qui mordait à l'hameçon.

— Payé presque deux fois le salaire des autres veilleurs de nuit ? Je ne crois pas, non ! Il gagne presque autant en trois nuits par semaine que mon père qui est conducteur de bus !

— Alors qu'en concluez-vous ?

Il sentait sa main trembler contre lui. Ses fichus spasmes s'aggravaient de mois en mois.

Trudy rougit.

— Je ne suis pas encore prête à en tirer des conclusions. Nous n'en savons pas assez, répondit-elle prudemment.

— Sage décision. Mais c'est intéressant, n'est-ce pas ? Que peu après l'audience, le premier policier arrivé sur place prenne une retraite anticipée et trouve un emploi étonnamment bien payé auprès du père de la morte ?

— Oui. Par ailleurs, j'ai creusé un peu plus.

— Vraiment ?

— Mais oui !

Trudy le fusilla du regard. La prenait-il pour une idiote ?

— Au moment de la mort de Gisela, la famille Gordon – sept personnes, en tout – vivait dans un quatre-pièces subventionné par la mairie dans l'est d'Oxford. Ensuite, ils ont acheté la maison de Kidlington, et sans emprunt, juste avant que Gordon prenne sa retraite.

— Sans emprunt ?

— Oui – pour presque trois cent vingt-cinq livres. Je n'ai pas pu déterminer comment il a payé, dut avouer Trudy, parce que les banques ne sont pas obligées de nous communiquer ce genre d'informations sans mandat.

— Dommage, commenta Clement. Mais il serait intéressant de savoir si la même somme a été prélevée sur le compte en banque de M. Reginald Fleet-Wright au même moment, n'est-ce pas ?

Trudy acquiesça.

— Alors, qu'est-ce qu'on fait, maintenant ? demanda-t-elle, incapable de dissimuler son empressement.

Peu avant, elle se demandait s'il était justifié de poursuivre l'enquête, mais tous ses doutes s'évanouissaient à mesure qu'elle découvrait qu'elle n'aimait pas plus que le Dr Ryder qu'on mente aux autorités.

— Ah, au fait, je suis de service pour surveiller un suspect, donc je risque de ne pas être disponible demain.

Elle ne lui dit pas qu'ils avaient désormais un suspect dans l'affaire Marcus Deering/McGillicuddy. Après tout, ça ne regardait pas le coroner. De plus, le Dr Ryder avait cessé de prétendre que le lien ténu entre la mort de Jonathan McGillicuddy et celle de Gisela Fleet-Wright pouvait constituer une piste sérieuse. À présent qu'on lui avait cédé et qu'on réexaminait sérieusement la vieille affaire, celle qui l'avait toujours intéressé davantage, il ne se sentait plus obligé d'agiter cette carotte sous le nez du capitaine.

Pour lui (comme pour elle désormais), il s'agissait d'élucider la mort d'une jeune fille malheureuse, malchanceuse et souffrant de problèmes mentaux.

— Alors, que fait-on, maintenant ? demanda-t-elle.

— Eh bien, je pense que nous en avons appris autant que possible sur le contexte, non ?

Clement leva un sourcil gris et touffu.

— À présent, il est temps de parler au personnage principal de notre petite tragédie.

Trudy cilla, puis déglutit.

— La mère de Gisela, vous voulez dire ?

— Exactement.

22

Trudy ne savait pas trop à quoi s'attendre de la part de Beatrice Fleet-Wright. En lisant le dossier, elle avait appris que la dame était issue d'une famille riche (l'entreprise de son père brassait la moitié de la bière vendue dans la région) et avait épousé un homme tout aussi riche. Catholique comme elle, Reginald Fleet-Wright avait hérité la société de transport de son père, dont les camions avaient probablement aidé à livrer la bière familiale, entre autres.

Avant son mariage, Beatrice avait vécu dans une grande demeure de Woodstock avec le reste de sa famille. Puis, elle avait emménagé dans une grande demeure près de Woodstock Road, à Oxford.

Elle avait donné à son mari deux enfants, sans doute un peu moins que la plupart des familles catholiques. Elle était très impliquée dans diverses associations caritatives et avait avoué devant le tribunal qu'elle était peut-être responsable de la mort de sa fille.

Qui n'aurait pas envie de rencontrer une telle femme et de tenter de dévoiler ses secrets ?

Trudy tremblait presque de nervosité et d'enthousiasme à cette idée quand Clement Ryder se gara dans l'allée du manoir immaculé dans le nord d'Oxford et éteignit le moteur.

Même en plein cœur d'un hiver gris et terne, Trudy sentait que les jardins seraient merveilleux à la belle saison. Des haies bien taillées entouraient des rosiers qui, à cette période, paraissaient rabougris, presque laids. Cependant, les bouleaux restaient magnifiques, avec leurs branches dentelées et leur écorce argentée.

Du temps où il travaillait dans ce charmant parc, bien des années plus tôt, le jeune Jonathan McGillicuddy aurait-il pu imaginer que des enquêteurs traverseraient un jour cette œuvre d'art pour élucider son meurtre ?

Tout en examinant la façade du manoir à six – sept ? – chambres, avec ses fenêtres à double vitrage et son impressionnante porte d'entrée à colonnades, Trudy se demanda ce que sa mère penserait d'une maison pareille. Barbara Loveday avait-elle rêvé un jour d'habiter un endroit de ce genre ? Bien sûr que non, pensa Trudy avec un sourire. De tels palais, c'était bon pour les dames qui portaient des vêtements sur mesure, des perles et des gants en soie à l'église.

Pas pour les femmes comme elles !

La domestique qui répondit à la porte sembla surprise de voir Trudy en uniforme, mais se détendit un peu quand le gentleman distingué à la crinière argentée et à la voix châtiée se présenta et demanda si la maîtresse de maison était chez elle.

Elle était bien là.

Trudy était si excitée à l'idée de rencontrer l'un des protagonistes de l'affaire qu'elle se retint à grand-peine de se mettre à courir quand ils pénétrèrent dans l'entrée, une pièce petite mais impeccable. Distraitement, elle remarqua le carrelage William Morris démodé au sol et le papier peint représentant des grives et des fraisiers sur les murs. L'ensemble embaumait l'encaustique à la lavande, et quand elle passa devant une grande horloge comtoise qui égrenait pesamment les heures dans un coin, l'éclat de son acajou témoigna de siècles de soins attentifs.

— Si vous voulez bien attendre ici, je vais dire à Madame que vous êtes là, déclara la domestique.

Elle avait à peu près l'âge de Barbara Loveday, et quand

elle tourna les talons, Trudy, qui tentait de dissimuler sa curiosité, se demanda si sa mère avait déjà envisagé de devenir employée de maison. Aurait-elle aimé travailler dans un endroit de ce genre ?

Elle lui poserait la question quand elle rentrerait dîner.

Elle regarda le coroner faire lentement le tour de la pièce – de toute évidence, un salon peu utilisé – et s'attarda sur les rideaux luxueux en velours moutarde, assortis au tapis au motif automnal et aux fauteuils tendus de chintz. Un unique beau livre de photographies en noir et blanc d'Oxford trônait sur une table basse, en acajou comme tous les meubles. Avec un petit sourire amer, Trudy se demanda si quelqu'un s'était déjà donné la peine de le feuilleter.

— Bonjour. Maud m'a dit que vous vouliez me voir ?

La voix qui s'éleva juste derrière son épaule gauche était douce, policée et indifférente. Trudy se retourna en se tenant bien droite vers la femme qui fermait la porte derrière elle.

Avec son mètre soixante-douze, elle mesurait quelques centimètres de moins que Trudy. Ses cheveux bruns et courts à la coupe parfaite suggéraient des visites régulières chez un coiffeur chic de Summertown. Ses yeux verts les observaient sans curiosité apparente tandis que le Dr Ryder s'avançait vers elle pour faire les présentations.

Même si la femme lui sourit et lui serra la main, Trudy remarqua qu'elle-même semblait l'intéresser bien plus. Quoiqu'elle le cachât bien. Peut-être était-ce l'uniforme de police ? Peut-être que cela lui rappelait de mauvais moments, quand des gens vêtus du même uniforme l'avaient interrogée.

— Je vous en prie, asseyez-vous. Une tasse de thé ? proposa poliment leur hôtesse.

— Non merci, madame Fleet-Wright, répondit Clement pour eux deux. Nous sommes désolés de vous déranger, mais nous interrogeons tous ceux qui connaissaient M. Jonathan McGillicuddy.

Trudy ne fut pas surprise par son entrée en matière. Ils avaient longuement discuté de leur approche et étaient tombés d'accord sur un point : dire à Beatrice qu'ils rouvraient l'enquête sur sa fille serait certainement contre-productif. Si elle avait menti sous serment (et à présent, Trudy était aussi convaincue que le coroner que c'était le cas), ils ne pouvaient pas s'attendre à ce qu'elle soit plus sincère à présent.

Pour obtenir de nouvelles informations, il valait mieux adopter une stratégie moins franche. La solution évidente était de lui faire croire qu'ils s'intéressaient à l'affaire la plus récente, le meurtre de Jonathan.

— Ah oui, je vois.

Beatrice s'assit dans un grand fauteuil qui la fit paraître toute frêle. Trudy et Clement avaient opté pour le canapé d'en face.

— J'ai lu dans le journal que… C'est terriblement choquant.

La femme se tourna vers Trudy, tout son corps irradiant désormais la tension. Elle se tenait droite comme un I, assise au bord de son fauteuil, ses jolies jambes pressées l'une contre l'autre dans une posture très aristocratique. Ses mains, jointes sur ses genoux, s'agitaient sans cesse.

— Avez-vous une idée de l'identité du coupable ? C'était un jeune homme si gentil.

Gentil ? Trudy cilla. D'après leurs informations, Gisela avait vécu l'enfer à cause de Jonathan McGillicuddy, surtout quand il l'avait quittée. Il y avait même de bonnes chances qu'elle se soit suicidée par amour pour lui, traumatisée par son abandon.

— Enfin, madame, vous n'approuviez quand même pas la façon dont M. McGillicuddy a traité votre fille ? demanda Trudy.

Pendant un instant, Beatrice Fleet-Wright sembla complètement désemparée. Elle pâlit, rougit, pâlit à nouveau. Elle ouvrit la bouche, comme pour parler, puis la referma. Enfin, elle prit une grande inspiration et se força à reculer dans son fauteuil. Cependant, ses mains restèrent crispées sur les accoudoirs. Ses doigts étaient si contractés qu'elle donnait l'impression d'avoir peur de tomber, ou peut-être de s'envoler, si elle ne se tenait pas fermement à une ancre.

Derrière sa façade sereine, une Beatrice affolée se répéta qu'elle devait se calmer. Elle se comportait comme une idiote. Et ce n'était pas comme si elle n'avait pas su, dès l'instant où elle avait lu que Jonathan était mort, que ce moment viendrait.

Mais elle avait cru être mieux préparée. Et pourtant, dès sa première question, la jolie jeune femme brune aux grands yeux marron l'avait déconcertée. Elle ne s'était pas attendue à une attaque aussi directe.

Il ne fallait pas paniquer.

Ce n'était pas comme si ces gens *savaient*.

— La relation de Jon… M. McGillicuddy avec ma fille était très compliquée, s'entendit-elle dire calmement.

Bien. Voilà qui est mieux.

— Gisela pouvait se montrer difficile. Elle avait des sautes d'humeur, vous comprenez, et ce n'était pas toujours facile de faire face. Ce n'était pas… M. McGillicuddy était un jeune veuf avec une petite fille. Il avait d'autres priorités. C'était notre jardinier, comme vous devez le savoir, et mon mari n'a jamais approuvé leur relation. Ça ne pouvait pas marcher entre eux, je le savais, nous le savions tous, donc d'une certaine façon, nous avons été soulagés quand ils ont rompu. Mais…

Elle poussa un soupir avant de reprendre :

— Ce n'est pas facile à expliquer. Je n'en ai jamais voulu à J… à M. McGillicuddy. Ç'aurait été injuste. Gisela était très possessive. Collante. Et… eh bien, hystérique, parfois. Mais ce n'était pas sa faute, précisa-t-elle avec une passion soudaine. Elle était malade, vous voyez. C'était comme si elle avait été grippée ou diabétique, sauf que c'était psychiatrique... Gisela est tombée désespérément amoureuse de lui. Elle attendait toujours tant de la vie ! Elle croyait qu'ils se marieraient et auraient des enfants. Et qui sait, peut-être que M. McGillicuddy l'a pensé aussi, à une époque.

Beatrice jeta un coup d'œil par la fenêtre, comme hantée par une souffrance passée.

— Mais j'ai toujours su que ma fille gâcherait tout. Que le destin de Gisela était de faire son propre malheur.

Pendant un instant, ces mots d'une tristesse inouïe restèrent suspendus dans l'atmosphère renfermée. Trudy déglutit, tandis que Clement restait parfaitement immobile, comme si respirer aurait suffi à briser l'instant.

— À mesure qu'ils se rapprochaient, ma fille est devenue de plus en plus possessive et jalouse, poursuivit-elle tout bas. Elle lui demandait sans cesse où il était, s'il avait parlé à d'autres filles. Ensuite, elle passait à l'autre extrême, s'excusait et le suppliait de lui pardonner. Elle lui offrait des cadeaux... Des cadeaux hors de prix, inconvenants. Un briquet et un étui à cigarettes en or. Une chevalière en onyx. Ce genre de choses. Je voyais bien que Jon... M. McGillicuddy était gêné. Enfin, ce n'était qu'un jardinier à la tâche, il ne pouvait pas porter de beaux bijoux au travail ! Et dans son milieu social... enfin, sortir un étui à cigarettes en or au pub du coin... Ça agaçait aussi mon mari. Plusieurs fois, il a coupé l'argent de poche de Gisela pour l'empêcher de lui offrir des cadeaux.

Beatrice s'interrompit, regarda ses mains et, au prix d'un effort, les posa sur ses genoux.

— Il les a rendus, vous savez. Après sa... mort. Il m'a rapporté l'étui à cigarettes et la bague. Je les ai toujours, dans un tiroir à l'étage. C'est que... je ne savais pas quoi en faire.

Elle les regarda. La jeune fille avait l'air triste, et son agressivité antérieure semblait presque évaporée. En revanche, elle n'arrivait pas à deviner ce que l'homme d'un certain âge qui s'était présenté comme coroner, pensait.

— Avez-vous une idée de l'identité de l'assassin ? demanda pensivement Beatrice. Je plains tant sa mère ! Vous comprenez, je sais ce que c'est de perdre un enfant. Et si vous étiez sur le point de procéder à une arrestation, je pense que ça l'aiderait.

Trudy sourit en ignorant cette tentative de leur soutirer des informations, et répondit par les clichés habituels, en endossant son costume de policière :

— L'enquête est en cours, madame. Je peux vous assurer que nous ne négligeons aucune piste.

— Oui, bien sûr, acquiesça Beatrice en réprimant un soupir.

De toute évidence, ils ne lui diraient rien d'utile.

— M. McGillicuddy a rencontré votre fille quand vous l'avez engagé pour travailler dans votre jardin ? demanda gentiment Trudy.

— Oui. À l'époque, il dépendait d'une entreprise de jardinage que j'employais depuis des années. Ce n'est qu'un peu plus tard qu'il a lancé sa propre affaire.

— Et Gisela et lui se sont rapidement mis en couple ?

— Oui.

— Vous dites que votre mari était mécontent. Mais qu'en pensiez-vous ?

— Oh ! je m'inquiétais aussi, mais pas pour les mêmes raisons que Reginald. Je savais que Gisela deviendrait encore plus émotive et passionnée. J'avais peur que ça aggrave ses sautes d'humeur et que ses terribles épisodes de dépression reviennent. Et j'avais raison. Quand ils ont rompu, sa dépression est devenue presque incontrôlable. Le dosage de ses médicaments a été tellement augmenté… je me faisais du souci pour elle.

Parfois, Beatrice avait craint que sa fille ne perde la raison, mais bien sûr, elle ne pouvait pas le dire. Pas à voix haute. Pas maintenant, et pas à ces gens. Elle ne l'avait même jamais avoué à son mari.

— Mais vous avez dû considérer que M. McGillicuddy était en partie responsable de tout cela ? insista Trudy.

— Non, pas vraiment, répondit Beatrice d'un air impuissant.

Quand ils avaient élaboré leur stratégie, Clement avait chargé Trudy de pousser le témoin dans ses retranchements, pendant que lui observerait Beatrice pour tenter de déterminer si elle mentait. Et bien que Trudy n'ait pas apprécié son rôle, elle s'était rendue à ses arguments.

Si bien que désormais, même si sa compassion naturelle lui soufflait qu'elle ne devrait pas harceler cette femme, une mère qui, presque cinq ans plus tard, pleurait encore son enfant, Trudy se prépara à faire son devoir.

Si elle voulait réussir dans ce métier, il fallait qu'elle s'habitue à interroger les témoins, et même à se montrer impitoyable, si les circonstances l'exigeaient. Tant pis, elle s'endurcirait.

Malgré tout, en formulant sa question suivante, elle dut réprimer un accès de nausée.

— Je suis désolée, madame, mais je ne comprends pas comment vous pouvez dire ça. Vous savez, vous avez le droit d'admettre que vous n'aimiez pas la victime. Je sais que M. McGillicuddy vient d'être assassiné et que dire du mal des morts vous met peut-être mal à l'aise, mais je vous assure que nous préférerions que vous soyez honnête. N'êtes-vous pas satisfaite que l'homme qui a fait tant de mal à votre famille soit mort ?

Et voilà ! Elle avait réussi !

Mais Beatrice Fleet-Wright n'avait pas l'air fâchée, ni révoltée – ni même coupable. En fait, elle semblait choquée. Sincèrement choquée.

*

— Non ! Oh non, comment pouvez-vous dire ça ? demanda Beatrice, interloquée. Bien sûr que je ne suis pas heureuse qu'il soit mort !

Sa voix avait monté d'une octave, et tandis que l'écho de son cri résonnait dans la pièce froide, elle parut s'en apercevoir brusquement.

Beatrice se reprit. *Non, il ne faut pas perdre le contrôle*, se dit-elle. *Garde ton calme. Ne les laisse pas te provoquer. Ne te trahis pas.*

— Très bien, madame, intervint habilement Clement.

Clairement, malgré de beaux efforts, sa jeune coéquipière n'avait pas réussi à percer l'armure de la dame. Il fallait changer d'approche.

— Pouvez-vous nous dire ce qui vous a marquée, chez Jonathan ? Après tout, il a travaillé pour vous un certain temps. Et c'était le compagnon de votre fille. L'appréciiez-vous – en tant que personne, je veux dire, et non en tant que petit ami de votre fille ?

Trudy profita que le Dr Ryder ait pris les commandes de l'interrogatoire pour observer la scène. Elle détendit ses épaules douloureusement crispées et examina leur hôtesse.

Beatrice s'était tournée vers le coroner, l'air plus à l'aise. Était-ce parce qu'elle avait l'habitude d'amadouer les hommes ? Ou parce qu'ils ne l'interrogeaient plus sur sa fille et sa mort tragique ?

— Eh bien, j'ai toujours eu pitié de lui, bien sûr : il avait perdu sa femme très jeune et avait un enfant à élever. Et j'admirais son travail acharné et son ambition de lancer sa propre entreprise.

Clement soupira intérieurement. Il ne pouvait pas la laisser se montrer aussi évasive, sous un vernis de politesse absurde.

— C'était un beau jeune homme, je crois, suggéra-t-il.

Il s'interrogeait. Une femme d'un certain âge, toujours séduisante, prisonnière d'un mariage peu satisfaisant ; peut-être que le troublant jeune homme lui avait tourné la tête ? Ce ne serait pas la première.

Mais si elle soupçonnait la direction qu'avaient prise les pensées de son visiteur, Beatrice n'en laissa rien paraître, se contentant de rire.

— Oui, tout à fait, admit-elle. Mais il était aussi gentil, sans histoire et parfois très drôle. Je n'étais pas étonnée que Gisela l'aime autant.

— A-t-il mentionné des ennemis ? poursuivit Clement sans conviction.

Tout comme Trudy, il doutait que la mort de Jonathan McGillicuddy soit liée aux actions du jeune homme ; il avait simplement eu la malchance d'être le fils de Sir Marcus Deering, qui s'était fait un ennemi mortel. Mais pour maintenir l'illusion qu'ils enquêtaient sur le meurtre de Jonathan et non sur la mort de sa fille, il était obligé de poser ce genre de questions.

— Oh non. Je suis sûre que non. Il ne m'a jamais parlé d'un ennemi ou de quelqu'un qu'il aurait énervé, ce n'était pas son genre. Il était très… ordinaire.

Clement jeta un coup d'œil à Trudy. Preuve qu'ils travaillaient bien ensemble, elle interpréta facilement le message.

À son tour.

— Bien entendu, madame, la police tient à explorer tous les éléments de la vie de M. McGillicuddy, pour déterminer le mobile de son assassin, reprit Trudy. Et si je peux me permettre, les seuls événements marquants de son existence, d'après nos recherches, sont la mort de sa femme et celle de votre fille. On peut dire qu'il n'avait pas de chance en amour, n'est-ce pas ?

Beatrice acquiesça sans un mot, refusant de se laisser provoquer.

— Pouvez-vous me dire où était votre mari le jour de la mort de M. McGillicuddy ? demanda Trudy.

*

— Reginald ? releva-t-elle, l'air éberluée. Il était au bureau, bien sûr, comme toujours. Et Rex était à l'université. Et moi, j'étais là, à la maison, dit-elle en devançant la prochaine question. Je peux vous assurer que personne dans la famille n'a quoi que ce soit à voir avec le meurtre de Jonathan. C'est une idée ridicule ! Gisela est morte il y a presque cinq ans !

Sa voix grimpait à nouveau, et elle s'obligea une fois de plus à se calmer. Il devenait de plus en plus clair que ces gens n'avaient aucune idée de ce qui s'était passé tant d'années auparavant. Ils ne savaient rien sur Gisela et Jonathan, ni sur cette terrible journée. Et pour que cela ne change pas, elle n'avait qu'à garder ses esprits, faire attention à ce qu'elle disait et surtout, rester maîtresse d'elle-même. Si elle y arrivait, tout se passerait bien.

Ce serait bientôt fini, de toute façon, se dit Beatrice. Ils trouveraient l'assassin de Jonathan, découvriraient que son meurtre n'avait rien à voir avec elle ni avec sa famille, et tout redeviendrait normal.

Terne, morne, mais normal.

— Je vois, répondit Trudy. Et vous n'avez rien d'autre à nous dire ? Sur votre fille, et ce qui s'est vraiment passé le jour de sa mort ?

Cette question devait être leur dernière tentative de faire parler Mme Fleet-Wright, à la fin de l'entretien, quand elle serait le plus émue et vulnérable.

Clement avait tenu à ce qu'elle ait l'occasion d'avouer, ou au moins de modifier son témoignage. Il avait expliqué à Trudy que les gens ont naturellement envie de soulager leur conscience. Et peut-être que tout ce dont Beatrice avait besoin pour franchir cette dernière étape, c'était d'une personne compatissante prête à l'écouter.

À présent, Trudy se raidit en voyant la femme, terrifiée, la fixer de ses yeux verts.

— Que voulez-vous dire ? chuchota Beatrice. Vous savez déjà ce qui s'est passé ce jour-là. Gisela a pris trop de médicaments. Par erreur. C'était ma faute…

Elle s'interrompit quand Trudy secoua gentiment la tête.

— Mais ce n'est pas vrai, si ? demanda la jeune policière.

Beatrice se sentit pâlir. Tout à coup, elle avait froid. Terriblement froid. Avait-elle pu se tromper ? Était-il possible que, loin d'être désemparés, ces gens sachent déjà tout ?

— Gisela n'a pas oublié de prendre ses médicaments, insista Trudy. Vous ne lui en avez pas redonné par accident.

Malgré sa tension, Trudy garda une voix douce et conciliante.

— Vous avez menti à l'audience, n'est-ce pas ? Vous pouvez nous dire la vérité.

Et pendant une fraction de seconde magique, elle sentit l'atmosphère de la pièce changer. Beatrice fit de grands yeux.

— Menti ? répéta-t-elle d'une voix si faible qu'elle paraissait à peine humaine. Non… non…

— Mais si, répondit Trudy à voix basse.

Elle sentait que le coroner, à l'autre extrémité du canapé, était aussi raide qu'elle.

— Vous pouvez nous le dire, l'encouragea Trudy en tentant de cacher son avidité. Vous vous sentirez mieux, promit-elle.

Vraiment ? se demanda Beatrice Fleet-Wright. Pendant un instant de folie, son cœur se gonfla à cette idée. Après tant d'années de malheur et de culpabilité, était-ce possible ?

— Votre fille s'est suicidée, n'est-ce pas ? précisa enfin Trudy. Et vous l'avez dissimulé.

La réaction de leur hôtesse fut déconcertante.

Elle se mit à rire.

À rire, et rire, et rire encore.

23

À l'étage, depuis la fenêtre de sa grande chambre – dont une partie était occupée par un modèle réduit de train – Rex Fleet-Wright regarda la policière et l'homme aux cheveux blancs quitter la maison.

Il se demanda quels nouveaux mensonges leur avait servis sa mère.

Rex savait qu'elle était particulièrement douée à ce petit jeu.

Une fois la voiture disparue, il se laissa lourdement tomber sur son lit.

Peut-être que sa mère s'était contentée de détourner leur attention. C'était une autre de ses spécialités.

Il contempla la grande photo posée sur sa table de nuit. Elle représentait sa sœur. Gisela à dix-neuf ans, ses longs cheveux bruns recouvrant un œil vert, la bouche grande ouverte dans un éclat de rire.

C'était drôle : même cinq ans après sa mort, sa sœur était toujours la personne la plus vivante de la maison.

— Alors, qu'en pensez-vous ? demanda Trudy dix minutes plus tard, dans la voiture garée dans la cour de Floyds Row. Elle était hystérique, non ? Ce rire dément à la fin, c'était le choc ?

— Oui, acquiesça Clement, pensif.

Après son éclat de rire initial, Mme Fleet-Wright avait

semblé incapable d'arrêter. Elle s'était excusée, ou plutôt, elle avait essayé, entre deux halètements.

« Je suis dé… dés… désolée, avait-elle dit en s'essuyant les yeux avec un mouchoir. C'est si b… bête. »

Mais elle avait continué à s'esclaffer.

Elle avait fini par se maîtriser, mais il était impossible de continuer l'entretien. Non seulement la maîtresse de maison s'était levée en proposant de les raccompagner, mais de toute évidence, ils n'obtiendraient rien d'elle après une telle perte de contrôle. Embarrassée par sa crise, elle s'était vite entourée d'un mur de politesse que seul un bélier aurait pu abattre.

Et pour être honnête, Trudy était si épuisée émotionnellement qu'elle n'avait qu'une envie, prendre l'air pour mettre de l'ordre dans ses idées.

— Alors, qu'en pensez-vous ? répéta-t-elle.

— J'en pense, répondit lentement Clement Ryder, que Mme Fleet-Wright dissimule de nombreux secrets.

Ça les avançait ! Parfois, le goût du vieux vautour pour les énigmes était lassant. Mais elle savait que ce n'était pas vraiment contre lui qu'elle était en colère.

— J'ai tout gâché, non ? demanda-t-elle tristement.

Clement sourit.

— Mais non, la rassura-t-il, sincère. À mon avis, personne n'aurait fait mieux. Ne vous inquiétez pas – la prochaine fois, ça se passera peut-être différemment.

Bien sûr, ils devraient interroger une deuxième fois Mme Fleet-Wright. Mais elle n'avait pas franchement hâte.

— Qu'est-ce qu'on fait, maintenant ?

— Vous n'avez pas un suspect à surveiller ?

— Si.

Trudy poussa un profond soupir. La veille, elle avait passé six heures à fixer l'appartement de Clive Greaves en compagnie de Rodney Broadstairs, qui n'avait fait que parler football, si bien qu'elle s'était terriblement ennuyée.

Le capitaine Jennings avait eu raison, c'était un travail ingrat, et on avait froid. Et elle devait bien reconnaître que son enthousiasme à l'idée d'ajouter une nouvelle corde à son arc s'était rapidement étiolé.

— Mais je suis libre demain, ajouta-t-elle avec enthousiasme. Que voulez-vous que je fasse ?

— Que devrions-nous faire, à votre avis ? demanda-t-il, curieux de voir sa capacité à raisonner à l'œuvre.

Trudy, inconsciente du fait qu'il s'agissait d'un test, réfléchit un instant.

— Je crois que je devrais rendre une petite visite à Mme Gordon quand son mari ne sera pas là.

Clement lui décocha un sourire approbateur.

— Mais vous pensez qu'elle vous dira quelque chose ? Elle n'a probablement pas envie d'admettre que son mari a trempé dans des affaires louches – à supposer que ce soit le cas.

— Il n'y a qu'une seule façon de le savoir.

— Argument imparable, répondit joyeusement Clement. Très bien, allez-y. Je vous souhaite une bonne nuit en compagnie des faisans.

Un collègue avait dit à Trudy que leur principal suspect pour l'affaire Deering/McGillicuddy passait souvent plusieurs heures avec son gibier, la nuit. Et la soirée s'annonçait glacée !

Chez elle, Beatrice Fleet-Wright se servit un troisième verre de sherry, entre deux gloussements irrépressibles.

Elle n'arrivait pas à s'en empêcher. C'était tellement drôle !

Et dire qu'elle avait été sur le point de tout avouer. Jusqu'au moindre détail sordide.

Mais la policière lui avait sauvé la vie en l'accusant d'avoir dissimulé le suicide de Gisela. Et… oh ! S'ils savaient à quel point c'était hilarant !

Beatrice se remit à pouffer, tentant d'étouffer le bruit pour éviter que la domestique l'entende. Puis, en prenant bien garde de ne pas renverser une seule goutte, elle finit son verre et s'en servit un autre.

24

Anthony Deering était content de quitter l'hôpital. Même si les médecins et les infirmières s'étaient bien occupés de lui, ce genre d'endroit aux murs trop blancs et aux odeurs d'antiseptique le mettait mal à l'aise.

Maintenant qu'il était rentré chez lui, il se sentait déjà beaucoup mieux. Ses hématomes le faisaient toujours souffrir et certains gestes provoquaient de soudaines décharges de douleur, mais il avait bon espoir de pouvoir bientôt remonter à cheval. Il se contenterait de trotter tranquillement dans le domaine, pour remplir ses poumons du bon air frais de la campagne.

Mais allongé sur son lit, en contemplant le plafond et en essayant de se convaincre qu'il n'avait pas peur, il dut avouer qu'il s'inquiétait – et enfin regarder les choses en face.

Il avait eu de la chance, cette fois-ci. Il ne roulait pas si vite que cela et avait réussi à ralentir suffisamment son véhicule – sa belle voiture, qui n'était plus qu'un tas de ferraille.

Mais aurait-il autant de chance la prochaine fois ?

Étendu sur son lit dans le grand manoir, au milieu du domaine de son père, il ne put s'empêcher de se demander, une fois de plus, ce que Sir Marcus Deering avait fait. Quel crime indicible avait-il commis par le passé pour lancer à leurs trousses ce fou assoiffé de vengeance ?

Il poussa un profond soupir, puis grimaça quand

ses côtes endolories l'élancèrent. Il soupira à nouveau, avec précaution, ferma les yeux et s'ordonna de dormir. La police éclaircirait tout cela rapidement. Le type qui dirigeait l'enquête, Jennings, paraissait plutôt compétent. Et la présence du sergent O'Grady dans la maison était rassurante.

Mais Anthony n'aurait peut-être pas réussi à s'endormir aussi facilement s'il avait su ce que faisait son père en cet instant, un étage plus bas, dans son bureau.

Sir Marcus Deering examina attentivement le sergent Mike O'Grady. Assis devant lui, le policier massif aux cheveux cendrés relisait la dernière lettre, arrivée avec le courrier du matin. Elle avait tellement désespéré l'homme d'affaires qu'il songeait au suicide.

O'Grady, en revanche, prenait bien garde à rester impassible.

Je perds patience, et tu perds du temps. Rachète-toi, vite. La prochaine fois, ton fils cadet aura moins de chance.

Depuis l'accident de voiture, un policier patrouillait en permanence devant la maison, mais ça ne suffirait certainement pas à assurer leur protection.

— Vous n'avancez donc pas du tout ? demanda le sexagénaire, irrité.

Mike O'Grady hésita. Bien entendu, il ne pouvait rien révéler de précis sur l'enquête en cours, mais le capitaine lui avait dit de ménager le hobereau.

— Nous avons un suspect, monsieur, répondit-il prudemment, en levant la main pour empêcher Sir Marcus de le bombarder de questions. Et nous le surveillons de très près.

— Il est lié à l'incendie ?

O'Grady hésita à nouveau avant d'acquiescer.

Sir Marcus s'effondra dans son fauteuil. En vérité, il était surpris.

— Je ne comprends toujours pas, confia-t-il, impuissant.

Il avait beau faire, il ne voyait pas comment on pouvait le tenir pour responsable de l'accident. Ça ne collait pas. Et Sir Marcus avait toujours écouté son instinct. Mais s'il ne s'agissait pas de l'incendie, alors quoi d'autre ? Quoi ?

Depuis des semaines, il se creusait la tête, sans trouver ce qu'il avait bien pu faire pour mériter la malédiction qui s'était abattue sur sa maison. La frustration de ne pas savoir comment y mettre un terme le torturait. Il avait déjà dû aller chez le médecin à cause d'un ulcère potentiel.

Au prix d'un immense effort, il s'obligea à se calmer. Le généraliste l'avait prévenu que le stress pouvait provoquer une crise cardiaque. Il ne manquerait plus que ça ! Il devait à tout prix rester fort et concentré.

— Clairement, mon article dans l'*Oxford Mail* et mon don n'ont pas suffi à le satisfaire, remarqua-t-il sombrement.

— On dirait que non, monsieur.

— Vos hommes vont veiller sur Anthony jusqu'à ce que ce soit fini, n'est-ce pas ?

— Oui, monsieur, confirma O'Grady.

Mais comme tous les policiers, il savait qu'il était presque impossible de protéger quelqu'un jour et nuit. Il n'y avait qu'à demander aux services secrets chargés de défendre le président des États-Unis. En vérité, si quelqu'un voulait votre mort, et si ce quelqu'un était raisonnablement intelligent, patient et déterminé, tôt ou tard… eh bien…

Si seulement ils avaient pu être sûrs que Clive Greaves était leur homme. Malheureusement, cette lettre à Sir Marcus avait été postée avant qu'ils ne commencent à le surveiller vingt-quatre heures sur vingt-quatre. Malgré tout, se dit le sergent avec satisfaction, si Greaves était bien coupable, et qu'il s'en prenait à nouveau à Anthony Deering, cette fois, ils l'attendraient au tournant.

25

En voyant la jeune policière traverser son jardin, Glenda Gordon réprima un accès de panique. L'autre jour, quand elle l'avait surprise en pleine conversation avec Dickie à son retour du bingo, elle avait tout de suite senti que quelque chose clochait.

Dickie avait répété qu'elle voulait simplement lui demander de l'aide sur l'une de ses anciennes affaires, mais ça sonnait faux. Glenda, qui n'était pas idiote, avait toujours su reconnaître les mensonges de son mari. Fille de charbonnier, élevée à la dure, elle n'avait jamais été niaise. Après son mariage, il ne lui avait pas fallu longtemps pour comprendre que son mari n'était pas toujours aussi droit et fiable que ce qu'elle aurait attendu d'un policier – peut-être naïvement. Et elle devait avouer qu'avec une grande famille à nourrir, en ces temps difficiles, les petites liasses de billets supplémentaires ou les provisions inattendues qu'il rapportait de temps en temps étaient bienvenues.

Tout comme les sacs de charbon volés que son père rapportait toujours, elle avait fini par les considérer comme un avantage en nature. Dans le cas de Dickie, c'était un canapé « tombé d'un camion » dont ils avaient bien besoin pour remplacer le leur, cassé. Le liquide qui avait aidé à payer le loyer quand la paie semblait bien lointaine. Les boîtes de petits objets électroniques qui apparaissaient et disparaissaient parfois dans la cabane de jardin.

Même si ça ne lui plaisait pas, elle avait continué à penser que Dickie avait un bon fond, et que c'était un bon mari. Il avait subvenu à leurs besoins – ce qui était le principal – et elle avait toujours réussi à nourrir et à habiller correctement toute la famille.

Mais si elle n'avait rien à redire à ces petits arrangements, elle avait toujours su que juste avant qu'il ne prenne sa retraite, il était arrivé quelque chose de déterminant, d'inhabituel, et ça l'avait toujours inquiétée…

Le coup frappé à la porte la tira de ses pensées et, le cœur battant, elle alla dans l'entrée.

Dickie travaillait dans son jardin ouvrier à dix minutes à pied, et elle sentait que la policière le savait – ou devenait-elle paranoïaque ? Elle se força à sourire et ouvrit la porte.

— Bonjour madame, je ne sais pas si vous vous souvenez de moi ? demanda gaiement la jolie jeune fille.

Glenda soupira.

— Bien sûr que si. Entrez donc. Venez dans la cuisine, je vais mettre de l'eau à chauffer.

— Merci, répondit Trudy en lui emboîtant le pas.

Dans l'entrée, elle remarqua une horloge en bois en forme de soleil : sa mère en avait toujours voulu une ! Une grande radio flambant neuve en bakélite était allumée dans la cuisine.

Glenda s'empressa d'éteindre la rediffusion de gags de Tony Hancock.

— Vous avez une bien jolie maison, madame, commenta Trudy en examinant la pièce d'un air admiratif.

Glenda, qui allumait la bouilloire, se raidit.

Elle se souvenait du jour où Dickie lui avait dit, juste avant de prendre sa retraite, qu'ils allaient quitter leur appartement financé par la municipalité pour emménager dans « un endroit correct ».

À l'époque, elle avait cru qu'il pensait à un logement plus petit, puisque les enfants avaient grandi et étaient partis. Elle savait que la municipalité préférait réserver les grands appartements de trois chambres aux jeunes familles et avait construit de jolies petites maisonnettes pour les couples âgés, pas trop loin.

Quand il lui avait montré cette maison, elle avait été aussi surprise que ravie. Lui était fier comme un coq. Pour être honnête, elle avait eu l'impression d'avoir gagné à la loterie. Ce n'est qu'ensuite qu'elle avait commencé à se demander comment ils avaient pu se le permettre – surtout quand elle avait compris qu'elle n'avait pas de loyer à payer. Ce qui voulait dire que Dickie l'avait achetée. Du jamais vu – dans sa famille, personne n'avait jamais été propriétaire de sa maison, et elle était sûre que c'était pareil pour la famille de Dickie.

Mais le temps avait passé, le ciel ne leur était pas tombé sur la tête, son mari avait trouvé cet emploi de veilleur de nuit à temps partiel si bien payé, et elle s'était détendue…

À présent, voilà que cette jolie jeune fille en uniforme de police venait fureter, se demandant sans doute comment ils avaient pu se payer cette maison.

De quoi s'agissait-il donc ? Elle aurait dû savoir que c'était trop beau pour être vrai.

D'une main un peu tremblante, elle versa l'eau bouillante et ajouta trois bonnes cuillères de feuilles de thé dans la théière avant de remuer vigoureusement.

— Je voulais vous parler tranquillement sans votre mari, commença Trudy, à la grande surprise de son hôtesse qui ne s'attendait pas à tant de franchise. Parce qu'il y a quelque chose d'important que vous devez savoir.

Trudy voyait bien que Glenda était étonnée qu'elle entre aussi vite dans le vif du sujet. Mais Trudy avait déjà décidé qu'il valait mieux se montrer franche. Elle espérait ne pas se tromper.

Quelque chose chez Glenda Gordon lui rappelait sa propre mère. Les deux femmes venaient du même genre de famille, de la même ville, et avaient grandi avec les mêmes valeurs, la même conception terre à terre de la vie. Et elle était prête à parier que, comme sa mère, Glenda ne se laissait pas dicter sa pensée. Les hommes avaient beau aimer croire que leurs « petites femmes » étaient toujours dociles et dépendantes d'eux, Trudy savait à quel point les matrones comme sa mère étaient intelligentes et coriaces. Elle aurait mis sa main à couper que Glenda, contrairement à ce que pensait probablement son mari, était au courant de ce qui se tramait. Et qu'on pouvait la convaincre d'agir, même derrière le dos de son homme, si les circonstances l'exigeaient.

— Oh ? Je pensais que vous voudriez voir Dickie, répondit Glenda. Puisque c'est l'affaire de la police, tout ça.

Trudy sourit et regarda tristement son hôtesse, à présent très méfiante.

— Non, c'est vous que je voulais voir. Si je peux me permettre, qu'est-ce que votre mari vous a raconté la dernière fois ? Il vous a expliqué la raison de ma venue ? commença-t-elle prudemment.

Glenda s'assit lourdement, Trudy était consciente de l'avoir déstabilisée. Elle avait vu juste : Glenda se doutait déjà que quelque chose clochait. Tant mieux. Si elle savait qu'il y avait un problème, elle se laisserait peut-être convaincre qu'elle était la seule à pouvoir tout arranger.

— Oh ! Dickie n'a jamais beaucoup parlé de son travail, prétendit Glenda d'un ton aussi nonchalant que possible. Il m'a juste dit que vous vouliez lui demander son avis.

Elle prit une gorgée de thé sans s'apercevoir qu'il était brûlant.

Glenda jeta un coup d'œil à la policière, épiant sa réaction, et se sentit mal à l'aise. Elle était si jeune, si ingénue. Elle devait avoir à peine vingt ans ! Peu importait la raison de sa visite, il n'y avait pas de quoi s'inquiéter, si ? Après tout, si son Dickie avait vraiment trempé dans une affaire grave, ils n'auraient pas envoyé cette jeune effrontée.

— Oui. À propos d'une jeune fille morte, répondit simplement Trudy.

Glenda s'étrangla à moitié.

— Morte ?

— Oui. Votre mari est intervenu quand sa mère l'a retrouvée décédée dans son lit. C'était il y a presque cinq ans. Le coroner avait conclu qu'il s'agissait d'un accident.

— Oh…, soupira Glenda, l'air soulagée. Je crois que je m'en souviens. C'était tellement triste. Mais je m'attendais à quelque chose de vraiment affreux. Bien sûr, la mort d'une jeune fille, c'est affreux…, ajouta-t-elle précipitamment.

— Oui, madame, en effet, l'interrompit Trudy d'un ton ferme. Il n'y a pas pire qu'un meurtre.

Cette fois, Glenda faillit lâcher sa tasse.

— Un meurtre ? murmura-t-elle.

N'avait-elle pas parlé d'un accident ?

— Oui. Nous enquêtons sur le meurtre de Jonathan McGillicuddy. Vous avez dû en entendre parler dans les journaux ?

Glenda était plus déroutée que jamais.

— Ah oui. Ce pauvre jardinier, vous voulez dire ? Assommé avec sa propre bêche, c'est ça ?

— Oui.

— Mais quel est le rapport avec Dickie ? Il a pris sa retraite il y a longtemps.

— Comme je le disais, il y a cinq ans, une jeune fille est morte et votre mari a été le premier à arriver sur place. La morte s'appelait Gisela Fleet-Wright.

— Mais c'est le même nom que…

Glenda se tut brusquement, mais Trudy hochait déjà la tête.

— Oui, nous sommes au courant. Son père est le propriétaire du dépôt de camions où votre mari travaille à temps partiel. Votre mari a commencé là-bas juste après sa retraite, n'est-ce pas ?

Glenda acquiesça sans oser ouvrir la bouche.

— Et si j'ai bien compris, il est très, très bien payé.

Glenda acquiesça à nouveau.

— Et vous avez emménagé ici il y a à peu près cinq ans. Peu après la mort de Gisela Fleet-Wright, en fait.

Son hôtesse était blanche comme un linge.

— Je ne vois pas très bien…, commença Glenda.

Elle tentait de rassembler ses esprits, mais la tête lui tournait. Que se passait-il donc ? Dans quoi Dickie les avait-il fourrés ?

— Madame Gordon, je me fiche de ce qui est arrivé il y a toutes ces années, mentit Trudy, espérant qu'elle ne se trahissait pas en virant au cramoisi. Nous savons qu'il s'est passé quelque chose, et que votre mari en a profité.

Sans laisser à Glenda le temps de protester, elle poursuivit en la regardant droit dans les yeux :

— Mais ce n'est pas le problème. Nous essayons d'arrêter un assassin. Pour une raison inconnue, quelqu'un a froidement battu à mort un jeune homme. Il était veuf, vous savez, et il a laissé une petite fille. Et sa mère est anéantie. C'était son fils unique.

Trudy se tut un instant, le temps de laisser Glenda penser à ses propres enfants. Imaginer ce qui aurait pu leur arriver s'ils avaient perdu leurs deux parents très jeunes. Et bien sûr, ce qu'elle aurait ressenti à la place de Mavis McGillicuddy.

— C'est terrible, répondit Glenda, les larmes aux yeux. Mais vous ne croyez quand même pas que mon Dickie…

— Non, madame, en effet, confirma Trudy.

Si cette femme pensait que son mari était vraiment

en danger, elle se fermerait comme une huître et rien ni personne ne la convaincrait de coopérer.

— Nous ne pensons pas qu'il soit lié à cette affaire. Mais nous pensons qu'il sait peut-être quelque chose.

Glenda s'effondra contre son dossier, luttant pour tout assimiler.

— Avant la mort de Gisela Fleet-Wright, continua Trudy, M. McGillicuddy sortait avec elle. Et on se pose maintenant des questions sur les circonstances de sa mort, si bien que le coroner a rouvert l'enquête. Nous sommes certains que votre mari savait quelque chose. Et en a tiré parti.

Elle laissa ses révélations faire leur effet.

Son thé oublié, Glenda fixa la policière d'un air impuissant. Bien sûr, elle savait que c'était vrai. Comment auraient-ils pu se permettre de vivre là, sinon ? Pourquoi Dickie aurait-il trouvé un aussi bon emploi, pour un salaire ridiculement généreux ? Parce que les Fleet-Wright avaient acheté son silence, admit-elle à contrecœur. C'était tout à fait le genre de pot-de-vin sur lequel Dickie aurait sauté.

— Nous pensons que les deux incidents pourraient être liés, poursuivit Trudy. La mort de Gisela et celle de Jonathan McGillicuddy sont imbriquées. Pire, il est possible que l'assassin de M. McGillicuddy n'en ait pas terminé. Tous ceux qui sont liés à ces meurtres pourraient être menacés, conclut Trudy.

Et elle vit le moment où la flèche qu'elle venait de lancer toucha sa cible en plein cœur.

— Vous… vous croyez que Dickie est en danger ? balbutia Glenda.

— Nous n'en sommes pas sûrs, madame. Mais c'est possible. Et si vous savez quoi que ce soit, vous devez nous le dire. Il faut tirer les choses au clair avant que quelqu'un d'autre ne soit blessé. Vous comprenez, n'est-ce pas ?

Pendant un instant, Glenda pensa au tiroir à chaussettes

de son mari, à l'étage. Depuis leur emménagement, il l'avait laissé fermé à clé. Elle savait qu'il n'y rangeait pas de sous-vêtements. Bien sûr, elle avait fait semblant de ne rien remarquer et ne lui avait jamais posé de questions à ce sujet ; même si, évidemment, elle savait où il cachait la clé.

Mais…

— Il faut que j'y réfléchisse, chuchota-t-elle.

Trudy, qui savait quand relâcher la pression, acquiesça.

— Très bien. Mais je vous en prie, madame, ne tardez pas trop.

Elle se leva en abandonnant le thé auquel elle n'avait pas touché.

— Après tout, imaginez ce que vous ressentiriez si quelqu'un d'autre était tué alors que vous auriez pu l'empêcher.

Glenda pâlit encore davantage, mais elle ne dit rien.

Trudy, soudain honteuse, laissa sa victime terrassée et sortit.

Après avoir sauté à l'arrière d'un des bus rouges rayés de vert de la ville, Trudy chercha dans son porte-monnaie les pennies nécessaires pour payer son billet. Comme elle n'en avait pas assez, elle tendit un billet de dix au contrôleur, qui poussa un soupir. Si ç'avait été la ligne de son père, elle lui aurait peut-être demandé de la laisser monter sans payer ; elle l'avait déjà fait. Était-ce de la corruption de fonctionnaire ? Ou simplement un père qui veillait sur sa fille ?

Elle écarta cette idée et, pendant tout le trajet du retour, tenta de se rassurer en se répétant qu'elle avait eu raison d'essayer de convaincre Glenda Gordon de révéler les trafics de son mari. Après tout, c'était à la fois son travail et son devoir.

Même si le pire arrivait et que Richard Gordon était

accusé de corruption, il y avait de bonnes chances que la famille garde la jolie maison avec jardin. Et quand bien même il perdrait sa retraite de la police, les Fleet-Wright subviendraient probablement à leurs besoins.

Non, dans l'ensemble, ils resteraient mieux lotis que la plupart – en tout cas, mieux que ses parents à elle. Elle n'avait rien à se reprocher.

Elle essayait toujours de s'en convaincre quand elle entra dans le commissariat. Le sergent d'accueil l'attendait. Et ce qu'il lui révéla lui fit vite oublier Glenda Gordon.

— Hé, Loveday ! l'appela Phil Monroe dès qu'elle franchit la porte.

C'était l'un des rares collègues à ne pas la taquiner sur son nom de famille, en l'appelant par exemple derrière son dos « the lovely Loveday » (la charmante Loveday), comme ce rustre de Rodney Broadstairs.

— Je me souviens où j'ai entendu ce nom – tu sais, celui qui vous intéresse tellement, le vieux vautour et toi.

Trudy se précipita vers lui.

— Ah bon ? Beatrice Fleet-Wright, vous voulez dire ?

— Oui, c'est ça. Je savais que ça me disait quelque chose, alors j'ai relu mes notes, expliqua Monroe.

Tous les policiers gardaient précieusement leurs carnets de notes, bien à jour et en ordre chronologique, pour pouvoir les consulter si besoin, parfois des années plus tard. Ils avaient intérêt à ce qu'ils soient bien tenus quand ils devaient témoigner au tribunal. C'était une des bases qu'on vous inculquait à l'école de police, si bien que Trudy ne doutait pas de la fiabilité des informations du sergent.

— Et ça date de l'été où elle a eu tous ces ennuis avec sa fille, poursuivit Monroe en feuilletant son calepin. Il y avait un garçon, Jack Braine, qui travaillait pour Boots, le pharmacien. Il livrait les médicaments à vélo. Un jour, il s'est fait renverser et dévaliser.

— On lui a volé l'argent, ou les médicaments ? demanda Trudy, suspendue à ses lèvres.

— Les deux. Le livreur n'a pas vu grand-chose – il roulait sur Broad Street, et brusquement, il a fait un vol plané par-dessus le guidon et quelqu'un s'est enfui avec ses sacs. Mais un passant qui a été témoin de la scène a donné une bonne description du coupable. Et c'est là que ta Mme F-W entre en jeu.

— Quoi ! Ne me dites pas que le témoin l'a décrite, elle ?

Pourquoi est-ce qu'une dame respectable, d'un certain âge, aurait bien pu voler…

— Non, bien sûr que non ! rétorqua le sergent d'un air méprisant. Ne sois pas bête, petite !

Trudy rougit et baissa la tête.

— Pardon, sergent.

— Non, le témoin a décrit un gars qu'il a cru reconnaître. Je n'ai pas beaucoup de détails, vu que je n'ai pas suivi l'enquête. Apparemment, le témoin a pensé que c'était un type qu'il connaissait vaguement. Sauf qu'il l'a vu de côté, donc il n'était pas sûr. Bref, le suspect a été interrogé, mais en fait, ce n'était pas lui, le témoin s'était trompé. Ça arrive souvent, hein ?

Trudy acquiesça, consciente que c'était malheureusement vrai. Si on demandait à deux témoins du même événement de décrire le coupable, le suspect pouvait être à la fois gros et maigre, brun et blond, grand et petit, vêtu d'une chemise noire ou rouge.

— Enfin, continua Monroe, le gars décrit par le témoin avait un alibi en or – fourni par une personne très respectable qui a confirmé qu'il était ailleurs au moment du vol – donc ça n'a pas été plus loin.

Le sang de Trudy ne fit qu'un tour.

— Mme Fleet-Wright ?

— Bravo, petite ! C'est ça.

— Vous pouvez me donner le numéro du dossier ?

— Bien sûr. Mais tu ne trouveras pas grand-chose. L'affaire n'a jamais été résolue, je m'en souviens. La petite frappe qui a fait le coup a dû vendre les médicaments et claquer tout l'argent en cigarettes et boisson.

Il récita le numéro de dossier, que Trudy griffonna dans son propre carnet.

— C'est super ! Je vais passer aux archives.

— Eh non, rétorqua Monroe avec un sourire. Le vieux vautour a appelé. Il veut que tu rappliques à son bureau illico presto.

Il se demandait probablement comment s'était passé son entretien avec Glenda.

— D'accord, répondit-elle à contrecœur.

Même si elle n'avait qu'une envie, trouver le dossier et éclaircir cette histoire, elle allait devoir patienter.

Pas question de faire attendre le Dr Ryder !

26

— Regardez ces photographies et dites-moi ce que vous voyez, lui ordonna Clement.

Ils étaient assis dans son bureau, et un petit vent gris projetait à nouveau de la pluie sur la fenêtre mal isolée. Un feu crépitait dans la cheminée, et de l'autre côté de la porte, Trudy entendait la secrétaire du coroner pianoter à toute vitesse sur sa machine à écrire Remington. Elle commençait à trouver confortable cet endroit qui lui était à présent si familier. Avec un pincement au cœur, elle comprit que tout cela lui manquerait une fois que l'affaire serait élucidée et que le capitaine Jennings la réaffecterait à ses tâches habituelles. Elle respectait à présent bien trop le Dr Ryder pour imaginer qu'ils ne résoudraient pas l'énigme de la mort de Gisela Fleet-Wright.

Elle s'empara de la liasse de clichés en noir et blanc. Il n'y en avait pas beaucoup, et ils montraient tous différents points de vue sur une chambre de jeune femme.

— La chambre de Gisela ? devina-t-elle.

— Oui. Le photographe de la police a pris la pièce en même temps que le cadavre.

Trudy remarqua qu'aucun ne montrait la jeune femme sur son lit, et elle s'apprêtait à exiger qu'il lui donne aussi ceux-là quand quelque chose l'arrêta.

Avait-elle vraiment besoin de les voir ?

Clement, qui suivait le défilé d'émotions sur son visage, lui dit brusquement :

— Je veux un œil neuf – surtout, le point de vue d'une autre jeune femme. Pendant que vous les regarderez, essayez d'oublier que vous êtes policière, soyez simplement Trudy. Je les étudie de temps en temps depuis des années, mais je ne suis pas sûr de remarquer tout ce qu'il y a à voir, parce que je ne suis pas une jeune fille de l'âge de Gisela.

— Ça, c'est certain, se contenta de répondre Trudy avec un sourire avant d'examiner les images de près.

La première chose qui la frappa fut la taille de la pièce, quatre fois plus grande que sa chambre minuscule à elle, avec son petit lit simple. Gisela avait eu un lit double, deux immenses armoires, une coiffeuse ornée d'un joli miroir ovale et deux fauteuils rembourrés reposant sur un magnifique tapis.

Sur la coiffeuse étaient posées cinq bouteilles de parfum luxueux, une boîte de mouchoirs et une trousse de maquillage pleine à craquer de cosmétiques hors de prix. Elle aurait parié que le moindre rouge à lèvres coûtait cinq shillings. Avec son salaire, ce serait…

Elle se força à oublier sa jalousie pour observer le reste. Après tout, la jeune fille qui avait possédé toutes ces jolies choses était morte et enterrée. Honteuse, elle prit une grande inspiration.

Concentre-toi, Trudy ! Y a-t-il quelque chose de suspect sur ces photos ?

Elle les étala avec précaution sur le bureau du coroner, cherchant un détail étrange, un objet qui ne serait pas à sa place. Elle tenta de se mettre dans la peau de Gisela Fleet-Wright.

Son regard était inexorablement attiré par la charmante table ornementée près du lit. Elle servait de support à une carafe en cristal et à un verre assorti – rempli d'eau, au cas où elle aurait eu soif. Ou aurait voulu prendre ses médicaments. Il y avait un vase de beaux freesias. Trois bouteilles de pilules bien alignées sur un petit plateau en argent. Une brosse à cheveux, une deuxième boîte de mouchoirs, et une fine montre argentée, sertie de pierres. L'avait-elle enlevée en allant se coucher – pour ne jamais se réveiller ?

Écartant cette idée macabre, Trudy fronça les sourcils.

— C'est très ordonné, non ? remarqua-t-elle. D'après ce qu'on nous a dit, Gisela était perturbée. J'imagine que je m'attendais à ce que sa chambre soit tout aussi chaotique. Mais non. Même le bouquet de freesias est parfait – comme si on venait de l'arranger.

Clement prit un cliché, qu'il examina d'un air pensif.

— Hmm. Autre chose ?

— Je ne suis pas sûre. Mais j'aurais pensé voir son journal quelque part. Ses amies ont confirmé qu'elle en avait un.

L'impressionnante crinière argentée de Clement se tourna brusquement vers elle.

— Vous en tenez un, vous ?

— Oui, avoua Trudy en rougissant. Le mien ferme à clé.

— Et vous pensez que la plupart des jeunes filles en ont un ?

— Je crois. Je sais que c'est le cas de toutes mes amies.

— Le dossier de police ne mentionnait pas le journal de Gisela ? demanda-t-il.

Si on lui avait caché des preuves…

— Non, répondit aussitôt Trudy. On n'a pas trouvé de journal dans la pièce. Et l'agent chargé de rassembler les preuves ne l'aurait pas manqué. À l'époque, personne n'a pensé à demander aux amies de Gisela si elle en avait un. Pour quoi faire ? Nous n'avons pas non plus posé la question à sa mère. Mais je parie que Beatrice Fleet-Wright savait que Gisela en avait un. Si ses amies étaient au courant, ce n'était pas un grand secret.

— Oui, vous avez sûrement raison.

— Quand allons-nous parler à M. Fleet-Wright ? Tout le monde nous a dit que sa fille et lui étaient proches. Il a peut-être des informations à nous donner.

Clement secoua la tête.

— C'est possible. Mais je doute qu'il soit prêt à nous parler. À mon avis, il préférerait que toute cette affaire reste enterrée. N'oubliez pas que nous avons promis à votre supérieur d'être discrets, et si nous nous adressons à Reginald, il va sûrement en faire toute une histoire. Croyez-moi, les hommes riches et sûrs d'eux aiment être écoutés.

Diplomatique, Trudy ne répondit rien, même si elle le fixa d'un regard rieur.

Pendant un instant, le silence régna. Puis Clement rassembla les photographies.

— Très bien. Vous m'avez donné matière à réflexion. Et si vous me disiez pourquoi vous êtes tout excitée, maintenant ?

Trudy le fixa sans comprendre.

— Quand vous êtes entrée, vous aviez clairement des nouvelles.

— Ah oui ! Le sergent d'accueil !

Trudy s'empressa de lui raconter la révélation inattendue de Phil Monroe, et à son grand soulagement, le coroner parut partager son enthousiasme. Il convint rapidement que la priorité était de retrouver le dossier et d'en tirer le maximum de détails. Bien entendu, elle devait prendre beaucoup de notes et lui communiquer les résultats dès que possible.

27

Clive Greaves était inquiet.

Il savait que la police le surveillait, et après cette convocation surprise au poste de police, et l'interrogatoire mené par ce vieux roublard de Jennings, il avait vite compris qu'on le soupçonnait de quelque chose de grave.

Mais il lui avait fallu un petit moment pour deviner de quoi il s'agissait.

Même s'il ne se privait pas d'enfreindre quelques règles (principalement en vendant en douce des lapins et des faisans aux bouchers du coin), en dehors de quelques bagarres dans des pubs, Clive n'avait jamais rien fait qui lui ait valu d'attirer l'attention de la police.

Jusque-là, tout du moins. En traversant un champ labouré pour poser des pièges afin d'attraper quelques pigeons à croquer (et à écouler auprès de la cuisinière d'un pub, dont la tourte au pigeon était célèbre), il se demanda combien de paires d'yeux étaient braquées sur lui.

Il avait aperçu une voiture de police bleu clair et blanc juste devant son pub de quartier l'autre soir. Combien de temps faudrait-il à ses voisins pour la remarquer aussi ? Ou à sa logeuse ? Il n'avait aucune envie de se faire expulser et de devoir chercher une autre chambre à louer dans le coin.

Quand il avait accepté le poste de garde-chasse, il avait espéré qu'on lui attribuerait un petit cottage de fonction, mais le propriétaire, un courtier habitant en ville, avait refusé. Il voulait simplement s'assurer qu'il aurait assez d'oiseaux à abattre les six ou sept fois par an où il invitait ses amis dans son « pavillon de chasse ».

Pas question de jouer les grands seigneurs.

Clive se demandait dans combien de temps il découvrirait que son garde-chasse était suivi par la police et le renverrait. Avec son visage cousu de cicatrices, il avait toujours eu du mal à trouver du travail. Si son emploi actuel lui convenait aussi bien, c'était parce qu'il passait ses journées dans les champs, sans personne pour le dévisager. Et les animaux se fichaient de son apparence.

En maudissant le capitaine Jennings – et Sir Marcus Deering encore plus –, Clive commença à placer habilement les filets et les poids. Enfin, il fixa la petite charge d'explosifs avec un minuteur qui se déclencherait plus tard et projetterait le filet sur huit mètres de froment d'hiver tout juste semé, quand les pigeons viendraient se nourrir.

Il examina le champ, pensif. Avec un peu de chance, il attraperait cinquante pigeons à la fois. S'il les vendait six pence la pièce, ça lui ferait un revenu confortable.

Il ne se doutait pas que Rodney Broadstairs, qui l'observait depuis un petit bosquet, s'empressait de noter que le garde-chasse savait manipuler des explosifs dans son carnet.

Dans son bureau, Clement Ryder continua à étudier les photographies quelques minutes après le départ de Trudy. Oui, maintenant qu'il y pensait, tout semblait très bien rangé. Peut-être même mis en scène ? Bien sûr, il était possible qu'en dépit de ce qu'on aurait pu imaginer, Gisela Fleet-Wright ait été du genre ordonné. Mais il n'y croyait pas.

Si Trudy disait qu'il aurait dû y avoir un journal, il était enclin à lui faire confiance. Il sourit en pensant à la jeune policière, de plus en plus prometteuse. Quel dommage qu'elle doive bientôt retourner faire les corvées de cet imbécile de Jennings !

Écartant cette idée, il se concentra sur l'énigme de la jeune morte. Étant donné ce qu'ils savaient de la personnalité de Gisela, il semblait logique qu'elle ait gardé une trace écrite de ses journées. De toute évidence, elle adorait les mélodrames, et puisqu'elle étudiait la littérature, elle s'était certainement tournée vers l'écriture pour exprimer ses émotions et renforcer son image d'elle-même. Et bien sûr, après un interrogatoire plus approfondi, ses amies avaient confirmé qu'elle notait soigneusement tout ce qui lui arrivait et tout ce qu'elle ressentait.

Pourquoi donc le journal n'avait-il pas été retrouvé ?

Quand il voulut prendre la photographie de la table de chevet, sa main se mit à trembler. Il jeta un regard écœuré à la coupable et alla à la fenêtre en fourrant ses poings dans ses poches.

Mais ne pas les voir ne l'empêchait pas d'y penser.

Étant médecin, il ne savait que trop bien que la situation empirerait à mesure que la maladie progresserait. Ses gestes ralentiraient – ou, comme diraient ses chers collègues, il montrerait des signes de bradykinésie. Il ferait des pas de plus en plus petits. Il risquait même de boiter.

Les moments de raideur deviendraient plus fréquents. En fait, ses muscles se crisperaient douloureusement.

Mais il n'en était pas encore à ce stade. Loin de là ! Pour l'instant, personne ne se doutait de rien, et tant que cela durerait, il comptait bien continuer à travailler.

Il retourna à son bureau, but une petite gorgée de brandy de la flasque cachée dans la poche de sa veste et rassembla les clichés pour les remettre dans leur grande enveloppe kraft.

Peut-être parce qu'il les regardait d'un œil neuf, il remarqua que la disposition des objets sur la table de chevet avait quelque chose d'étrange. Il semblait y avoir un vide significatif du côté le plus proche du lit. Le vase de fleurs était à l'arrière, près du mur, ce qui paraissait logique – cela évitait de le renverser accidentellement en allant se coucher. Le plateau était à côté, lui aussi contre le mur, et la brosse à cheveux tout à gauche.

Ce qui laissait un trou au milieu, là où il aurait dû y avoir quelque chose. Un espace plus ou moins carré, qui faisait juste la taille d'un livre. Et oui, il y avait une trace rectangulaire à peine visible dans la fine épaisseur de poussière. Comme s'il manquait un article en forme de livre. Ce qui n'avait rien d'étonnant, étant donné que Gisela étudiait la littérature.

Et si cela n'avait pas été un recueil de poèmes ou un roman de Hardy, mais un journal intime ?

Trudy retourna directement au commissariat et fonça vers les archives, le cœur battant. Heureusement, les bureaux principaux étaient quasiment vides, la majorité de ses collègues étant sans doute chargés de veiller à la sécurité d'Anthony Deering et du reste de sa famille, de suivre leur principal suspect, ou de vaquer à d'autres tâches en rapport avec l'enquête sur le meurtre de McGillicuddy.

Mais pour une fois, Trudy n'était pas jalouse d'avoir été mise à l'écart de ce processus passionnant.

Grâce à son expérience administrative, il ne lui fallut pas longtemps pour retrouver le dossier décrit par Phil Monroe. Même si faire tomber un livreur de son vélo et le dévaliser n'était pas le crime du siècle, la victime transportait des médicaments, si bien que l'enquête avait été menée sérieusement.

Le meuble de classement de 1955 était au fond de la salle des archives, et après avoir rempli les formulaires et bavardé quelques minutes avec le documentaliste, elle put consulter le dossier poussiéreux.

Le commis de pharmacie, Jack Braine, était moins jeune qu'on aurait pu le croire : à l'époque du vol, il avait déjà trente-cinq ans. En lisant entre les lignes, elle comprit que M. Braine, le frère de la femme du préparateur en chef, n'était pas particulièrement futé, mais il travaillait pour eux comme livreur depuis des années. D'après le policier qui avait mené l'enquête, on le considérait comme fiable et digne de confiance, et ses clients l'aimaient bien. La plupart, nota-t-elle, étaient âgés ou infirmes, si bien qu'ils ne pouvaient pas aller à la pharmacie.

Heureusement, M. Braine ne s'était fait que quelques égratignures en tombant de son vélo, puisqu'il avait atterri sur le bas-côté plutôt qu'en plein milieu de la route – ce qui aurait pu très mal finir s'il avait été écrasé par une voiture ou un camion. Malheureusement, il avait été incapable de décrire son agresseur : le temps qu'il se relève, le coupable s'était déjà enfui avec les médicaments et le peu de liquide qu'il transportait.

Cette tâche était échue au principal témoin de l'enquête, un certain M. Malcolm Finch, domicilié à Cowley.

Avec un froncement de sourcils désapprobateur, Trudy remarqua qu'il avait fallu presque une semaine à M. Finch pour fournir ces informations. En guise d'excuse, il avait expliqué qu'au moment de l'incident, il allait à un rendez-vous important qui avait lieu dix minutes plus tard. Il avait ajouté que puisque la victime avait l'air indemne, il n'était pas resté observer la suite de l'affaire avec les autres badauds. Ce n'est qu'ensuite que sa conscience l'avait troublé, si bien qu'il s'était rendu au commissariat cinq jours après les faits.

Maudissant les caprices des civils, Trudy lut avec intérêt son témoignage tardif. Il racontait qu'il passait sur Broad Street pendant sa pause déjeuner pour acheter des collants à sa femme. Il avait vu l'incident et cru reconnaître l'agresseur, un homme qui avait jardiné chez un voisin.

En lisant ces mots, Trudy eut le vertige, comme si les murs du bureau se resserraient autour d'elle. *Jardiné ?*

Fiévreusement, elle parcourut des yeux le rapport, ignorant le jargon de police et cherchant le nom…

Jonathan McGillicuddy.

L'homme qui avait volé l'argent et les médicaments de M. Braine n'était autre que Jonathan McGillicuddy !

28

Anthony Deering se demandait si monter Darjeeling si tôt après sa sortie de l'hôpital n'était pas une mauvaise idée, finalement. Même s'il gardait sa monture au pas, il savait que son vieil ami brûlait de courir, et qui aurait pu le lui reprocher ? Mais le moindre mouvement l'élançait, si bien qu'il serrait les rênes de son cheval, l'empêchant de partir au trot.

Comme Darjeeling exprimait son mécontentement en secouant sa belle tête et en dansant d'une patte sur l'autre, Anthony raccourcissait encore davantage les rênes et le maudissait affectueusement.

Mais malgré son inconfort et les caprices de l'animal, il était content de quitter la maison. Il faisait doux, quoique encore humide, et l'air frais le ragaillardissait. De plus, le sergent O'Grady n'avait pas protesté quand il lui avait dit avoir envie de sortir ; Anthony avait eu l'impression que les policiers avaient un suspect et savaient où il était et ce qu'il faisait.

Ce qui était une excellente nouvelle. Il s'apercevait à présent qu'auparavant, il avait pris la situation un peu trop à la légère. Mais frôler la mort lui avait donné une leçon qu'il ne risquait pas d'oublier !

— Du calme, mon vieux, dit-il à son cheval.

Ils approchaient d'une grille à bétail fixée sur le sol entre deux vieux poteaux, destinée à empêcher les moutons de son père de s'aventurer dans un champ d'orge d'hiver fraîchement semée. Il savait que Darjeeling détestait traverser les obstacles de ce genre, ce qui était compréhensible. Les sabots de cheval et les barres de fer parallèles ne faisaient pas bon ménage.

— Tu veux sauter ? marmonna-t-il.

Puis il réfléchit à ce qu'une telle manœuvre ferait à ses côtes endolories et soupira.

— Désolé, mon vieux, pas cette fois. Il faudra faire attention à tes pattes.

Cette décision était regrettable. Anthony Deering l'ignorait, mais il aurait bien mieux fait de sauter par-dessus l'obstacle, quitte à serrer les dents à l'atterrissage. Au moment où Darjeeling se mit à négocier la grille à contrecœur, son sabot antérieur droit heurta un fil de pêche tendu près du sol entre les deux poteaux. La pression relâcha une épingle en métal attachée à une petite boîte noire qui contenait un pétard destiné à faire fuir les oiseaux, et celui-ci explosa dans un bruit de fusil.

Darjeeling, déjà perturbé par l'obstacle, émit un hennissement de terreur, sauta en l'air et s'enfuit à toute vitesse, abandonnant son maître, qui gisait sur la grille en métal et hurlait de douleur.

— Vous voyez ? C'était forcément un meurtre !

Trudy faisait les cent pas devant le bureau du coroner, sur lequel elle avait jeté négligemment son chapeau d'uniforme. Tout excitée, les joues rouges, elle lisait ses notes en rayonnant de fierté.

— Il est écrit juste là, dit-elle à une telle vitesse que Clement avait du mal à suivre, que quand M. McGillicuddy a été présenté au milieu d'autres suspects, le témoin, Malcolm Finch, a dit qu'il était presque certain de l'avoir vu voler Jack Braine. Même s'il n'a pas voulu que cela soit inscrit officiellement dans le rapport de police. Mais les gens sont souvent réticents à témoigner, ajouta Trudy avec un soupir tellement blasé que le coroner réprima un sourire.

— Et vous en déduisez que Gisela a été assassinée ? demanda-t-il d'un ton égal.

— Oui, et je vais vous dire pourquoi ! insista Trudy en feuilletant ses notes. Vous êtes médecin. Je n'arrive même pas à prononcer la moitié des noms des médicaments volés, sans parler de les épeler. Mais je les ai soigneusement notés, et ensuite, je suis retournée voir les dossiers du tribunal du coroner et… voilà… Vous voyez ?

Elle brandit son carnet, ouvert à la page où elle avait méticuleusement recopié le nom des médicaments volés à Braine, et désigna un long mot. Puis, dans le compte rendu de l'audience Fleet-Wright, elle mit le doigt sur le même mot.

— C'est le même médicament ! Gisela prenait ce… ce…

Elle buta sur la formule chimique difficile à prononcer. Clement la lui lut gentiment à haute voix, sans difficulté.

— Oui. C'est les pilules que prenait Gisela ! Vous ne voyez pas ? Jonathan les a volées pour la tuer.

— Et la mère lui a fourni un alibi ? s'étonna Clement.

Il l'observait avec un sourire presque affectueux. Elle trépignait d'enthousiasme !

Mais sans aucun doute, la jeune policière avait déniché une information cruciale. Simplement, il ne savait pas encore très bien quelle place elle tenait dans le puzzle qu'ils essayaient de reconstituer.

— Bien sûr ! Ils étaient de mèche. Regardez…

Trudy recommença à feuilleter frénétiquement son carnet. Elle était debout devant le bureau, si près de lui que la manche de son uniforme touchait la sienne. Pendant un instant, tout en parcourant ses notes, elle fut assez proche pour sentir son haleine.

Et l'odeur d'alcool.

Elle était policière : elle l'aurait reconnue entre mille. Le plus souvent, Rodney Broadstairs et elle passaient une bonne partie de la nuit du samedi à escorter des ivrognes chahuteurs vers les cellules.

Pendant un instant, l'étonnante révélation que le Dr Clement Ryder aimait boire pendant la journée la déconcentra. Pour autant qu'elle se souvienne, elle n'avait pas entendu de rumeurs à ce sujet.

Mais elle était trop excitée par sa trouvaille pour y penser. Même si elle se promit d'y réfléchir plus tard.

— Voilà. Après avoir été amené au commissariat et identifié par M. Finch, Jonathan a été interrogé par le sergent responsable de l'enquête, qui lui a lu ses droits et l'a informé qu'il avait de bonnes chances d'être inculpé pour vol et agression. Mais quand on lui a demandé où il était au moment du vol, Jonathan McGillicuddy a immédiatement répondu qu'il jardinait pour Mme Beatrice Fleet-Wright. Mais nous savons qu'à cette époque…

Trudy souligna la date du vol.

— … Jonathan ne travaillait plus pour les Fleet-Wright depuis un bon moment ! Et notez que c'était moins d'une semaine avant la mort de Gisela.

— Si je me souviens bien, il est parti juste avant de quitter Gisela, commenta Clement.

Ce qui était logique. Si on sait qu'on va rompre avec une fille, on fait en sorte de ne pas rester dans le jardin familial.

— Exactement. Donc Beatrice a dû mentir quand elle lui a donné cet alibi ! Et regardez la date du vol. M. Braine a été agressé trois jours avant la mort de Gisela ! C'est forcément significatif.

Trudy fixa le vieux vautour en se demandant pourquoi il n'était pas plus enthousiaste. De toute évidence, c'était la percée qu'ils attendaient, non ?

— Bon, asseyons-nous une minute et réfléchissons calmement et rationnellement, ordonna Clement.

À contrecœur, Trudy se força à se poser au bord de sa chaise.

— Vous dites que Jonathan McGillicuddy a détroussé le livreur du pharmacien pour mettre la main sur ce médicament en particulier, parce qu'il savait que Gisela le prenait, c'est ça ?

— Oui.

— Et le but était de lui faire faire une overdose mortelle ?

— Exactement.

— Et Mme Fleet-Wright était complice, si bien qu'elle lui a fourni un faux alibi quand il en a eu besoin ? continua-t-il patiemment.

Trudy commençait à se lasser de cette discussion mesurée, précautionneuse. Elle savait que le coroner était un homme lettré et intelligent, mais pourquoi fallait-il qu'il soit toujours aussi pédant ?

— Oui. C'est évident, non ?

Clement Ryder lui fit un sourire indulgent.

— Vraiment, mademoiselle Loveday ? demanda-t-il gentiment. Pourquoi Jonathan avait-il besoin de voler les médicaments ? Sa mère avait accès à la réserve de Gisela.

Trudy ouvrit la bouche, puis la referma, anéantie par sa logique implacable. Elle réfléchit un instant puis reprit lentement :

— Eh bien, peut-être que c'était juste Jonathan ? Il avait quitté Gisela et ne travaillait plus dans les jardins, donc il n'avait pas accès à sa chambre. Ce qui voulait dire qu'il devait se procurer les médicaments par lui-même. Il savait quelle marque elle prenait, non ?

— Très bien, concéda Clement. Partons du principe que c'est vrai. Il vole les médicaments. Comment les lui fait-il prendre ? Souvenez-vous, le cadavre ne présentait aucun signe de violence, et personne ne l'a vu dans la maison le jour de sa mort.

— Oh ! franchement ! Il aurait pu facilement s'introduire chez elle. Et Gisela aurait été si heureuse de le voir !

— Si heureuse qu'elle l'aurait laissé la gaver de médicaments ?

Trudy le fixa, furieuse. Elle commençait à se sentir idiote, douloureusement consciente qu'elle se donnait en spectacle. Son enthousiasme retombait, mais un démon intérieur l'empêchait d'abandonner aussi facilement ses belles théories.

— Non. Mais si c'était sa mère, elle aurait accepté !

— Donc nous voilà revenus à la théorie de la complicité entre Beatrice et Jonathan ? Dans ce cas, ma question précédente se pose toujours. Pourquoi avait-il besoin d'agresser le commis du pharmacien ?

Trudy s'effondra contre son dossier. Ça n'avait aucun sens, n'est-ce pas ? À moins que…

— Et s'ils n'avaient conspiré ensemble qu'après la mort de Gisela ? suggéra-t-elle.

Oui, c'était plus logique.

— Supposons que Jonathan a bien volé les médicaments, et a réussi à les faire avaler à Gisela. Et ensuite, d'une manière ou d'une autre, Beatrice l'a découvert. Et, encore une fois pour une raison inconnue, elle a accepté de le couvrir. Peut-être par peur du scandale ou pour…

Elle se tut en voyant les sourcils blancs du coroner se relever lentement devant tous les « si » et les « peut-être » qu'elle accumulait.

— Oh ! je sais que c'est un peu bancal – mais elle a peut-être voulu éviter le scandale, non ? s'obstina Trudy. Ils sont catholiques, et mon père a toujours dit que les riches ne sont pas comme les autres, qu'ils ne pensent pas comme nous. Ou elle était peut-être… eh bien… très attachée à Jonathan, elle-même.

Elle fit cette deuxième proposition un peu timidement. Penser qu'une femme de l'âge de sa mère pourrait s'intéresser à un homme aussi jeune la faisait rougir, mais elle savait que ce genre de choses arrivait.

— Très bien, développons cette hypothèse, répondit Clement en faisant mine de ne pas remarquer son embarras soudain. Jonathan a tué Gisela et, pour une raison ou pour une autre, savait qu'il pouvait compter sur la mère pour le soutenir. Laissez-moi vous poser une question toute simple.

Trudy se crispa, sentant venir le piège.

— Oui ? releva-t-elle d'un ton hésitant.

— Pourquoi Jonathan McGillicuddy a-t-il assassiné Gisela ?

— Pourquoi ? Eh bien, parce que… parce que… il l'aimait. Ou la détestait. Ou parce qu'elle était insupportable – je vous laisse choisir !

— Non, ça ne marche pas, mademoiselle Loveday, et vous le savez. Les hommes tuent les femmes par passion ou par jalousie, en effet. Mais nous savons déjà que c'est Jonathan qui l'a quittée. Donc il n'était plus amoureux d'elle. Et au moment de sa mort, il lui avait échappé depuis plusieurs mois. Il n'avait aucune raison de vouloir sa mort. Pourquoi faire autant d'efforts et prendre autant de risques pour la tuer ?

— Mais nous savons que Gisela était décidée à le reconquérir, insista courageusement Trudy. Elle essayait toujours de lui parler, elle le suivait partout, même. Et elle n'était pas précisément stable émotionnellement. Peut-être qu'il avait peur qu'elle… je ne sais pas… fasse quelque chose de vraiment fou qui le couvre de honte. Ou peut-être qu'elle avait commencé à se comporter de façon tellement étrange qu'il s'inquiétait pour sa mère – ou sa petite fille !

— Oui, c'est bien possible, concéda enfin Clement. Mais nous n'avons aucune preuve. Et si cela avait été vrai, s'il s'était fait du souci, pourquoi n'aurait-il pas simplement contacté la police ? Ou un avocat ? Ou la famille de la jeune fille, pour leur dire qu'ils devaient agir s'ils ne voulaient pas qu'il la fasse interner ? N'oubliez pas que d'après nos sources, Jonathan McGillicuddy était un garçon simple, respectueux des lois. Pensez-vous vraiment que sa première réaction aurait été d'envisager un assassinat ? Sans même essayer une autre solution ?

Trudy cilla.

— Ou que la mère de la jeune fille – sa propre mère, Trudy – aurait comploté avec lui le meurtre de sa fille unique ?

— Le capitaine Jennings dit que la plupart des assassinats ont lieu dans le cadre familial, rétorqua Trudy.

Mais pour être honnête, elle se sentait désorientée. Quand elle avait lu le dossier Braine, elle avait cru détenir toutes les réponses à leurs questions. À présent, elle ne savait plus ce qu'elle avait débusqué. Sauf peut-être une couche de chaos supplémentaire.

Pendant un instant, elle garda le silence, en boudant à moitié. Même si elle était agacée que le vieux vautour soit un tel rabat-joie, elle se rendit peu à peu à l'évidence : il avait probablement raison. En analysant à nouveau les indices qu'ils détenaient, la tête froide cette fois, elle fut frappée par une certitude.

Elle n'était pas assez intelligente pour exercer ce métier.

Le Dr Ryder avait tout de suite vu les problèmes posés par ces nouvelles preuves, alors que Trudy ne s'était doutée de rien !

— Je n'ai pas l'étoffe d'une bonne enquêtrice, finit-elle par lâcher, toute triste.

— Balivernes ! Ne commencez pas à vous apitoyer sur vous-même, Loveday, aboya Clement. À mon avis, votre petit doigt a plus de jugeote que tous vos collègues réunis. En tout cas, plus que ce petit coq décérébré qui s'admire dans la vitre à chaque fois que je le vois.

Malgré elle, Trudy éclata de rire devant cette description de Rodney Broadstairs.

— Mais j'ai cru que j'avais trouvé les réponses. Je pensais que j'avais tout compris. Et j'avais tort.

Clement se permit un sourire en coin. Décidément, cette jeune femme n'était pas à une contradiction près. Brillante mais naïve, innocente mais rusée, déterminée et têtue, mais prompte à rougir. Elle avait encore ce côté inachevé des adolescents qui n'ont pas fini de grandir, au point qu'il s'inquiétait parfois. Et pourtant, il était indéniable qu'elle l'aidait à organiser, analyser et évaluer ses idées. Aussi surprenant que cela puisse paraître, il sentait qu'ils feraient une excellente équipe.

— Alors dites-moi, que retenez-vous de cet épisode ? demanda-t-il, appréciant de retrouver son rôle de professeur.

— Qu'il ne faut pas tirer des conclusions trop rapides, répondit immédiatement Trudy, non sans amertume.

— Et cette leçon n'est-elle pas plus utile que tous vos cours à l'école de police ? Quoi d'autre ?

Trudy réfléchit un instant.

— Qu'il est important de recourir à la logique. De poser des questions et d'y répondre. De garder la tête froide et de douter de tout.

— Des leçons encore plus essentielles, conclut-il d'un ton approbateur. Et vous vous figurez que vous n'êtes pas faite pour ce métier ?

— Vous essayez simplement de me remonter le moral.

— Jeune fille, laissez-moi vous assurer que j'ai mieux à faire de mon temps précieux que de flatter votre ego. Passons aux choses sérieuses, voulez-vous ?

Il se leva et enfila son imperméable et son feutre préféré.

— Où allons-nous ? demanda Trudy.

Elle rassembla précipitamment ses accessoires, qu'elle rangea dans sa sacoche en cuir. Vissant son chapeau sur son crâne, elle glissa quelques mèches rebelles dessous.

— Nous retournons voir Beatrice Fleet-Wright, bien sûr, rétorqua Clement en lui jetant un regard noir. Qui d'autre ?

29

Un sourire courtois aux lèvres, Beatrice Fleet-Wright n'eut pas l'air particulièrement étonnée de revoir ses deux visiteurs à peine quelques jours après leur première visite.

Elle les fit entrer dans la même belle pièce stérile que la fois précédente, mais ce jour-là, elle ne leur proposa pas de thé. Pour manquer à ce point à ses devoirs d'hôtesse, elle devait être bien nerveuse sous son vernis de curiosité polie. Ou alors, c'était une indication délibérée et peu subtile qu'elle ne souhaitait pas qu'ils s'attardent

Mais Trudy penchait plutôt pour la première hypothèse.

Même si elle était trop jeune pour se souvenir vraiment de la guerre, elle se rappelait bien les mornes années de rationnement qui avaient suivi. Elle avait douze ans quand elle avait goûté à son premier bonbon. Mais quand les gens manquaient de tout, les lois de l'hospitalité n'étaient devenues que plus importantes. Un jour, sa mère avait partagé sa dernière cuillère de thé avec une femme âgée qui était venue demander la charité pour un orphelinat. Et pendant le reste du mois, toute la famille avait dû boire une infusion de pissenlit tellement infecte que même le chien avait refusé d'y toucher quand elle avait vidé sa tasse dans son bol.

— Je suis désolé de vous importuner à nouveau, madame Fleet-Wright, commença Clement, mettant un terme aux rêveries de Trudy. Mais la dernière fois que nous vous avons parlé de M. McGillicuddy, il me semble que vous avez oublié de mentionner un détail important.

Pendant un instant, Beatrice – très élégante en cardigan gris souris et chemisier nacré – se figea. Puis elle s'autorisa un froncement de sourcils perplexe.

Trudy remarqua son maquillage subtil et savamment appliqué, ainsi que la vague odeur de violettes qui l'entourait. Il était presque impossible de croire que cette quinquagénaire respectable et fortunée puisse être liée à un meurtre, sans parler de deux. À supposer que la mort de sa fille n'ait pas été aussi accidentelle que le tribunal du coroner l'avait conclu.

— Ah ? Je ne pense pas, répondit poliment Beatrice. Je suis sûre d'avoir répondu correctement à toutes les questions que vous m'avez posées.

Clement retint un petit sourire appréciateur. Oui, c'était une réponse très habile, admit le docteur qui commençait à comprendre que Mme Beatrice Fleet-Wright était une femme très intelligente.

— Peut-être était-ce notre faute, concéda-t-il aimablement. Laissez-moi clarifier les choses. Depuis notre visite, nous avons appris qu'au moment de la mort de votre fille, vous avez été, au moins une fois, en contact avec M. McGillicuddy. N'est-ce pas ?

Même par une journée grise au cœur d'un hiver sombre, avec le peu de lumière qui filtrait par les fenêtres, Trudy vit distinctement leur hôtesse pâlir.

— Vraiment ? murmura-t-elle. C'était il y a si longtemps… Et mes souvenirs de cette époque sont…

Elle eut un geste impuissant.

— Mon médecin m'avait prescrit des sédatifs. J'ai bien peur que ma mémoire soit un peu confuse. C'était une période traumatisante, vous comprenez. J'essaie de ne pas y penser.

Trudy cilla en entendant cette suite décousue de phrases et cette kyrielle d'excuses censées expliquer son oubli.

Mais Trudy n'était pas dupe : il était clair comme de l'eau de roche qu'elle mentait.

— Mais l'incident dont nous parlons avait de quoi vous marquer, madame, insista Clement, impitoyable sous un vernis de douceur. Après tout, il est rare qu'une dame doive fournir un alibi à un jeune homme accusé de vol.

— De vol…

Pendant un instant, Beatrice eut l'air sincèrement perplexe, le regard vide. Trudy sentit un frisson glacé lui parcourir l'échine. Apparemment, Beatrice avait cru qu'ils l'accusaient de tout autre chose.

Mais alors… De quoi cette femme avait-elle pensé qu'ils parlaient ? Quel autre contact avait-elle eu avec l'ancien petit ami de sa fille ?

— Oh… Oh ! oui. Je m'en souviens, maintenant ! Cette accusation absurde contre Jon… M. McGillicuddy… qui aurait volé de l'argent et… des choses… à un pharmacien, c'est bien cela ? demanda Beatrice avec un petit rire crispé.

Elle avait dit des « choses », pas des médicaments, alors que ç'avait été le premier mot auquel elle avait dû penser, remarqua Trudy. Mais à l'évidence, Mme Fleet-Wright n'aimait pas parler de médicaments, ce qui n'était peut-être pas si étonnant. Ça devait être un sujet sensible, étant donné la dépendance de sa fille à ses traitements, et le rôle qu'ils avaient joué dans sa mort.

Elle jeta un coup d'œil au coroner pour voir s'il avait remarqué ce lapsus significatif. Probablement.

— Absurde, vraiment ? releva Clement.

— Bien sûr ! M. McGillicuddy était un homme respectable et travailleur. Il n'avait jamais eu d'ennuis avec la justice – comme vous devez le savoir.

Trudy acquiesça. La victime était inconnue des services de police.

— Donc vous êtes certaine qu'il n'aurait pas pu être l'agresseur du commis ? Même s'il a été identifié par un témoin ? intervint Clement.

L'espace d'un instant, une drôle d'expression se peignit sur le visage de Beatrice mais elle se dissipa avant que Trudy puisse l'analyser complètement. Cependant, elle était sûre qu'il y avait de la colère – et peut-être de la peur ? Ou bien… du regret ? De la tristesse ? Un sentiment négatif, en tout cas.

— De toute évidence, cette personne s'est trompée, rétorqua Beatrice.

Elle prit une grande inspiration. Clement, qui l'observait avec un détachement clinique, se fit la réflexion que si elle continuait comme ça, elle risquait d'hyperventiler. Elle devait être submergée par l'émotion, au bord de la crise de nerfs.

— Il a eu de la chance de disposer d'un alibi aussi solide, remarqua Clement en la scrutant.

— Oui, oui, je suppose. Quand la police a appelé et a posé des questions… En fait… mon magnolia se portait mal depuis un moment. Et je ne faisais pas vraiment confiance au jardinier que nous avions engagé après le… euh… départ de Jonathan… pour bien s'en occuper. Je lui ai donc demandé s'il voulait bien le tailler. Un travail ponctuel – et c'est tombé ce jour-là.

Beatrice s'interrompit le temps de reprendre son souffle.

— C'est une coïncidence troublante, commenta Clement d'un ton neutre.

— Mais les coïncidences existent, n'est-ce pas, docteur Ryder ? Naturellement, quand la police m'a contactée pour me demander si M. McGillicuddy travaillait dans mon jardin au moment où ce pauvre homme s'est fait détrousser, je ne pouvais que confirmer.

— Naturellement. Et c'est la dernière fois que vous l'avez vu ?

— Oui.

— Et votre fille est morte quelques jours après le vol ?

Beatrice déglutit avec difficulté.

— Oui, répondit-elle tout bas.

— Madame Fleet-Wright, reprit Clement avec douceur. Vous êtes certaine de ne pas savoir qui a tué M. McGillicuddy ?

Beatrice pâlit, puis elle le regarda droit dans les yeux pendant plusieurs secondes.

— Docteur Ryder, finit-elle par répondre, je peux vous assurer que je n'ai aucune idée de l'identité de l'assassin.

— Ni de son mobile ?

— Ni de son mobile, répéta-t-elle d'un ton ferme.

— Alors, vous la croyez ? demanda Trudy alors qu'ils se dirigeaient vers sa Rover.

— À quel sujet ? L'alibi qu'elle a fourni à votre victime, ou le fait qu'elle ne sache pas qui l'a tuée ?

— L'alibi.

— Non, je crois qu'elle mentait comme une arracheuse de dents, répondit Clement.

— Moi aussi ! Et pourtant, malgré tout, je ne suis pas certaine qu'elle mentait pour le reste, commenta Trudy après un instant de réflexion. Quand elle a dit qu'elle ne savait pas qui a tué Jonathan, j'ai eu l'impression qu'elle était sincère.

Puis, pour éviter qu'on la taquine sur son « intuition féminine » (ses collègues adoraient s'en moquer avec une condescendance toute masculine), elle ajouta :

— Mais bien sûr, mon opinion personnelle n'a pas d'importance. Il nous faut des faits et des preuves.

Combien de fois le sergent O'Grady et le capitaine le lui avaient-ils répété ?

— Oui, c'est toujours mieux, répondit Clement avec ironie. Mais un bon détective doit aussi écouter son intuition. À mesure qu'on gagne en expérience, on remarque des choses qu'on ne peut pas toujours quantifier. Parfois, l'instinct est un bon point de départ.

Étonnée par cette observation peu scientifique, Trudy

garda le silence, pensive, tandis qu'il les ramenait au commissariat.

Elle venait à peine d'arriver quand on lui apprit qu'Anthony Deering avait à nouveau frôlé la mort.

— Il a pu rester chez lui, ce qui est une bonne nouvelle, lui raconta Rodney Broadstairs en se recoiffant d'une main tout en prenant son carnet. Son généraliste a dit qu'il n'avait rien de cassé, donc il n'a pas eu besoin de retourner à l'hôpital, le pauvre. Mais ajoutés à toutes ses autres blessures, ces éraflures et ces bleus ont dû lui faire un mal de chien. Pas question que je monte sur un cheval, moi !

Trudy réprima un éclat de rire à l'idée de Rodney sur un cheval.

— Alors, qu'est-ce qu'il se passe ?

— Le capitaine a convoqué Clive Greaves pour un deuxième interrogatoire. Il est en train de le cuisiner dans les cellules. Enfin, ça paraît logique que ce soit lui, non ?

— Ah bon ?

— Oui. Je t'ai dit – le cheval a eu peur d'un de ces trucs qui explosent de temps en temps dans les champs, pour éloigner des graines les pigeons, les corbeaux et tout ça. Et le gars est garde-chasse, hein ? Sur un domaine avec des cultures, en plus du gibier. Ça paraît logique qu'il ait accès à ces machins et qu'il sache les utiliser.

— Mais à peu près n'importe qui pourrait s'en procurer un, rétorqua Trudy. On en vend dans les drogueries. Et ça ne doit pas être si compliqué à faire marcher, si ?

— Nan, Jennings est sûr que c'est lui. Un, il a été brûlé dans cet incendie, répondit Broadstairs, en comptant sur ses doigts. Deux, il est de la région. Et trois, la dernière tentative de faire la peau au précieux petit Deering avec un outil agricole ? C'est forcément Greaves, non ? En tout cas, tant qu'il est coincé là avec le sergent et le capitaine, toi et moi, on n'aura plus besoin de passer nos nuits à l'observer.

C'était déjà ça, se dit Trudy avec un grand sourire. Elle en avait assez de frissonner en regardant M. Greaves rentrer chez lui en titubant après une soirée au pub.

Mais le lendemain matin, quand Sir Marcus Deering reçut ce qui allait s'avérer être sa dernière lettre anonyme, il apparut que suivre Clive Greaves avait été inutile.

Le courrier arriva en express, et une enquête poussée auprès de la poste révéla qu'elle avait été postée à 14 h 30 la veille. À cet instant, M. Clive Greaves « aidait la police » dans une cellule de St Aldates.

À moins qu'il ait eu un complice – ou qu'il ait le don d'ubiquité – le capitaine Jennings dut concéder que l'homme n'avait pas pu envoyer cette dernière lettre.

Dès que sa secrétaire lui avait tendu l'enveloppe, d'une main tremblante, Sir Marcus avait appelé Jennings, qui s'était rendu chez lui accompagné du sergent O'Grady. Les trois hommes étaient réunis dans son bureau, dans une atmosphère pesante.

— Et voilà, c'est arrivé, comme je l'ai toujours prédit ! avait dit Sir Marcus d'une voix blanche à leur arrivée.

Il avait une mine affreuse et ses épaules voûtées lui donnaient l'air défait. Les traits tirés par la terreur et le désespoir, il leur tendit le mot.

L'heure a sonné.

Sir Marcus s'effondra dans son fauteuil.

— Qu'est-ce que je peux faire ? Je dois sauver mon fils ! Vous croyez que si je proposais de verser des dédommagements, ça protégerait Anthony ? C'est une bonne idée, non ? Je peux écrire dans le journal que je vais indemniser les survivants de l'incendie. Vous m'aiderez à les trouver, n'est-ce pas ?

Jennings accepta à contrecœur, ému par sa détresse, et débita les platitudes rassurantes habituelles, déclarant qu'ils trouveraient l'assassin de Jonathan McGillicuddy, que ce n'était qu'une question de temps. Mais il n'y croyait qu'à moitié.

30

Une Glenda Gordon nerveuse marchait dans la rue en regardant fréquemment par-dessus son épaule, comme si elle s'attendait à voir son mari lui courir après, l'air furieux.

Bien entendu, il ne fit rien de tel. Une fois de plus, il était au jardin ouvrier, où, à cette heure-là, il passait plus de temps dans la cabane à boire le thé au whisky de son thermos avec sa bande de vieux amis qu'à bêcher.

Elle se précipita vers le commissariat de St Aldates avant de perdre courage et de rentrer chez elle, puis elle examina les environs. Heureusement, par un après-midi de janvier aussi terne, tout le monde était trop pressé pour faire attention à elle.

Elle entra et jeta un coup d'œil furtif autour d'elle. C'était la première fois qu'elle entrait dans un commissariat. Agrippée à son sac à main, elle se dirigea vers le sergent d'accueil – qui avait l'air plutôt gentil – et lui fit un sourire qu'elle espérait confiant.

Avec un détachement professionnel et une pointe de curiosité, Phil Monroe regarda la dame s'approcher. Manteau de bonne qualité, chaussures correctes, femme au foyer typique. Pâle, avec de grands yeux angoissés. Craintive. Tout en la saluant, il se demanda ce qu'elle voulait déclarer. Un chat perdu, un voyeur ?

— Oui, madame, qu'est-ce que je peux faire pour vous ?

— Est-ce que Mlle Loveday est là, s'il vous plaît ?

demanda Glenda en fixant la porte ouverte menant au bureau principal, comme si elle s'attendait à apercevoir des loups affamés se disputant une carcasse de cerf. Je me demandais si je pouvais lui parler en privé ?

Elle ne savait pas si d'anciens collègues de Dickie travaillaient là, et elle n'avait aucune envie qu'il entende parler de son passage au commissariat.

Phil acquiesça, souleva la planche derrière son bureau et quitta son domaine tout en lui adressant un sourire rassurant.

— Rien de plus facile, madame. Suivez-moi, s'il vous plaît.

Après avoir pris son nom, il la laissa dans une salle d'interrogatoire et s'empressa d'aller chercher sa collègue préférée, devinant que le témoin de Trudy Loveday risquait de s'esquiver si on la laissait seule.

Elle avait un côté lièvre effarouché.

— Bonjour, madame Gordon, lança Trudy d'un ton joyeux en entrant.

— J'ai réfléchi à ce que vous m'avez dit, commença Glenda, voulant vider son sac avant de changer d'avis. Je ne sais pas ce qu'elle contient. Mais je connais mon Dickie et ses combines, et je sais qu'il n'a pas pu faire quoi que ce soit de vraiment grave, sinon je ne serais pas là.

Voilà, c'était dit. Elle sortit de son sac une petite enveloppe kraft matelassée.

— Il cache ses petits secrets dans son tiroir à chaussettes, vous voyez, expliqua-t-elle. C'est bête, parce que je sais où il garde la clé. D'habitude, il range juste une bouteille de bon brandy et quelques… euh…

Elle s'interrompit. Pas la peine de parler à cette jolie jeune fille des photos cochonnes sur lesquelles Dickie bavait, même s'il n'y avait rien d'illégal à cela.

— Bref, je crois que c'est peut-être ce que vous vouliez, conclut-elle en tendant l'enveloppe à une Trudy étonnée. Attention, j'en aurai besoin quand vous aurez fini. Je veux la remettre dans le tiroir à chaussettes avant qu'il se rende compte qu'elle a disparu.

Le cœur battant, Trudy lut les initiales que l'ancien policier avait griffonnées sur un côté. G F-W.

Le journal ! C'était forcément ça. Mais l'idée lui avait à peine traversé l'esprit que Trudy comprit qu'elle s'était trompée. L'enveloppe était bien trop légère. En fait… Elle jeta un coup d'œil à l'intérieur et ne vit qu'une feuille de papier pâle protégée par un sachet en plastique, de ceux qu'on utilise pour récolter les preuves.

— Quand est-ce que je pourrai la récupérer ? demanda Glenda.

La question lui évita de céder à son premier réflexe : sortir la feuille et la lire. Bien sûr, elle ne pouvait pas faire cela. Il y avait un protocole à respecter.

Trudy regarda sa visiteuse et réfléchit rapidement.

— Demain, ça irait ?

En réalité, elle ne savait pas si Glenda pourrait récupérer l'enveloppe aussi vite. Après tout, elle devrait la donner au coroner, puis il faudrait l'examiner, et peut-être même l'envoyer au laboratoire. Et si le contenu prouvait qu'un crime avait été commis, on ne le rendrait probablement jamais à Mme Gordon.

Mais celle-ci refuserait de s'en séparer si elle le savait.

— Oui, pas de problème, répondit-elle, l'air si soulagée que Trudy se sentit immédiatement coupable. Comme je vous le disais, je ne sais pas ce que c'est. Je n'ai pas regardé.

— Donc vous ne l'avez jamais sorti du sachet plastique ?

Elle secoua la tête, au grand soulagement de Trudy. Tant mieux. Ça ferait une série d'empreintes digitales en moins à analyser.

— Après ce que vous avez dit sur le… meurtre et… tout ça, je n'ai pas dormi de la nuit, expliqua Glenda. J'espère… j'espère… Il ne va rien arriver à mon Dickie, hein ? s'écria-t-elle, à bout de nerfs.

Trudy s'empressa de la rassurer.

— Je ne pense vraiment pas que l'assassin fasse courir un danger immédiat à votre mari, madame, déclara-t-elle en priant pour que ce soit vrai. Et je vous promets que je ferai de mon mieux pour que votre famille et vous ne souffriez pas des conséquences de cette affaire, ajouta-t-elle en agitant l'enveloppe.

Une fois de plus, Trudy espéra qu'elle pourrait aussi tenir cette promesse. Mais elle était très consciente qu'on ne demanderait pas l'avis d'une humble stagiaire. Ceci dit, le capitaine Jennings et ses supérieurs n'auraient aucune envie de porter atteinte à la réputation de la police – si bien que s'ils pouvaient taire le nom de Richard Gordon, ils le feraient.

Tout en prenant d'autres engagements imprudents, Trudy poussa doucement la femme blafarde vers le hall d'entrée, où Phil Monroe les observa, pensif.

— La dame n'était pas très contente, commenta-t-il une fois que Glenda, après avoir jeté un dernier coup d'œil angoissé par-dessus son épaule, se fut enfuie.

L'euphémisme du siècle.

— Non, acquiesça Trudy.

Elle brûlait d'ouvrir l'enveloppe, mais décida à contrecœur d'attendre qu'un supérieur l'ait vue. Elle hésita un instant – devait-elle l'apporter directement au capitaine Jennings, ou à Clement Ryder ?

Mais elle savait en qui elle avait le plus confiance. Si elle la donnait au capitaine, il la lui prendrait et elle ne la lirait probablement jamais, tandis que le Dr Ryder semblait ravi de collaborer avec elle, et était bien plus disposé à lui faire part de ses intuitions.

Elle aimait se sentir utile et qu'on lui demande son avis. Malgré ses manières arrogantes, elle commençait à s'attacher au vieux vautour.

— Je vais à Floyds Row, dit-elle au sergent d'accueil.

— Très bien. Mais ne sois pas en retard pour le topo

de cet après-midi. Tu sais que le capitaine aime qu'on suive les règles !

— Je serai à l'heure, promit gaiement Trudy.

Phil Monroe secoua la tête, admiratif. De toute évidence, la jeune femme s'entendait bien avec ce vieux croûton de coroner, finalement. Qui aurait cru que ce duo inattendu ferait une si bonne équipe ?

31

Trudy réquisitionna un vélo dans la cabane de la police. Même si ce n'était pas loin, elle avait trop hâte de montrer son butin au Dr Ryder pour faire la route à pied. D'autant qu'elle n'avait pas oublié l'avertissement du sergent : si le contenu de l'enveloppe était intéressant et que le coroner la gardait longtemps, le vélo lui éviterait d'être en retard à la réunion.

Comme le Dr Ryder lui avait donné son emploi du temps, elle savait qu'il n'avait pas d'audience cet après-midi-là. Sa secrétaire était désormais si habituée à la voir qu'elle fit entrer Trudy sans même consulter son agenda ou prendre l'air désapprobateur devant son salut joyeux.

Trudy l'ignorait, mais seuls quelques rares élus n'avaient pas besoin de rendez-vous pour voir l'illustre coroner.

La jeune femme se précipita dans le bureau et trouva Clement assis, en train d'examiner le rapport d'autopsie de son dernier dossier de la semaine – la mort soudaine d'un réparateur de téléviseurs âgé de trente-deux ans.

Il leva les yeux quand Trudy surgit dans la pièce, les joues rouges et le souffle court (elle avait pédalé comme une furie). Clement eut un élan de nostalgie. Depuis combien de temps n'avait-il pas été aussi pressé, les yeux brillants, frétillant d'enthousiasme ?

— Mademoiselle Loveday, commença-t-il d'un ton narquois, j'imagine que vous avez des informations ?

— Oui ! Enfin, je crois, corrigea Trudy.

Une idée horrible venait de la traverser. Et si l'enveloppe ne contenait rien d'intéressant, après tout ? Et si Glenda avait simplement déterré une entorse mineure de son mari, qui n'avait rien à voir avec l'affaire ?

Après avoir résumé la visite de Glenda Gordon, elle plaça l'enveloppe entre eux. Elle avait soudain l'impression absurde d'être un chien de chasse déposant fièrement un cadavre de faisan aux pieds de son maître.

Mais avant qu'elle puisse ruminer sa rancœur, le coroner tira de son bureau des gants en caoutchouc fin et sortit le sachet plastique de l'enveloppe en kraft. Avec précaution, il retira la protection et déplia enfin la feuille de papier.

Trudy contourna impatiemment le bureau pour pouvoir la lire. Cette fois, il ne dégageait aucune odeur d'alcool, remarqua-t-elle avec soulagement. Elle n'avait pas aimé l'idée que le vieux vautour se pochtronne en douce. Elle aurait perdu une bonne partie de son respect pour lui.

Et ça l'aurait beaucoup attristée.

Le petit morceau de papier rectangulaire était lavande pâle, couvert d'une écriture féminine fleurie imprimée à l'encre noire. La note était datée du 28 juillet 1955 et l'en-tête imprimé indiquait l'adresse des Fleet-Wright.

Le cœur battant, Trudy déchiffra les quelques lignes toutes simples.

Je suis désolée, mais cela ne peut plus continuer.
Je n'en ai pas la force ni le courage. J'espère
simplement que ma famille pourra me pardonner.
Mais ma vie ne vaut plus la peine d'être vécue.
Gisela

— Donc c'était un suicide, après tout ! commenta Trudy, hésitant entre la déception et la joie d'avoir enfin élucidé le mystère.

Pendant un long moment, le Dr Ryder garda le silence.

Il relut le message plusieurs fois, puis soupira, et replaça délicatement la feuille dans le sachet en plastique.

Trudy l'observa, insatisfaite. Elle savait qu'il n'était pas du genre démonstratif, mais elle s'était attendue à un peu plus d'enthousiasme. Peut-être même à des éloges ? Après tout, elle lui avait apporté la solution de l'énigme sur un plateau, non ?

Mais elle n'aurait pas dû s'attendre à des compliments, pensa-t-elle, agacée. Elle allait devoir s'habituer à l'idée que rien de ce qu'elle ferait ne serait jamais assez bien pour ses supérieurs – capitaines, sergents ou civils !

Arrête de t'apitoyer sur toi-même, Trudy.

Elle lui avoua sa promesse à Glenda Gordon.

Bien entendu, il la réprimanda.

Typique. Quand on fait une erreur, ils ne se privent pas de vous passer un savon !

— Vous n'auriez pas dû faire ça, mademoiselle Loveday. Mme Gordon ne pourra pas la récupérer demain. Il faudra le lui dire.

Trudy acquiesça, même si elle n'en avait aucune envie.

— Alors, qu'est-ce que vous allez en faire ? demanda-t-elle avec curiosité. J'imagine que vous pourrez clore l'enquête, maintenant ? J'en parle au capitaine Jennings ?

— Pas pour l'instant, rétorqua Clement. Il vous réaffecterait à une tâche crétine et inutile, j'en suis certain ! Et je ne veux pas vous perdre tout de suite. Il reste quelques détails à régler.

— Ah bon ? répondit Trudy, ridiculement heureuse, quoique perplexe. Comme quoi ?

— Pour commencer, je veux que vous trouviez le témoin qui a identifié Jonathan McGillicuddy. Ses coordonnées doivent être dans le dossier, n'est-ce pas ?

— Probablement. Mais pourquoi ?

— Enquêtez sur lui et interrogez-le sur cette journée. Je me demande pourquoi il a cru que le voleur était Jonathan.

Trudy ne voyait pas bien ce que ça changeait, mais tout

valait mieux que d'arpenter les rues froides en guettant les voleurs de sacs.

— D'accord. Autre chose ? demanda-t-elle en regardant sa montre. C'est juste que je dois y retourner. Je vous ai dit que notre suspect numéro un, le garde-chasse dont je vous ai parlé, n'a plus l'air si coupable à présent ?

Elle s'apprêtait à en expliquer la raison, mais Clement la renvoya d'un geste vague. De toute évidence, il avait autre chose en tête. En fait, il semblait en pleine réflexion. Elle commençait à reconnaître cette expression. Si bien que, un peu déçue par ce dénouement frustrant, elle le quitta et rentra au commissariat, lugubre.

Dans son bureau, Clement se repassait le problème dans tous les sens.

Ce mot d'adieu sonnait faux, ça sautait aux yeux, et dès qu'elle aurait eu le temps d'y réfléchir, la jeune Trudy parviendrait à la même conclusion. Il se leva et se dirigea vers le meuble à archives où il rangeait sa serviette. En chemin, son pied se prit dans le tapis devant la fenêtre et il tituba.

Il baissa les yeux, se demandant s'il commençait à boiter. Mais non, il marchait très bien. Il avait trébuché, voilà tout.

Il fouilla le cartable et finit par trouver ce qu'il cherchait : la carte postale de Gisela empruntée à l'amie que Trudy et lui avaient interrogée la semaine précédente. L'expérience lui avait appris que ça ne faisait jamais de mal d'accumuler autant d'éléments de preuve que possible – même ceux qui ne paraissent pas spécialement prometteurs ou utiles sur le moment. On ne sait jamais quand ils peuvent devenir soudain très significatifs.

Il examina la carte en retournant à son bureau, pensif. C'était un paysage de bord de mer banal, et Gisela avait écrit les platitudes habituelles. Mais les quelques lignes anodines ne comptaient pas : c'était l'écriture qui l'intéressait.

Quand il compara les deux échantillons, ils lui parurent identiques, mais il n'était pas expert.

En revanche, puisqu'il était à Oxford, il ne lui fallut que quelques minutes au téléphone pour trouver un professeur serviable de St Cross College qui se déclara prêt à lui donner son avis immédiatement.

En quittant le bureau avec les deux documents à la main, le Dr Clement Ryder souriait, le sourire d'un renard sur la piste d'une petite perdrix dodue et juteuse.

Tandis qu'il partait vers St Cross College, il se demanda comment Mlle Loveday allait s'acquitter de la tâche qu'il lui avait assignée. À moins qu'il se trompe lourdement (ce qui était rare), elle allait avoir plus de mal que prévu à localiser et à interroger le témoin du vol de médicaments.

Le matin suivant, Trudy se sentit de plus en plus agacée par son inaptitude. On lui avait donné une mission simple, et avec ses compétences administratives, ç'aurait dû être un jeu d'enfant. Et pourtant, elle ne trouvait M. Malcolm Finch nulle part. C'était comme s'il n'avait jamais existé.

Pour commencer, elle s'était rendue à l'adresse de Cowley qu'il avait indiquée pendant l'interrogatoire, mais la propriétaire avait affirmé ne l'avoir jamais vu. Quand Trudy avait délicatement suggéré qu'elle avait pu l'oublier, la dame, vexée, s'était hérissée comme un chat et avait juré avoir une mémoire infaillible. En guise de preuve, elle avait déterré un registre bien tenu et lui avait montré qu'en juillet 1955, le nom de Malcolm Finch brillait par son absence.

Son honneur lavé, la logeuse triomphale l'avait raccompagnée, et Trudy, un peu humiliée, était retournée au commissariat, où elle avait lancé un assaut administratif en règle.

Mais elle ne trouvait aucune trace de M. Malcolm Finch. Elle découvrit rapidement qu'il n'avait jamais travaillé pour l'entreprise indiquée dans son témoignage, pas plus qu'il n'apparaissait dans les recensements de la région. Il n'était pas sur les listes électorales locales et elle ne trouva aucun certificat de naissance correspondant à sa date de naissance supposée.

En d'autres termes, il était évident que M. Malcolm Finch, en tant que tel, n'existait pas.

— Mais qu'est-ce qu'il se passe ? marmonna Trudy en raccrochant violemment le téléphone.

L'employé des eaux auquel elle venait de parler avait confirmé qu'ils n'avaient jamais émis de facture à ce nom.

Il était 10 heures du matin, et Trudy commençait à soupçonner le Dr Ryder d'avoir pertinemment su ce qu'elle aurait à lui raconter. En fait, il l'avait sans doute délibérément lancée sur une fausse piste.

De plus en plus furieuse qu'on la prenne pour une idiote, Trudy se dirigea à grands pas vers Floyds Row.

Il était temps que le vieux vautour et elle aient une petite conversation !

Quand elle arriva à son bureau, la colère qu'elle avait soigneusement entretenue s'évapora avant qu'elle puisse prononcer un seul mot. À l'instant où elle entra dans la pièce, Clement la regarda et s'écria, aux anges :

— C'est un faux !

Il faisait même un grand sourire, du jamais vu. Le vieux coroner acariâtre, joyeux !

— Quoi ?

Clement prit l'enveloppe désormais familière protégeant le carré de papier lavande.

— Ce soi-disant mot d'adieu, expliqua-t-il. C'est un faux. Gisela ne l'a pas écrit !

Il lui raconta rapidement la visite rendue à l'expert en

écritures de St Cross, et Trudy s'effondra dans le fauteuil en face de lui, les yeux écarquillés.

— Et il était certain que, même si l'écriture ressemblait à celle de la carte, ce n'était pas la même personne. Mais d'après lui, elles avaient des similitudes naturelles – ce qui est intéressant, n'est-ce pas ?

Sans comprendre ses allusions, Trudy se contenta de répondre :

— Alors c'était bien un meurtre, finalement ?

— Pas forcément, marmonna-t-il.

Trudy lui jeta un regard acéré mais ne fit pas de commentaire. En fait, elle commençait à avoir peur de se ridiculiser en ajoutant quoi que ce soit. Tout au long de l'enquête, elle était devenue de plus en plus consciente que cet homme brillant avait toujours un temps d'avance sur elle. Elle était d'autant plus déterminée à progresser. Après tout, elle ne voulait pas continuer éternellement à jouer le maladroit Dr Watson tandis qu'il incarnait Sherlock Holmes !

Pour en revenir à ce dernier coup de théâtre, si le mot d'adieu était un faux, cela voulait dire que quelqu'un d'autre que Gisela l'avait rédigé. L'objectif ? Maquiller sa mort en suicide. La seule hypothèse plausible était donc le meurtre. Sa logique lui semblait imparable. Et pourtant, le Dr Ryder ne semblait pas de son avis – sinon, pourquoi aurait-il fait ce commentaire énigmatique ?

Pendant un moment, elle garda le silence, abattue. Peu importait dans quel sens elle tordait les faits, elle ne voyait toujours pas ce que voulait dire le Dr Ryder. Et ça, c'était rageant !

Clement, qui la regardait par-dessus le bureau, dut réprimer un fou rire soudain. Elle semblait à la fois démoralisée, et indignée – comme une poule trempée qui envisage de picorer les chevilles de quelqu'un.

Il était temps de tirer la demoiselle de ses doutes et de son apitoiement sur elle-même.

— Maintenant que vous avez eu le temps d'y penser, y a-t-il quelque chose qui vous a semblé étrange dans ce mot ? Je ne parle pas du fait que c'est un faux, s'empressa-t-il d'ajouter, car elle semblait sur le point d'exploser. Vous n'aviez aucun moyen de le savoir. Moi-même, je l'ignorais avant qu'un expert ne l'analyse. Non, le mot lui-même vous a-t-il paru bizarre ?

— Oui, avoua Trudy avec un soupir. Hier soir, quand j'essayais de dormir, j'y ai réfléchi et je me suis aperçue qu'il était plutôt court, et pas très bien écrit. Ni dramatique. Je veux dire, Gisela était étudiante en littérature, et je me serais attendue à ce que ses dernières paroles soient plus… je ne sais pas. Moins terre à terre et banales, en tout cas.

Clement acquiesça. Oui, il avait deviné que la jeune fille s'en rendrait compte. Elle était vraiment intelligente. Avec le temps, elle ferait un bon détective. Enfin, si son imbécile de chef se décidait à lui confier des affaires intéressantes.

— Continuez, l'encouragea-t-il.

Trudy se redressa.

— J'aurais pensé que le mot s'étendrait sur ses sentiments, en justifiant ses actions par son désespoir, ou alors, qu'il serait plus hargneux, plus accusateur. Qu'elle rejetterait la faute sur quelqu'un d'autre – sa mère, Jonathan, par exemple.

— Oui. J'y ai pensé aussi.

— Et donc, vous avez conclu que c'était un faux ?

— Je ne dirais pas ça, répondit-il. J'ai simplement pensé qu'il valait mieux vérifier. Bien…

Il était heureux de voir qu'une petite étincelle s'était rallumée dans ses yeux bruns.

— Récapitulons, poursuivit-il. Votre collègue Gordon…

Trudy grimaça, mécontente d'être mise dans le même panier que le policier corrompu, mais elle ne dit rien.

— … arrive sur place et découvre une jeune fille morte dans son lit. Sur la table de chevet – ou sur le lit, ou dans les parages – il trouve un mot d'adieu et voit les flacons de médicaments à côté. Il conclut immédiatement à un suicide. Jusque-là, nous sommes d'accord ?

— Oui, opina Trudy, méfiante.

Elle flairait le piège, mais se dit qu'elle était peut-être paranoïaque.

— Il a peut-être eu un peu pitié d'elle, ou alors, il était tellement cynique qu'il s'en fichait. En tout cas, il a compris que c'était une occasion en or.

Trudy grimaça à nouveau, sans répondre. Elle connaissait le proverbe : il suffit d'une pomme pourrie pour gâter tout le tas. Mais elle persistait à croire que la plupart de ses collègues étaient intègres et ne se laisseraient jamais corrompre. Pour le sergent, c'était certain, et même cet imbécile vaniteux de Rodney Broadstairs, elle ne l'imaginait pas accepter des pots-de-vin.

— Il approche de la retraite, il n'aura que sa pension, et voilà qu'il se retrouve dans une belle maison luxueuse, et une petite idiote qui ne se rend pas compte de sa chance s'est suicidée. Pourquoi ne pas en profiter ? C'est son secteur, donc il connaît la famille – suffisamment, au moins, pour savoir qu'ils sont catholiques, et fortunés. Si bien qu'ils ne voudront pas qu'on sache que leur petite chérie s'est donné la mort. Donc il empoche la preuve du suicide et au bon moment, il va voir le père.

— Le père ? s'étonna Trudy. Pas la mère ?

— Non, non, insista Clement. C'est l'homme de la maison qui a le pouvoir – et l'argent. Il va montrer au père effondré le mot d'adieu. Et entre hommes civilisés, ils trouvent un accord. Inutile qu'un scandale éclate après cet événement tragique, n'est-ce pas ? La pauvre jeune fille s'est simplement trompée dans les dosages.

— Et ensuite, quand M. Gordon prend sa retraite, il peut s'acheter une petite maison et travaille trois nuits par semaine pour le double du salaire normal au dépôt de camions de M. Fleet-Wright, complète Trudy, amère. Oui. Joli !

— Sauf que Gisela n'a pas écrit le mot d'adieu, rétorque Clement.

— En effet.

Mais elle refusait de lui demander qui en était l'auteur, d'après lui – parce qu'elle-même n'en avait aucune idée. Enfin, les candidats ne pouvaient pas être si nombreux, n'est-ce pas ? Jonathan McGillicuddy, ou un membre de la famille de Gisela ? Ou bien un assassin froid et machiavélique, que Trudy était trop bête pour soupçonner ?

— Alors, qu'est-ce qu'on fait, maintenant ? demanda-t-elle.

— Nous allons parler à la personne qui l'a écrit, bien sûr.

Trudy pinça les lèvres. Elle le savait ! Elle aurait parié que le vieux vautour aurait la réponse.

— Et de qui s'agit-il ?

32

Mavis McGillicuddy se rappela soudain où elle avait vu cette femme. Celle qui avait traîné devant chez elle juste après qu'on lui ait pris son garçon, sans trouver le courage de sonner.

Elle était assise à la table de la cuisine, en train de raccommoder les chaussettes d'uniforme de Marie, quand le souvenir s'imposa à elle. Par une belle journée, des années plus tôt, elle avait aperçu cette femme et Jonathan dans la cabane au fond du petit jardin à l'arrière de la maison, en train de discuter d'un air sérieux.

De toute évidence, c'était une cliente de son fils, ou alors, elle lui avait demandé des conseils de jardinage. Un détail sans importance, mais son subconscient avait dû le ruminer tout ce temps, en essayant de la reconnaître.

Alors que cela ne changeait rien.

Mavis soupira et enfonça méthodiquement l'aiguille dans la chaussette blanche. Peut-être était-elle une cliente fréquente de Jonathan et avait-elle voulu lui présenter ses condoléances, mais sans oser s'imposer. Les gens sont si gentils, parfois.

Ce mystère élucidé, Mavis continua à repriser les affaires de sa petite-fille en se convainquant que tout finirait par rentrer dans l'ordre.

C'était la seule façon de ne pas s'effondrer.

*

Assis dans une cabane délabrée perdue dans les bois appartenant à son employeur, Clive Greaves plumait paisiblement des pigeons. Il savait bien que la police se rendrait à l'évidence tôt ou tard. Il fallait simplement qu'il tienne sa langue.

Heureusement, il n'avait pas perdu son travail.

Et les faisans se fichaient de ses cicatrices.

Beatrice Fleet-Wright retirait les feuilles mortes d'un poinsettia dans la véranda quand elle les vit traverser le jardin. L'élégant coroner et la jolie policière.

Ils étaient revenus. Une fois de plus.

Le cœur battant, elle se demanda ce qu'ils pouvaient bien vouloir. Elle avait espéré ne plus les revoir, mais au fond d'elle-même, elle avait deviné que ce ne serait pas si simple. Elle se dirigea vers la porte d'entrée, essuya ses mains moites sur sa jupe en laine peignée grise et leur ouvrit quand ils toquèrent poliment.

Elle les conduisit vers le salon, les traits figés en un sourire qui lui donnait l'impression que son visage allait se craqueler. Cette fois, elle pensa à leur proposer du thé, mais ils refusèrent tous les deux.

— Madame Fleet-Wright, commença Clement en sortant de la poche intérieure de son manteau un morceau de papier violet protégé par un sachet plastique.

Elle le fixa, la bouche sèche. Bien sûr, elle l'avait tout de suite reconnu. Mais comment… Comment était-ce possible ?

— C'est un mot d'adieu, signé par Gisela, qui était jusqu'à peu en possession de M. Gordon. C'est le premier policier à être arrivé sur les lieux après la mort de votre fille, expliqua Clement. Nous pensons qu'il l'a récupéré dans la chambre de votre fille et s'en est servi pour extorquer à votre mari une somme importante, puis a continué à lui faire du chantage pour qu'il lui verse un « salaire ». Mais vous savez tout cela.

Il en fit une affirmation plutôt qu'une question, sans lui laisser la possibilité de nier.

Beatrice tenta de trouver une parade, puis s'aperçut qu'il était inutile d'essayer de mentir. Elle répondit simplement :

— Oui.

Son cerveau tournait à plein régime. Que savaient-ils, exactement ? Et que pouvait-elle encore leur cacher ?

— En fait, vous saviez depuis le début que votre fille s'était suicidée, poursuivit-il calmement.

Trudy l'écoutait, prise de nausée. Il allait se passer quelque chose de très important, elle le savait, elle le sentait. Tous leurs efforts allaient être récompensés. Elle avait presque peur de respirer.

— Oui, répondit Beatrice, d'un ton monocorde.

— Et votre mari vous a convaincue de mentir devant le tribunal du coroner.

— J'ai pensé que c'était une bonne idée.

— Vous avez donc affirmé avoir accidentellement poussé votre fille à prendre trop de médicaments – si bien que, par un malheureux concours de circonstances, elle a absorbé un dosage trop important.

— C'est ce qui est arrivé, après tout.

— Mais vous saviez que ce n'était pas la stricte vérité ?

— Qui peut dire ce qui est vrai ?

— Pouvez-vous nous raconter ce qui s'est réellement passé ce jour-là ?

Beatrice prit une grande inspiration. Si elle était prudente, très prudente, peut-être qu'elle pourrait enterrer cette histoire une fois pour toutes. Si cet homme entêté pensait qu'il lui avait arraché la vérité, il les laisserait tous en paix, non ? Il fallait simplement qu'elle garde son sang-froid et ne leur révèle rien qu'ils ne sachent déjà.

— La plus grande partie de ce que j'ai dit était vraie, chuchota-t-elle. Je me souviens que c'était une belle journée d'été. Comme les vacances scolaires venaient de commencer, mes deux enfants étaient à la maison. Je devais aller à une réunion caritative, mais j'ai changé d'avis au dernier moment. Je n'en avais pas envie. Gisela se comportait très bizarrement ce jour-là – elle était encore plus tendue et remontée que d'habitude. Donc j'ai décidé de rester à la maison.

Elle s'interrompit.

— Vers 15 heures, je suis passée dans sa chambre vérifier qu'elle allait bien. Au début, j'ai cru qu'elle dormait. Et ensuite, j'ai vu… j'ai vu que ses flacons de médicaments étaient tous ouverts, éparpillés partout… je l'ai secouée, mais je savais déjà… Elle était inerte. Si pâle. Si… lointaine. Je me suis assise à côté d'elle. Elle ne respirait pas… Je savais qu'il était trop tard. Ma pauvre fille, si belle, si malade ! Et puis je l'ai vu.

Elle désigna le carré de papier lavande que Clement n'avait pas lâché.

— Je l'ai lu et je ne pouvais pas… je ne pouvais pas… Je suis descendue en courant et j'ai téléphoné à mon mari. Il m'a dit d'appeler notre médecin. Quand le docteur est arrivé, il a fait venir la police.

— A-t-il vu le mot ? demanda Trudy, qui n'avait pas encore ouvert la bouche.

Pour la première fois, Beatrice sembla un peu déconcertée. Que devait-elle répondre ? Était-ce un piège ? Qu'est-ce qui leur paraîtrait le plus crédible ?

— Je ne suis pas sûre, finit-elle par répondre prudemment. S'il l'a remarqué, il ne m'en a jamais parlé.

Bien joué, Mlle Loveday, pensa Clement. *Un point pour elle.*

— En tout cas, le policier est passé, poursuivit Beatrice. J'étais… ailleurs. À un moment, ils sont venus emporter ma belle Gisela. Et ensuite, mon mari a parlé des… des voisins. De notre curé. Du scandale. Et bien sûr, une fois que j'ai eu le temps de réfléchir, je suis tombée d'accord avec lui.

Beatrice parlait à toute vitesse : plus vite elle en aurait fini, plus vite ils partiraient.

— Nous n'aurions pas pu dire que Gisela s'était suicidée. C'est un péché mortel. L'église ne nous aurait pas autorisés à l'ent… à l'enterrer…

Pendant un instant, la femme eut l'air sur le point de craquer et de fondre enfin en larmes, mais elle se reprit à temps. Ses épaules se raidirent, son dos se redressa. Elle fixa la fenêtre et esquissa un sourire tremblant.

— Donc j'ai accepté de dire… ce que j'ai dit, conclut-elle.

— Même si ça impliquait d'endosser la responsabilité d'une faute que vous n'aviez pas commise ? demanda doucement Trudy. Devant un tribunal. En sachant que tout le monde vous jugerait coupable d'avoir tué votre fille ?

— Oui.

— Mais vous avez dû savoir que vous seriez traînée dans la boue. Ou prise en pitié ?

Pour une femme de ce genre, qui faisait passer la respectabilité avant tout le reste, c'était un immense sacrifice. Trudy ne pouvait s'empêcher de l'admirer.

Beatrice prit un air fataliste.

— Cela valait mieux que s'ils avaient parlé de Gisela comme si elle… Ma fille était malade, malade, vous comprenez ? rétorqua-t-elle brusquement. Ce n'était pas sa faute… Elle avait l'esprit… Je devais la protéger ! J'étais sa mère !

— Oui, je peux l'entendre, intervint Clement.

— Vous comprenez, alors ?

— Oh oui, je crois bien, répondit Clement. Vous deviez protéger votre fille d'elle-même.

— Exactement !

— Parce qu'elle n'était pas responsable de ses actes.

— Voilà ! Vous et moi, nous avons des cerveaux normaux, rationnels.

Beatrice plaidait sa cause avec passion, penchée en avant, transperçant Clement Ryder de son regard brûlant.

— Nous avons des garde-fous, une conscience en état de marche. Nous réfléchissons avec la tête claire et voyons les choses pour ce qu'elles sont. Mais Gisela n'était pas comme ça. Elle était malade ! Vous qui êtes médecin, vous devez comprendre ?

Clement acquiesça.

— Et c'est pour cela que vous vous êtes comportée de cette façon après avoir trouvé son cadavre.

— Oui, je… que voulez-vous dire ? Je n'ai rien fait. Je vous l'ai dit, je me suis assise à côté d'elle et j'ai pleuré.

— Oh non, madame, contra Clement d'une voix un peu plus dure. Peut-être que vous vous êtes assise près d'elle et que vous avez pleuré. Mais ce n'est pas tout. Étant donné ce que vous avez vu dans la chambre de votre fille ce jour-là – quand vous avez trouvé son corps et compris ce qui s'était passé –, vous avez dû dissimuler beaucoup de choses, n'est-ce pas ?

Beatrice comme Trudy ne quittaient pas le coroner des yeux. Tout en parlant, il examinait toutes les possibilités.

— Je crois qu'il est temps de nous dire la vérité, dit-il d'une voix ferme. Commençons par ce mot, voulez-vous ? Vous l'avez écrit, n'est-ce pas ? L'expert en écritures qui a confirmé qu'il s'agit d'un faux l'a jugé brillant. En fait, il a même déclaré que l'écriture de Gisela et celle du faussaire ont de nombreuses similitudes naturelles. Ce qui n'a rien d'étonnant, si c'est la mère qui a appris à sa fille à écrire.

Beatrice le fixait, impuissante. Après un long moment de tension, Trudy la vit se voûter, défaite.

— Oui, je l'ai écrit, avoua Beatrice.

— Pourquoi ?

L'espace d'un instant, une étincelle d'espoir s'alluma dans son regard, et Trudy voyait presque les rouages de son cerveau tourner. Pouvait-elle trouver une explication ? Pouvait-elle encore éviter une débâcle totale ?

Mais à l'expression du Dr Ryder, Beatrice devina que ce serait inutile.

— Vous savez déjà, j'imagine ? murmura Beatrice.

— Je devine, la corrigea Clement. Elle voulait qu'il soit pendu, n'est-ce pas ? demanda-t-il simplement. Et vous ne pouviez pas la laisser faire.

Trudy en resta bouche bée.

Quoi ? Qui ? Que... ?

33

Rex avait commencé à descendre l'escalier dès qu'il avait entendu la voix de sa mère dans l'entrée. À son ton extrêmement poli, il avait compris qu'elle était agitée. Le temps qu'il se glisse derrière la porte du salon, il avait deviné l'identité des visiteurs.

Les revoir chez eux le fit sourire.

En collant son oreille contre la porte, il saisissait la moitié de la conversation. Mais à mesure qu'elle devenait de plus en plus palpitante, il s'était senti frustré de rater des bribes importantes et avait entrouvert la porte.

Rex se félicitait de cette prise de risque, qui lui permettait de savourer la façon dont sa mère était acculée par le vieux coroner rusé. Il était impressionné qu'il ne la laisse pas s'en sortir avec ses tours habituels. Peu d'hommes parvenaient à avoir le dessus sur sa mère – sûrement pas son père, en tout cas. En fait, Rex était convaincu que son cher papa ne comprenait rien à ce qui se passait sous son toit.

En entendant la dernière accusation glaçante, il cessa de respirer. Quand bien même il aurait voulu dire au vieil homme de garder pour lui ses opinions répugnantes sur Gisela, une partie de lui jubilait, et il ne put retenir un grand sourire. Enfin ! Après tous ces mensonges, ces longues années lugubres sans sa sœur, la maison retrouvait un peu de vie. Tous les faux-semblants s'apprêtaient à s'effondrer, et les conséquences seraient merveilleuses !

Si seulement Gisela était là pour en rire avec moi.

Il se couvrit la bouche pour étouffer ses gloussements et tendit l'oreille.

Comment sa petite maman allait-elle réagir à ce coup de canon ?

Dans le salon, un silence absolu régnait.

Beatrice ouvrit la bouche et la referma, comme un poisson sorti de l'eau. Trudy était à peu près sûre qu'elle faisait de même, et elle se demanda, horrifiée, si Clement Ryder était soûl.

C'était la seule explication qu'elle trouvait à son affirmation absurde.

— Je ne… je ne…, marmonna Beatrice.

Clement, voyant que Trudy ouvrait des yeux ronds, lui jeta un regard noir pour lui indiquer de se taire.

Trudy le lui rendit, mais elle obéit.

— Allons, madame Fleet-Wright, nous ne sommes pas idiots, vous savez, la tança-t-il impatiemment. Et je dois vous dire que Mlle Loveday et moi-même n'enquêtons pas sur le meurtre de Jonathan McGillicuddy, contrairement à ce que nous vous avons suggéré. En fait, nous avons rouvert le dossier de votre fille. Et au cours de l'enquête, nous avons fait de nombreuses découvertes qui, si elles avaient été présentées devant le tribunal du coroner d'origine, auraient abouti à un verdict très différent.

Beatrice était si pâle qu'elle en devenait éthérée.

— Recommençons à zéro, voulez-vous, mais sans mensonges cette fois-ci, ordonna Clement.

Il jeta un coup d'œil à la porte entrouverte. Peut-être à cause d'un courant d'air ? À moins que des oreilles indiscrètes ne les épient ?

— Quand vous avez trouvé votre fille cet après-midi-là, il était évident qu'elle s'était suicidée. Elle avait laissé de nombreux indices, n'est-ce pas ? Beaucoup trop, en fait. Voyons voir – nous savons qu'elle a dû laisser certains flacons de médicaments à un endroit où on les trouverait facilement. Des flacons qui n'avaient rien à faire là.

Trudy cilla. Les médicaments volés ? Mais…

— Et puis il y avait son journal. Nous sommes au courant de son existence. Et je suis certain qu'il contenait des informations passionnantes.

Beatrice gémit, le visage enfoui dans ses mains.

— Et, étrangement, elle n'avait laissé aucun mot d'adieu – alors que les jeunes filles qui se suicident en écrivent presque toujours un. Et elle n'a sûrement pas écrit votre terne petite composition.

Ils savent, se dit Beatrice. Elle ignorait comment, mais cet affreux bonhomme avait tout compris.

— Oui, avoua-t-elle, impuissante.

— Oui quoi ? la pressa Clement, en indiquant d'un geste à Trudy qu'elle devait prendre des notes.

Trudy se reprit rapidement et s'exécuta.

Beatrice s'effondra contre son dossier, les bras ballants. Elle n'avait pas la force de les soulever d'un seul centimètre. Elle se sentait étrangement molle. Et si lasse. Mais, curieusement, soulagée. On aurait dit qu'on lui avait ôté un tel fardeau qu'elle aurait pu s'envoler et dériver dans les tréfonds de l'espace pour ne jamais en revenir.

Elle était passée en quelques minutes d'un monde où il était vital que ses secrets soient protégés, à un univers parallèle où rien n'avait d'importance.

— Oui, à tout ça, répondit-elle. Quand je l'ai trouvée, les médicaments étaient là, mais ce n'étaient pas ceux de son ordonnance habituelle. Le nom sur le flacon n'était même pas le sien. Je n'y comprenais rien. Et le journal était juste là, bien visible… C'est la première chose que j'ai remarquée.

Beatrice fronça les sourcils et fixa un vase de fleurs séchées posé sur la table basse.

— D'habitude, Gisela était paranoïaque à ce sujet.

Elle faisait bien attention à le laisser fermé à clé – il était entouré d'un joli petit cadre en cuivre avec une serrure en forme de cœur. Elle avait toujours répété que c'était intime et que personne ne devait jamais le lire.

Beatrice eut un sourire tellement cynique que Trudy frissonna.

— Maintenant, bien sûr, je sais pourquoi.

— Vous l'avez lu cet après-midi-là ? l'encouragea Clement, d'un ton radouci.

— Oui. Pas tout, c'était trop long et détaillé. Mais assez pour comprendre… Au début, quand je l'ai ouvert, c'était simplement parce que je voulais savoir pourquoi… pourquoi… elle avait fait une chose pareille. Et s'il y avait eu des signes que j'avais ratés, quelque chose que j'aurais dû voir… que j'aurais pu faire pour éviter ça. Je m'attendais à découvrir qu'elle avait lentement perdu la bataille contre la dépression qui l'avait tourmentée toute sa vie. Ou peut-être à apprendre quelle avait été la goutte d'eau qui avait fait déborder le vase… En fait… En fait…

Mais Beatrice était incapable de continuer.

— En fait, vous avez lu un texte très prudent, intelligent et froid expliquant comment elle en était venue à soupçonner que son ancien petit ami voulait la tuer, compléta Clement.

Trudy, qui transcrivait tout grâce à la technique de sténographie qu'elle avait acquise au prix de nombreux efforts, hésita. Elle leva les yeux.

Mais Beatrice se contenta de secouer la tête – moins pour nier que pour indiquer qu'elle ne comprenait toujours pas.

— C'était affreux. D'autant plus que je savais que ça ne pouvait pas être le cas. Au début, quand j'ai commencé à lire, j'ai pensé que c'était peut-être vrai. Que Jonathan nous avait tous bernés. Mais ensuite… ensuite, j'ai découvert des passages où elle affirmait qu'il avait fait quelque chose que je savais faux. Où elle racontait une conversation datant d'un jour où Jonathan n'était même pas dans le jardin. Et d'autres choses… impossibles. Oh ! je ne veux pas rentrer dans les détails.

Clement savait qu'elle n'aurait pas le choix, plus tard, mais pour l'instant, il ne voulait pas trop la brusquer. Pas alors qu'elle avait enfin commencé à avouer.

— J'imagine qu'à un moment, elle a dû écrire que si elle mourait, il faudrait que la police enquête du côté de Jonathan McGillicuddy ?

Trudy n'en croyait pas ses oreilles.

— Vous voulez dire qu'elle s'est suicidée, mais juste pour donner l'impression qu'elle avait été assassinée ? Que Jonathan avait fait le coup ?

Clement confirma d'un signe de tête.

— Elle le détestait tellement, il l'obsédait tant qu'elle était prête à mourir pour le faire souffrir ? Mais quel ego monstrueux ! Et comment a-t-elle pu penser qu'on la croirait ?

— Imaginez de quoi les choses auraient eu l'air si sa mère n'était pas intervenue, répondit Clement d'un air sombre. La police aurait trouvé une jeune femme morte d'intoxication médicamenteuse, mais sans mot d'adieu. Ils auraient lu son journal, un texte sûrement très persuasif, dans lequel elle racontait, d'un ton de plus en plus horrifié, qu'elle soupçonnait McGillicuddy de vouloir la tuer. N'oubliez pas que Gisela était une jeune femme très intelligente et érudite. Elle n'aurait pas eu de mal à peindre un tableau convaincant. Jonathan était devenu jaloux d'elle. Elle avait rompu, même s'il avait raconté partout que c'était lui qui l'avait quittée. Et pour ne pas l'humilier, elle avait laissé le bruit courir, dans l'espoir que ça le calme. Mais non, son amertume et sa colère n'avaient fait que grandir. J'ai tort, madame ?

— Non, avoua Beatrice, impuissante. C'était à peu près ça. Elle a écrit qu'il avait commencé à la suivre partout, à la menacer de lui faire du mal si elle ne se remettait pas avec lui. Elle affirmait qu'il lui avait envoyé des menaces de mort qu'elle avait détruites parce qu'elle ne voulait pas que je les trouve et prenne peur.

Beatrice poussa un soupir et poursuivit :

— Mais rien de tout ça n'était vrai. J'ai toujours été la première à recevoir le courrier et à le trier. Il n'y avait pas de lettres pour elle. Et je la surveillais toujours, pour vérifier qu'elle allait bien. Jonathan n'aurait jamais pu faire ce qu'elle décrivait sans que je le sache.

— Mais vous auriez eu du mal à en convaincre la police, commenta Clement. Surtout que les flacons de médicaments auraient constitué une preuve irréfutable.

— Quand j'ai lu le journal… j'étais sous le choc. Mais je n'arrivais pas à croire… J'ai pensé que c'était simplement un délire, que le journal tout entier était un fantasme. Mais ensuite, je me suis souvenue que les flacons sur sa table de nuit n'étaient pas les bons. Que ce n'étaient pas les siens.

— Non. Parce qu'ils avaient été dérobés au commis de la pharmacie quelques jours plus tôt, répondit Clement. Sûrement par quelqu'un qu'elle avait très bien payé. C'était censé être le coup de grâce pour Jonathan.

Trudy griffonnait furieusement. Mais tout en notant, elle s'interrogeait. Comment pourraient-ils prouver tout cela ?

— Elle a dû payer quelqu'un d'autre pour donner un faux témoignage, poursuivit Clement, pour affirmer qu'il avait vu Jonathan McGillicuddy commettre le vol. Un témoin qui, vous ne serez pas étonnée de l'apprendre, s'est évaporé dans la nature, étant donné qu'il avait menti sur son nom, son adresse et son employeur.

Oui, pensa Trudy. Gisela lui avait sans doute versé une jolie somme pour qu'il témoigne au procès pour meurtre de Jonathan. Mais la jeune femme avait surestimé l'honnêteté des hors-la-loi, ce qui n'avait rien de surprenant de la part de quelqu'un qui vivait dans un monde fantasmé.

Elle avait peut-être cru qu'après sa mort, il respecterait leur accord, mais en fait, ce soi-disant Finch n'avait jamais eu l'intention de se parjurer devant un tribunal pendant un procès pour meurtre. Sinon, il serait resté à la disposition de la police plutôt que de disparaître aussi vite après son témoignage.

— Je ne suis pas au courant de tous les détails, répondit simplement Beatrice. Mais ça ne me surprend pas.

— Non, rétorqua Clement. Votre fille n'a rien laissé au hasard. Après tout, elle commettait un acte radical – le plus définitif, dramatique et irrévocable de tous. Elle allait mourir ! Et elle voulait être sûre et certaine d'entraîner Jonathan dans sa chute. C'était le but, après tout. Il l'avait rejetée, il devait donc payer.

Son ton accusateur glaça les deux femmes, et de grosses larmes roulèrent enfin sur les joues de Beatrice Fleet-Wright.

— Essayez de la comprendre ! Gisela a été anéantie quand Jonathan l'a quittée. Elle l'aimait vraiment. Avec une passion dévorante. Elle lui était dévouée corps et âme, à un degré terrifiant. Ses émotions n'étaient pas comme les vôtres ou les miennes – elles étaient plus intenses, foudroyantes. Son chagrin et sa colère aussi. Je l'ai regardée sombrer dans le désespoir, l'incrédulité, la rage, à mesure qu'elle était confrontée à la vérité pendant ces mois d'été. Il l'avait quittée et ne reviendrait pas. Elle n'arrivait pas à y croire. Elle était tout simplement… incapable… de l'accepter.

Elle poussa un soupir.

— Oh ! c'est inutile, n'est-ce pas ? Je ne peux pas espérer que vous compreniez. Ou que vous lui pardonniez, marmonna-t-elle, abattue.

— Mais vous, vous avez compris. Et vous lui avez pardonné, répondit Clement avec douceur. Vous étiez sa mère, vous deviez la sauver. Donc vous avez détruit le journal et jeté les médicaments. Vous avez écrit un faux mot d'adieu. En bref, vous avez fait en sorte que votre fille ne devienne pas un assassin.

Beatrice se mit à pleurer en silence. Trudy avait la gorge serrée.

— À vous entendre, c'était facile, mais je vous assure que non ! cria la femme. Vous ne comprenez donc pas ? Nous sommes catholiques. L'idée du suicide nous fait horreur, c'est contraire à tous nos enseignements. Et pourtant, je devais révéler que Gisela s'était donné la mort. C'était la trahir une fois de plus. C'était si affreux. Je me sentais tellement coupable !

— Ça a dû être les pires heures de votre vie, commenta Clement d'un ton compatissant. Pour commencer, vous avez trouvé le cadavre de votre fille. Malgré tous vos efforts, le combat de toute une vie pour vous occuper d'elle, vous aviez échoué. Et ensuite, comme si ce n'était pas assez bouleversant, vous avez lu son journal et compris quel sort elle réservait à Jonathan. Parce que, aussi sûr que deux et deux font quatre, devant les craintes et les soupçons de la victime consignés dans un journal, plus les médicaments volés, n'importe quel jury l'aurait fait pendre. J'imagine qu'elle a fait en sorte qu'il n'ait aucun alibi pour l'après-midi en question ? ajouta-t-il pensivement.

— Oui, confirma Beatrice. Plus tard, Jonathan m'a confié que le jour de sa mort, il travaillait seul dans le jardin d'une maison dont les propriétaires passaient les vacances d'été à Corfou. Donc il n'y avait pas de témoins pouvant confirmer son alibi. Et Gisela n'aurait pas eu de mal à l'apprendre. Je savais qu'elle le suivait, parfois. Elle le surveillait.

En fait, c'était elle qui le harcelait, et non l'inverse, pensa Trudy.

— Vous avez dû croire que vous aviez réussi à réparer les dégâts, devina Clement. Vous avez retiré tous les indices mis en scène par Gisela et écrit un faux mot d'adieu. En fait, tout était prêt pour présenter un scénario bien ficelé. Une jeune fille souffrant de problèmes psychiatriques se suicide. Tout aurait dû bien se passer, et vous auriez pu reprendre le cours de votre vie. Ç'aurait été dur, mais possible. Mais c'était compter sans l'avidité de l'agent Gordon, qui a tout gâché en volant le mot. Vous avez dû être terrifiée.

Beatrice eut un petit rire.

— Au début, je n'ai pas compris ce qui avait pu se passer. Notre médecin n'a pas eu l'air de remarquer le mot, mais je savais que la police le trouverait. Après qu'ils ont emporté… Gisela, j'ai attendu patiemment. Je pensais que d'un instant à l'autre, quelqu'un me dirait qu'elle s'était suicidée et qu'on avait trouvé le mot. Au lieu de quoi mon mari m'a fait venir dans son bureau et m'a dit qu'il avait tout arrangé. Que nous dirions que c'était un accident.

Beatrice gloussa.

— J'ai failli… eh bien… Peu importe, maintenant, n'est-ce pas ? Une fois remise du choc, j'ai compris que ça ne changeait rien de présenter la mort de Gisela comme un suicide ou comme un accident. Tant que la vérité n'était jamais révélée.

— Parlez-moi du jour où vous avez dû fournir à Jonathan un alibi pour le vol, lui demanda brusquement Clement.

Ç'aurait été cruel de la laisser s'attarder sur le fait que la vérité avait tout de même été révélée, malgré tous ses efforts pour l'empêcher. Heureuse de changer de sujet, Beatrice prit une grande inspiration.

— Le lendemain de la mort de Gisela, je me suis aperçue que j'étais obligée de raconter à Jonathan ce que j'avais découvert. Je n'en avais aucune envie. Instinctivement, je voulais garder le secret et n'en parler à personne. Mais plus j'y réfléchissais, plus je me rendais compte que Jonathan devait savoir, au cas où il n'aurait pas été hors de danger. J'ignorais les dispositions que Gisela avait pu prendre. Et si on découvrait une autre preuve l'incriminant, il fallait qu'il soit averti. Je l'ai fait à contrecœur, vous vous en doutez. Je voulais que sa mémoire reste… Mais… J'imagine que les flacons de médicaments m'inquiétaient.

J'avais l'impression que c'était une bombe à retardement. Et de fait, j'avais raison de me faire du souci. Bref, je l'ai appelé chez lui et je lui ai demandé un rendez-vous. Nous nous sommes retrouvés dans un petit pub du coin, où je lui ai parlé du journal.

— Il devait être très inquiet, commenta Clement.

— Évidemment ! Moi aussi, d'ailleurs. Il voulait tout raconter à la police, mais je l'ai convaincu que ça ne ferait qu'empirer les choses. La situation était déjà si compliquée. Je lui ai promis que s'il arrivait quelque chose, je ferais en sorte qu'il ne souffre pas à cause de cette histoire. C'était la moindre des choses. Et ça n'a pas manqué : il m'a téléphoné le lendemain pour me dire qu'il était au commissariat et que quelqu'un le soupçonnait d'avoir volé les médicaments d'un commis de pharmacie. Il m'a demandé de venir témoigner qu'il travaillait chez moi ce jour-là. Bien sûr, je n'ai pas hésité.

— Vous avez donc livré un faux témoignage, remarqua Clement.

Beatrice cilla. C'était drôle, mais elle comprenait pour la première fois à quel point elle paraissait coupable aux yeux de la loi, et qu'elle risquait un procès pour tous ces mensonges. Auparavant, elle s'était simplement vue comme une mère protégeant son enfant – sans penser que ses actes puissent être illégaux, ou même condamnables. De plus, l'idée qu'elle n'avait fait de mal à personne d'autre qu'à elle-même l'avait toujours réconfortée. Mais à présent, elle se posait des questions. Que risquait-on pour un faux témoignage ? Et était-ce un faux témoignage si on mentait pour protéger quelqu'un accusé à tort ? Pour couronner le tout, elle avait également menti sous serment devant le tribunal d'un coroner.

Elle irait probablement en prison.

Dix ans plus tôt, cette idée aurait été absurde. Aberrante. Ce genre de choses n'arrivaient pas aux gens comme elle

– ceux à qui on avait appris à respecter la loi. Les citoyens honnêtes et respectables. Mais à présent… ses voisins la regarderaient monter dans une voiture de police ! La vérité serait révélée. Reginald saurait ce qu'avait fait leur fille. Rex vivrait un enfer. Le scandale…

Et pourtant, Beatrice n'arrivait plus à s'en soucier. On aurait dit que toute son énergie l'avait quittée. Elle ne pouvait plus souffrir ni s'inquiéter.

— Que s'est-il passé ensuite ? Une fois que vous avez donné un alibi à Jonathan et quitté le commissariat ?

Les questions du coroner la tirèrent de sa rêverie.

— Pardon ? Oh ! nous sommes allés dans le parc le plus proche et nous avons discuté. Nous nous sommes demandé si Gisela avait pu faire autre chose pour l'accuser. Jonathan se doutait que Gisela voudrait prouver, sans doute possible, qu'il avait commis le vol. Elle avait peut-être caché les autres médicaments du commis ou l'argent à un endroit compromettant, où la police les trouverait. Nous sommes donc allés chez lui pour fouiller sa maison de fond en comble. Mais quand nous sommes arrivés, Jonathan m'a dit que sa mère était toujours là toute la journée, si bien que Gisela n'aurait probablement pas essayé d'entrer dans la maison. Elle aurait était prise sur le fait. Il a commencé par chercher dans sa camionnette de jardinage. Mais il n'y avait rien – ce qui était logique, quand on y pensait.

Beatrice était tellement exténuée qu'elle avait du mal à parler distinctement, mais elle poursuivit :

— Gisela n'avait pas la clé de sa camionnette. Ensuite, nous avons inspecté la cabane de jardin des McGillicuddy. C'était le seul autre endroit possible.

— Et vous les avez trouvés ? devina Clement, à qui elle faisait pitié.

— Oui. Nous les avons trouvés dans sa boîte à outils. Le reste des médicaments volés et l'argent. Il a été si gentil avec moi, à ce moment-là. Il aurait eu tout à fait le droit d'être en colère. Furieux, même, après tout ce que lui avait fait Gisela. Mais non. Il m'a dit qu'il allait brûler les médicaments et que nous ne dirions rien à personne.

— Ensuite, il ne restait que l'enquête du coroner à subir, répondit Clement. Vous avez tous les deux menti.

— Oui.

— Et c'était fini. Gisela était morte et enterrée, et son amant échappait à la corde, compléta Trudy, presque aussi épuisée psychologiquement que Beatrice.

— Oui !

Une autre voix, jeune et trop forte, s'éleva dans la pièce. Ils sursautèrent tous les trois alors que la porte s'ouvrait à la volée et que Rex Fleet-Wright entrait, furieux, les joues rouges et les yeux fous.

— Et ça n'aurait jamais dû arriver ! hurla-t-il à sa mère éberluée. Gisela méritait que ce minable meure !

34

— Rex ! s'exclama Beatrice, sous le choc. Mais qu'est-ce qui te prend ?

Trudy, qui s'était levée quand le jeune homme avait fait irruption dans la pièce, se rassit sur un signe de Clement Ryder.

Rex Fleet-Wright ne remarqua rien, trop occupé à houspiller sa mère. Vêtu d'un pantalon noir et d'un gros pull en laine crème, il ressemblait beaucoup aux photos qu'ils avaient vues de sa sœur : mince, des cheveux bruns épais et des yeux d'un vert vif, un visage triangulaire presque féminin. Ses lèvres, en revanche, étaient tordues par une moue peu séduisante. Il était si bouleversé qu'il postillonnait presque.

— Tu n'avais pas le droit d'intervenir ! Comment oses-tu, imbécile, moins-que-rien !

Il tremblait de fureur contenue, et ses poings s'ouvraient et se refermaient.

Trudy comprenait enfin le sens de l'expression « être hors de soi ».

— Rex ! protesta Beatrice.

— Pourquoi a-t-il fallu que tu gâches tout ? gémit-il. Je savais que quelque chose clochait le jour de sa mort. Je savais bien que tu avais trafiqué quelque chose, mais je croyais que tu avais juste…

Il s'interrompit brusquement et tituba.

Il pâlit soudain et se rattrapa à la chaise de sa mère.

— Si seulement j'avais su ce qu'elle voulait…

— Et si vous nous parliez du jour où est morte votre sœur, Rex ? suggéra doucement Clement. Vous étiez à la maison, ce jour-là, n'est-ce pas ?

La question sembla le ramener à l'instant présent, et il jeta un regard dédaigneux au coroner.

— Oui, j'étais là, admit-il avec un sourire lugubre. Mère pensait que j'étais dehors, en train de jouer avec mes amis. Mais non.

— Vous avez beaucoup d'amis, Rex ? demanda Clement, qui observait le jeune homme avec attention.

Il haletait et semblait avoir du mal à maîtriser ses émotions. Clairement, la maladie dont avait souffert sa sœur avait trouvé une autre victime à tourmenter. Héréditaire, peut-être ?

Sa mère se tortilla sur sa chaise, devinant soudain que le pire n'était pas passé, sans pouvoir identifier le danger exact. Ce qui ne l'empêcha pas de tenter de protéger son enfant.

— Rex, l'avertit-elle.

Mais son fils s'écarta d'elle comme si elle était pestiférée et s'affaissa sur une chaise près de la fenêtre, d'où il pouvait jeter des regards noirs à tous les occupants de la pièce.

— Non, pas vraiment, répondit-il enfin.

— Est-ce parce qu'ils ne vous apprécient pas, Rex ? interrogea Clement. À moins que vous préfériez rester seul parce que personne n'est assez bien pour vous ?

— Personne n'est assez bien pour moi, évidemment ! Gisela était la seule à me comprendre vraiment.

Il éclata de rire, un rire aigu qui crispa immédiatement Trudy – un peu comme quand quelqu'un fait crisser un tableau noir.

— Mais ils ne m'aiment pas non plus, j'imagine, admit-il avec amertume.

Clement devina que le garçon était rarement aussi clairvoyant. Il acquiesça.

— Enfin, ce n'est pas grave, n'est-ce pas ? reprit-il. Vous êtes très content tout seul dans votre coin.

— Oh oui. J'aime lire – de la science-fiction, surtout. Et des histoires de fantômes, parfois. Ça me permet d'échapper à cette vie terne, bourgeoise. Vous n'imaginez pas à quel point nous détestions ce train-train.

— « Nous » ? Votre sœur et vous, vous voulez dire ?

— Gisela non plus n'avait rien à faire là, précisa Rex, condescendant. Elle aurait dû être à Monte-Carlo, elle aurait gagné des fortunes au baccarat. Ou à Hollywood, à flirter avec James Dean. Elle adorait James Dean. Elle trouvait que cet abruti de McGillicuddy lui ressemblait un peu. J'ai essayé de lui dire qu'il n'était pas assez beau pour elle et qu'elle perdait son temps avec lui.

Il paraissait irrité, et Trudy commença à se demander, mal à l'aise, s'il ne lui manquait pas une case.

— Mais Gisela ne vous a pas écouté, devina Clement.

— Non. Je… je n'ai pas réussi à lui ouvrir les yeux, avoua-t-il d'un air malheureux. Elle ne voyait que son physique. Et elle n'arrêtait pas de répéter qu'il avait vécu une tragédie – marié jeune, veuf peu après, élevant seul sa sale gamine.

Beatrice se tortilla à nouveau.

— Rex, tu sais que tu n'es pas obligé de répondre à ses questions. En fait, je pense que…

— Je me fiche de ce que tu penses, Mère, l'interrompit grossièrement Rex, ses yeux verts étincelant de mépris. Gisela n'en avait rien à faire non plus. D'ailleurs, on se moquait souvent de toi, quand on était tous les deux dans sa chambre. De vous deux. Père n'était pas mieux.

Beatrice accusa le coup.

— Vous étiez proche de votre sœur, intervint Clement. Le garçon avait refusé d'écouter le judicieux conseil de sa mère, et c'était tant mieux. Il fallait continuer à le faire parler avant que Beatrice reprenne suffisamment ses esprits pour les mettre à la porte.

— Vous avez dû tellement souffrir, quand elle allait mal, ajouta-t-il d'un ton compatissant.

— Oui ! Oui ! Et j'ai essayé de l'aider quand cet animal, ce vaurien de McGillicuddy l'a quittée. Mais elle ne voulait rien entendre. Je ne pouvais pas l'empêcher de s'enfoncer de plus en plus dans la dépression.

— Et si vous nous parliez du jour où elle est morte ? suggéra Clement.

— Non ! s'écria Beatrice.

— Je l'ai vue, hurla Rex, couvrant les objections de sa mère.

Il fixa le vieil homme. Lui, au moins, semblait comprendre l'injustice suprême qu'elle avait subie.

— Je l'ai vue, allongée sur le lit – silencieuse, immobile, si belle. Je lisais des bandes dessinées dans ma chambre, mais j'avais laissé la porte entrouverte, et j'ai vu Mère entrer dans sa chambre. Il n'y avait aucun bruit. Comme je ne les entendais pas parler, je me suis posé des questions. Et quand j'ai vu Mère sortir, longtemps après, et descendre – pour appeler Père et le docteur, comme je l'ai appris plus tard –, je suis entré dans sa chambre.

— Oh non, Rex. Tu n'en as jamais parlé ! se lamenta sa mère.

Le jeune homme l'ignora totalement, le regard toujours rivé sur le coroner, et prit l'air rêveur. Clement jeta un coup d'œil à Trudy et fut soulagé de constater qu'elle transcrivait toujours tout ce qu'ils disaient. Tant mieux. Ils auraient besoin de ses notes plus tard.

— Quand je l'ai vue allongée là, j'ai tout de suite compris qu'elle était morte. Et puis j'ai vu le mot. Enfin, un mot, qu'elle n'avait même pas écrit. Ah ! J'aurais dû deviner qu'il n'était pas d'elle. Quel imbécile ! Un mot aussi court, terne, froid ! Au début, je n'ai même pas réussi à la pleurer. Je suis resté planté là, à la regarder. Conscient qu'elle était partie. Que je n'entendrais plus jamais sa voix, que je ne la verrais plus jamais sourire.

Elle était tout pour moi – ma seule raison de continuer à vivre dans ce monde infernal.

Sans paraître se rendre compte que son mélodrame était ridicule, il poursuivit :

— J'avais envie de lui hurler dessus, de la secouer, de lui demander pourquoi elle ne m'avait pas emmené avec elle. C'est ce qui faisait le plus mal, vous savez.

Il jeta un coup d'œil au vieil homme pour s'assurer qu'il comprenait.

— Je l'aurais fait, cria-t-il en se tournant vers sa pauvre mère horrifiée. Si elle m'avait dit ce qu'elle comptait faire, nous aurions pu partir ensemble.

— Un suicide collectif ? releva Clement en secouant la tête.

— Pourquoi pas ? Au lieu de ça, elle m'avait abandonné. Parfois, c'était vraiment une petite peste égoïste, commenta-t-il d'une voix admiratrice, comme s'il approuvait son égocentrisme.

— Quel âge aviez-vous, à l'époque ?

Rex ignora la question, comme si sa jeunesse n'avait pas eu d'importance.

— J'ai entendu Mère revenir et je me suis esquivé juste à temps. Je suis sorti quand le médecin est arrivé et j'ai fait semblant de ne rentrer que peu après Père.

Rex éclata brusquement de rire.

— Ensuite, quand j'ai entendu la version des événements qu'elle a donnée à la police, j'ai deviné que Père et elle mijotaient quelque chose, avaient préparé un mensonge stupide, parce qu'ils n'ont pas parlé du mot d'adieu. J'ai vite compris qu'ils cachaient la vérité par peur du *scandale* !

Il avait crié le dernier mot avec tant de haine que même Trudy recula.

— Comme si elle ne valait pas un scandale. Comme si elle ne méritait pas qu'on parle d'elle, qu'on la pleure, qu'on la célèbre et… je l'aurais crié sur tous les toits si j'avais pu. Elle était morte ! Gisela était morte et le monde entier aurait dû être en deuil. Mais non, ses parents ont inventé un petit mensonge pathétique, une histoire de mauvais dosage accidentel. Grandeur et décadence !

Il secoua la tête, et Trudy lut dans son regard de la pure folie.

— À l'époque, j'ai trouvé ça pitoyable ! Mais maintenant, je sais à quel point Gisela a été tournée en ridicule ! Par ta faute !

Il bondit, les poings serrés, tandis que sa mère se ratatinait sur sa chaise.

— Tu n'avais pas le droit ! Tu ne comprends pas ce que tu as fait, espèce d'imbécile ? Elle avait un projet grandiose ! Intelligent, parfait ! Si tu t'étais mêlée de tes affaires, cet homme aurait été pendu pour ce qu'il lui a fait ! Mais non ! Il a fallu que tu gâches tout ! Que tu la laisses tomber ! Comme toujours.

— Mais vous, vous ne l'avez pas laissée tomber, n'est-ce pas, Rex ? intervint Clement, en haussant la voix.

Le garçon semblait sur le point de se jeter sur sa mère. Trudy se crispa, prête à lui sauter dessus s'il passait à l'acte. Mais la question du coroner parut l'atteindre, et il se tourna vers le vieil homme, les yeux exorbités.

— Clairement, vous étiez le seul à la comprendre vraiment, déclara-t-il d'un ton apaisant. Vous étiez des âmes sœurs, Gisela et vous, je me trompe ? Nous avons parlé à ses amies et elles nous ont toutes dit à quel point vous étiez proches.

Trudy repensa aux descriptions qu'elles avaient fournies de la relation malsaine qui liait Gisela à son petit frère, et frissonna. Mais elle eut le bon sens de se taire.

— Nous étions proches. Elle m'aimait – c'était la seule à m'aimer, chuchota Rex.

À ces mots, Beatrice gémit, mais Clement était certain qu'elle ne devinait toujours pas l'horreur qui les attendait.

— Et quand elle est morte, vous n'alliez pas ne rien faire, n'est-ce pas, Rex ? Vous n'alliez pas laisser la famille enterrer l'affaire, comme si elle était coupable, comme si elle ne valait rien.

— Pas question ! Si seulement j'avais été au courant de son plan, je l'aurais aidée ! cria-t-il. Je n'aurais jamais laissé Mère tout gâcher. J'aurais fait en sorte qu'il paie, comme elle le voulait.

— Mais vous étiez tout jeune, le consola Clement. Vous n'étiez qu'un petit garçon, et vous ne pouviez pas faire grand-chose. Pas à ce moment-là.

— Non, vous avez raison, j'étais obligé d'attendre.

— Vous ne vous êtes pas contenté de patienter, vous avez bien réfléchi, n'est-ce pas, Rex ? Toutes ces années, vous avez échafaudé vos plans. Des stratagèmes – très intelligents, d'ailleurs – pour venger votre sœur.

— Quoi ? s'étrangla Beatrice.

Rex fit un grand sourire.

— Ah ça oui, j'ai fait des projets, confirma-t-il, l'air rêveur.

— Vous n'alliez pas laisser l'assassin de votre sœur s'en tirer aussi facilement. C'est comme ça que vous le voyiez, je me trompe ? Pour ce que vous en saviez, elle s'était suicidée par amour de lui, alors qu'il n'avait jamais été digne d'elle. Vous ne pouviez pas le laisser s'en sortir comme ça, tout de même ?

— Non, bien sûr que non, répondit Rex d'un ton agacé, comme s'il trouvait la question bête.

— Qu'avez-vous fait, alors ? Comment avez-vous tout reconstitué ? Commençons par Marcus Deering, l'encouragea Clement. C'était très malin. Comment étiez-vous au courant qu'il était le père de Jonathan ?

Un coup d'œil à Trudy le rassura : son crayon courait toujours sur le papier.

— Oh ! c'était facile. Gisela voulait tout savoir sur son Jonathan chéri. Et elle ne supportait pas qu'il soit aussi peu curieux sur le père qu'il n'avait jamais connu. À mon avis, elle n'a jamais cru l'histoire de la mère, qui disait que c'était un cul-terreux assez idiot pour s'être fait écraser par un tracteur. Elle me répétait que Jonathan avait un visage « noble », qu'il était trop racé pour être le rejeton de deux spécimens aussi minables. Et elle avait raison !

— Elle a fouillé chez lui, j'imagine ? devina Clement.

— Oui. Au début, elle a trouvé un indice dans le livret bancaire de sa mère. Elle recevait une somme régulière depuis des années. Ça ne pouvait être qu'une pension alimentaire pour son fils. Et ensuite, elle a trouvé des lettres d'amour dans un tiroir secret de la boîte à bijoux de Mme McGillicuddy. Des lettres que Deering lui avait écrites des années plus tôt, quand il était encore amoureux.

— Et Gisela a tout raconté à son confident, son petit frère adoré ?

— Oui, elle avait besoin de se vanter. Et elle n'en a parlé qu'à moi ! Elle ne le lui a même pas dit, à lui ! Je crois qu'elle prévoyait de lui faire la surprise plus tard, au bon moment. Mais ensuite, il l'a quittée, cet abruti ! Comment un homme pouvait-il la quitter ? Bref… Elle a pris des grands airs pendant des semaines, après sa découverte. Je lui disais qu'on s'en fichait – ça ne faisait pas de lui le petit Lord Fauntleroy, si ? Sir Marcus n'a été anobli que pour services rendus à l'industrie. Mais elle a prétendu que ça prouvait sa théorie – que Jonathan avait hérité de l'intelligence et de l'audace de son père. Pff ! Il avait une entreprise de jardinage de rien du tout. Mais Gisela s'obstinait à voir en lui le prince charmant.

Clement acquiesça et décida d'accélérer avant qu'il ne perde son élan.

— Donc, après avoir grandi un peu et pris le temps de peaufiner vos projets, vous avez décidé de venger Gisela.

— Oui.

— Mais où avez-vous eu l'idée des lettres anonymes ? Était-ce possible… ? se demanda Trudy.

— Oh ! ça n'a pas été difficile. Quand je me suis renseigné sur Deering, j'ai trouvé comment tuer McGillicuddy sans me faire prendre. C'était d'une simplicité ridicule – il suffisait de détourner leur attention !

Beatrice fixait son fils comme si elle ne le connaissait pas. Heureusement, elle paraissait pour l'instant incapable de parler.

— Détourner leur attention ? répéta Clement, conscient qu'il était vital que le garçon continue à se vanter. Comme un magicien ? Faire en sorte que tout le monde regarde au mauvais endroit ? De cette façon, quand McGillicuddy serait assassiné, personne ne chercherait du côté de votre famille. Autrement, ça n'aurait pas été aussi simple. Après tout, McGillicuddy n'avait pas d'autres ennemis, si ? Il n'avait fait de mal qu'à votre famille.

— Exactement. Vous êtes un homme intelligent, docteur Ryder, le complimenta Rex. Il fallait que je m'assure que quand McGillicuddy mourrait, les enquêteurs suivraient une fausse piste. J'ai donc commencé à écrire des lettres anonymes à Sir Marcus, en le menaçant de tuer son fils s'il ne se rachetait pas. Bien sûr, je savais que tout le monde penserait qu'elles faisaient référence à son fils légitime, Anthony.

— Mais vous saviez qu'à la mort de Jonathan, on ferait le lien avec Sir Marcus, et que tout le monde chercherait un assassin ayant une dent contre la famille Deering, commenta Clement, en se forçant à faire un sourire admiratif. Oui, c'était très intelligent. Et cette histoire d'incendie d'entrepôt était un cadeau du ciel, n'est-ce pas ? Les enquêteurs se sont jetés dessus.

— Ah, ça ! Vous savez, je n'en avais jamais entendu parler avant de voir l'article de Deering dans le journal local. Il s'est répandu en excuses !

— Je ne suis pas sûr de comprendre, l'interrompit Clement.

Rex poussa un soupir, comme s'il était déçu qu'il ne suive pas.

— Quand j'ai écrit les lettres, il me fallait une formulation assez percutante pour paraître menaçante, mais assez vague pour pouvoir vouloir dire tout et n'importe quoi. Et j'ai trouvé « se racheter ». Après tout, commenta-t-il avec un petit rire, ce type est parti de rien et est devenu millionnaire. Pour réussir un tour pareil, il faut forcément faire quelques petits arrangements avec sa conscience, non ? Ces grands industriels sont tous les mêmes. Des parasites cupides et sans scrupules.

— Ah oui, je vois.

Clement lui adressa un sourire sincère, impressionné par la justesse de son analyse – cynique.

— Et donc, une fois que la police s'était concentrée sur la protection d'Anthony, le meurtre de Jonathan à proprement parler ne vous a pas posé de problème, j'imagine ? insinua-t-il. D'ailleurs, je me demandais si ce n'était pas un peu décevant ?

Le sourire de Rex donna la nausée à Trudy.

— Vous avez tout à fait raison, vous savez. Tout ce que j'ai eu à faire, ça a été de le suivre dans le jardin ce jour-là et au bon moment, de me glisser derrière lui, de ramasser sa bêche et…

— Oh non, Rex ! gémit Beatrice.

Son fils lui jeta un regard méprisant.

— L'a-t-il vu venir ? demanda Clement, l'air de rien.

— Non, répondit Rex, qui sembla presque honteux pour la première fois. Je voulais qu'il sache ! Mais… vous comprenez, dans un combat frontal, je n'étais pas sûr de gagner. Il était plus grand que moi, et avec son travail physique…

— Ah…

Clement comprenait enfin pourquoi le jeune homme avait temporairement perdu son arrogance.

— Donc tout compte fait, vous avez dû vous contenter d'une méthode d'élimination banale. Vous avez dû être très déçu.

Rex prit un air boudeur.

— Vous l'avez frappé sur le crâne et, après sa chute, vous avez continué deux, trois fois, pour être certain qu'il était mort ? Vous avez fait attention à ne pas laisser d'empreintes digitales, et vous avez probablement détruit les vêtements que vous portiez, juste au cas où ?

— Je les ai brûlés dans un feu de joie, avoua joyeusement Rex. Pour ne pas être trahi par des traces de sang ou des petits indices. J'ai lu Agatha Christie, vous savez. Même Hercule Poirot n'arriverait pas à prouver ce que j'ai fait.

— Et puisque la police cherchait toujours du côté des Deering, personne ne vous inquiétait, conclut Clement. Oui, c'était très malin. Félicitations, ajouta-t-il d'un ton sardonique.

Beatrice Fleet-Wright se mit à sangloter. Son monde s'était enfin, définitivement et irrévocablement, écroulé autour d'elle.

On ne lisait aucune compassion dans le regard que son monstre de fils posait sur elle.

— J'imagine que vous voudrez confesser tout cela, maintenant ? demanda Clement.

Le jeune homme parut hésiter, pris de court par son attitude pragmatique, et le coroner fit un grand sourire.

— Après tout, Rex, vous avez été tellement futé que si vous n'avouez pas, l'affaire risque d'être à nouveau enterrée.

Il désigna la femme brisée qui pleurait dans son fauteuil.

— Si la police ne trouve pas de preuves contre vous, vos parents s'en assureront. Ils engageront de bons avocats et personne ne saura jamais que vous avez commis le meurtre parfait. Ni, surtout, ce qu'a fait Gisela. Imaginez un peu, Rex. Parler devant un tribunal, avec une horde de journalistes suspendus à vos lèvres. Ce serait très théâtral. Ça aurait fait tellement plaisir à votre sœur ! Et vous, vous raconterez à quel point elle était magnifique, différente du commun des mortels. Après tout, combien des individus médiocres qui prendront place dans le public, ou même parmi les avocats et les procureurs, auraient pu accomplir ce qu'elle a fait ?

Rex s'illumina.

— Vous avez raison ! Ils n'auraient jamais pu !

— Exactement. Mais elle a été merveilleuse, n'est-ce pas ? Elle était même prête à consentir au sacrifice suprême – à mourir pour la cause ! On dirait un roman de Thomas Hardy. La jeune et belle héroïne au destin tragique, victime de l'amour. Les manigances méprisables de ses affreux parents pour éviter le scandale. Et le triomphe de son frère, le seul homme à l'avoir vraiment aimée et appréciée à sa juste valeur, qui vole à sa rescousse et venge son honneur. Ce sera sensationnel.

— Oui ! Oui !

— Mais d'abord, vous devez laisser Mlle Loveday vous arrêter. Et ensuite, il faudra tout avouer, attention.

Rex acquiesça distraitement, plongé dans le fantasme malsain que le coroner venait de dépeindre. Il préparait déjà le discours qu'il déclamerait devant le tribunal.

Clement jeta un regard éloquent à Trudy. Hébétée, celle-ci se leva, les jambes flageolantes, prépara ses menottes et s'approcha de Rex Fleet-Wright avec une certaine appréhension.

Pour être honnête, elle avait peur de lui. De toute évidence, il était aliéné. Mais elle se redressa et releva le menton. Rien ne l'empêcherait d'accomplir son devoir !

Elle n'aurait pas dû s'inquiéter. Il lui tendit impatiemment les poignets, lointain, une étincelle de folie dans le regard.

Trudy se força à réciter le laïus familier.

— Rex Fleet-Wright, je vous préviens que tout ce que vous direz sera noté et pourra être retenu contre vous.

Mais tout en parlant, elle se répétait une phrase en boucle, émerveillée : *Je suis en train d'arrêter un homme pour meurtre.*

35

À leur retour au commissariat, le sergent d'accueil fut le premier à les remarquer. Phil Monroe enregistra d'un coup d'œil l'expression déconcertée mais triomphale de Trudy, le visage sombre du coroner et l'allure du prisonnier, qui inspectait le commissariat d'un air désapprobateur, comme un restaurant de deuxième catégorie, et prit son téléphone pour informer le capitaine Jennings que sa présence était requise.

Celui-ci les intercepta devant son bureau et quand il aperçut le jeune homme menotté, il jeta un regard interrogateur à sa stagiaire. Trudy déglutit.

— Capitaine, j'ai arrêté M. Rex Fleet-Wright pour le meurtre de Jonathan McGillicuddy.

Son supérieur parut abasourdi, puis furieux.

— Vous avez fait *quoi* ?

Rex gloussa.

— Je pense que vous devrez aussi l'arrêter pour les agressions d'Anthony Deering, intervint Clement d'un ton sardonique, en interrompant la crise d'apoplexie de Jennings. N'est-ce pas, Rex ? ajouta-t-il paisiblement.

Les yeux écarquillés, Jennings se tourna vers le jeune homme, qui acquiesça avec complaisance.

— Oui oui, j'ai trafiqué sa voiture. C'était facile – j'ai lu les instructions d'un manuel d'automobiles. Et j'ai placé le piège pour qu'il tombe de son cheval. J'ai volé le pétard à oiseaux dans la remise d'un fermier. Je peux vous montrer l'endroit, si vous voulez, proposa-t-il, serviable.

L'air troublé, Jennings se reprit et aboya :

— Je vois. Mademoiselle Loveday, peut-être pourriez-vous installer M., euh, Fleet-Wright dans une salle d'interrogatoire. Docteur Ryder…

Il fusilla le coroner du regard.

— Et si vous m'exposiez la situation ? *En détail ?*

Ravie de s'éloigner de son capitaine furibond, Trudy conduisit son prisonnier vers les cellules, savourant l'expression du policier chargé d'enregistrer les arrivées quand elle lut les chefs d'accusation. Elle avait à peine rempli la paperasse et fait asseoir Rex que la porte s'ouvrit.

Elle ne fut pas étonnée de voir entrer le capitaine Jennings et le sergent O'Grady, qui lui fit un grand sourire derrière le dos de leur supérieur.

— Vous pouvez y aller, Loveday, lui lança Jennings.

Trudy s'exécuta sans regret. Elle n'avait jamais eu la naïveté de croire qu'on la laisserait assister à l'interrogatoire officiel, sans parler d'y prendre part, mais elle s'en fichait. Après tout, elle avait déjà entendu toute l'histoire !

Elle retourna à son bureau, ignorant les regards curieux de ses collègues. De toute évidence, les rumeurs allaient déjà bon train, et leurs expressions allaient du scepticisme à la jalousie, en passant par l'amusement.

Clement Ryder la retrouva dix minutes plus tard, tapant rapidement à la machine ses notes manuscrites. Elle savait que le capitaine les demanderait bientôt.

Cependant, en voyant le coroner, elle fit une pause et lui adressa un sourire las.

— Le capitaine est-il très fâché contre moi ? demanda-t-elle.

Clement s'installa en face d'elle en haussant les épaules, nonchalant.

— Un peu. Ceci dit, je lui ai fait remarquer que vous l'aviez bien tenu au courant de notre enquête, comme convenu, mais que les événements se sont tellement accélérés, d'une façon si inattendue, que ce n'était pas votre faute si ça s'est terminé de cette manière. Après tout, nous n'aurions pas pu interrompre l'interrogatoire pour le prévenir. Mme Fleet-Wright en aurait sûrement profité pour se reprendre et appeler un avocat. Et comme je l'ai dit au capitaine, étant donné l'absence de preuves, il était urgent de recueillir les aveux de Rex.

— Et il est d'accord avec vous ?

— Il a fini par l'accepter. À contrecœur. Du nerf, ajouta Clement en voyant son air lugubre. Dès qu'il aura clos l'enquête pour meurtre, ses supérieurs lui lâcheront la bride, et en plus, il aura gagné la reconnaissance éternelle de Sir Marcus. Il sera d'excellente humeur.

Trudy doutait fortement de profiter de cette allégresse. En fait, elle aurait parié que dès le lendemain, elle reprendrait ses rondes ou guetterait les satyres au parc.

Pour se changer les idées, elle interrogea le coroner, pensive :

— Que saviez-vous, au juste ? Ou qu'aviez-vous deviné ? Avant d'aller chez Mme Fleet-Wright, je veux dire. J'ai l'impression que vous aviez tout compris avant notre arrivée.

Clement prit un air innocent.

— Eh bien, j'étais à peu près certain que Beatrice avait dissimulé les manigances de Gisela. Quand je me suis demandé pourquoi une femme écrirait un faux mot d'adieu et s'accuserait d'avoir causé la mort de sa fille devant un tribunal, j'ai compris qu'il s'était passé quelque chose d'extrêmement grave.

— Même ! De là à deviner que Gisela prévoyait de faire accuser Jonathan de son meurtre…

— Eh bien, il y avait quelques indices, répondit humblement Clement. Et l'agression du commis de la pharmacie en était un. Mais ce sont surtout nos découvertes sur le caractère de la morte qui m'ont permis de démêler ce qui avait dû se passer cet après-midi-là.

Trudy secoua la tête. Le vieil homme était époustouflant.

— Et Rex, alors ? Pour lui aussi, vous saviez ? Qu'il avait tué McGillicuddy ?

Clement hésita un bref instant. En fait, il n'avait assemblé les pièces du puzzle qu'au moment où le jeune homme avait surgi dans la pièce, l'écume aux lèvres. Mais il n'avait pas été très difficile de cerner la situation, surtout que le garçon les avait bien aidés.

— Quelqu'un avait bel et bien tué Jonathan, fit remarquer Clement. Et si on mettait de côté toute cette affaire Deering pour se demander qui aurait eu une bonne raison de vouloir la mort du jeune homme, le petit frère devenait le suspect évident. Nous savons qu'il idolâtrait sa sœur, si bien que sa mort l'a anéanti. Et puisque c'était les vacances d'été, il avait dû être dans la maison, ou dans les parages, le jour du décès. Et honnêtement, une fois qu'il a commencé à parler, ça n'a pas été compliqué de le pousser à avouer, n'est-ce pas ?

Trudy frissonna, se rappelant les vantardises joyeuses de Rex.

— Il n'est pas bien dans sa tête, si ? demanda-t-elle après un instant de réflexion.

— Non, je ne crois pas, confirma Clement. Ce qui n'est peut-être pas plus mal.

Trudy lui jeta un regard interrogateur.

— Voulez-vous vraiment être responsable de la mort d'un homme, mademoiselle Loveday ?

Elle pâlit. Jusque-là, elle n'y avait pas réfléchi. Mais elle l'avait bel et bien arrêté. Et elle avait rassemblé des preuves contre lui avec le coroner. Que ressentirait-elle si, disons, dans un an, on le pendait ?

Elle avait la nausée.

— Il va probablement finir dans un asile psychiatrique

quelconque, s'empressa de la rassurer Clement. Dans mon expérience, quand les types de ce genre finissent par craquer, leur état se dégrade rapidement. Les psychiatres ne vont pas tarder à lui mettre la main dessus et à le déclarer irresponsable. Avant l'audience, à tous les coups.

Trudy soupira, très soulagée, puis elle sourit.

— Donc il n'aura même pas droit à son jour de gloire au tribunal ?

— Eh non. Quel dommage ! Bien, quand vous aurez fini pour la journée, j'imagine que vous sortirez fêter ça avec vos collègues ? C'est la tradition, n'est-ce pas ?

En fait, Trudy était si épuisée qu'elle n'avait qu'une envie, rentrer chez ses parents et se faire dorloter. Mais pas question qu'elle l'avoue à quiconque !

— Oui, probablement, répondit-elle d'un ton nonchalant.

Le vieux vautour se leva.

— Bien, ça a été intéressant, mademoiselle Loveday, déclara-t-il en lui tendant la main.

— Oui, docteur Ryder, en effet, dit-elle en la serrant chaleureusement.

Avec un pincement au cœur, elle regarda le vieil homme s'éloigner. Même s'il était parfois agaçant, il allait lui manquer.

Au dernier moment, il se retourna, le regard brillant.

— Notez bien que maintenant que votre capitaine a établi un précédent, il n'est pas impossible que je voie passer d'autres affaires qui ne me satisferont pas.

— C'est très possible, docteur, répondit prudemment Trudy en réprimant un sourire.

— Et si c'est le cas, j'aurai peut-être à nouveau besoin d'un agent de liaison.

— Je comprends que ça puisse être nécessaire, opina-t-elle, de plus en plus confiante.

— Si cela arrivait, je pourrais rappeler au capitaine Jennings nos succès éclatants la dernière fois qu'il vous a attribué ce poste.

Trudy parut moins certaine.

— Surtout si je lui montre à quel point je peux être pénible s'il ne me donne pas ce que je veux, ajouta-t-il d'un air modeste.

Et il enfonça son chapeau sur sa tête.

Pour un peu, Trudy aurait embrassé le vieux vautour. Mais elle se contenta d'incliner la tête et de lancer :

— À la prochaine fois, alors, docteur Ryder ?

Remerciements

Je remercie chaleureusement M. Ken Wells (agent de police à la retraite) et M. N. Gardiner, du bureau du coroner d'Oxford, ainsi que le musée du Bus d'Oxford.

Composé et édité par HarperCollins France.

Imprimé en septembre 2021
par CPI Black Print (Barcelone)
en utilisant 100% d'électricité renouvelable.
Dépôt légal : octobre 2021.

FSC
www.fsc.org
MIXTE
Papier issu de sources responsables
FSC® C159065

Pour limiter l'empreinte environnementale de ses livres, HarperCollins France s'engage à n'utiliser que du papier fabriqué à partir de bois provenant de forêts gérées durablement et de manière responsable.

Imprimé en Espagne.